소설의
첫 페이지를
　　여는 독자는

　　　　낯선   세계에서

　　　　눈꺼풀을   떨며
　　　　깨어나는

　　　　혼수상태의   환자와 비슷하다.

쓴다면 재미있게

빠져드는 이야기를 위한 15가지 작법

벤저민 퍼시 지음
이재경 옮김

내게 문학의 길을 밝혀준 스승들,

트리시 킹,

캐럴 오셔,

테레사 바덴,

벤 마커스,

메레디스 슈타인바흐,

로버트 아렐라노,

베스 로단,

브레이디 유달,

마이크 맥너슨   에게

이 책을 바칩니다.

이 책은 『쓰릴 미: 소설가는 어떻게 독자를 사로잡는가』의 개정판입니다.

차례

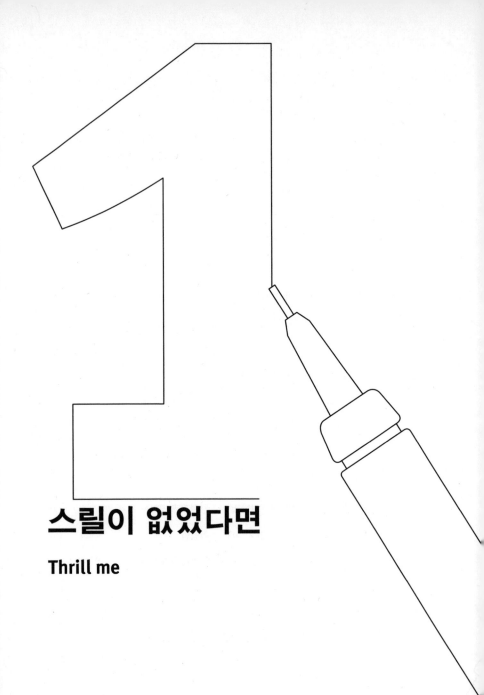

1

스릴이 없었다면

Thrill me

뱀파이어, 용, 눈에서 레이저를 쏘는 로봇. 이들이 내 어린 시절 문학의 하늘을 수놓던 스타들이었다. 그들의 이야기는 하나의 동일한 패턴으로 짜여 있었다. 재앙이 닥치고 악당들의 경거망동이 이어지는 가운데 영웅이 나타나 악의 세력을 물리치고 사랑도 이루고 산더미 같은 보물도 차지한다. 책은 내 현실도피용 포털이었다. 나를 토네이도 속으로 빨아들였고, 은하 간 수송선으로 쏘아 올렸고, 토끼 굴로 끌고 들어갔고, 이후로도 짧게는 삼백 페이지 길게는 칠백 페이지 내내 나의 맥박을 사정없이 뛰게 했다.

　　　나는 이 기준에 미치지 못하는 것들은 조금도 용납하지 않았다. 이 편협함은 창의 활동의 전 영역으로 확대됐다. 대학 때 '예술과 건축의 역사'라는 수업을 들은 적이 있는데, 추상표현주의 화가 잭슨 폴록에 대한 강의 중에 나는 미련하게도 손을 번쩍 들고, 캔버스에 물감을 잔뜩 튀겨 놓은 것이 어떻게 예술이냐고 물었다. "이게 뭐죠? 하려는 이야기가 뭐죠?" 나는 수백 명의 학생이 모인 강당에 대고 말했다. "저것과 쓰레기의 차이가 뭔가요?" 순간 학생들은 한 사람 예외 없이 '또라이의 출현'을 숨죽여 수군댔다. 교수는 내게 슬픈 미소를 던지며 의견 개진에 감사를 표한 뒤 말없이 슬라이드를 바꾸고 강의를 이어 갔다. 이 날의 일은 세월이 많이 흐른 뒤에도 내게 불쑥불쑥 출몰하는 쓰린 기억 중의 하나다. 밤에 고속도로를 달릴 때, 샤워하다 겨드랑이에 비누칠할 때 등등. 그때마다 나는 은박지를 씹었을 때처럼 움츠린다.

　　문예창작 워크숍에서도 상황은 별반 다르지 않았다. 워크숍 첫날 교수는 강의 요강을 소개하고 과제 제출 날짜와 필독 도서를 불러 주면서 장르물은 받지 않는다고 선포했다. 그리고 질문이 있으면 하라고 했다. 교수의 빡빡 깎은 머리와 표정 없는 얼굴이 어딘지 마네킹을 연상시켰다.

　　"장르물은 안 된다니 무슨 말이죠?" 내가 물었다. 교수는 영혼 없는 눈으로 나를 응시했다. "말 그대롭니다. 뱀파이어 금지, 용 금지, 레이저 쏘는 로봇 금지. 이해했어요?" 교수는 안경을 벗고 교실을 훑었다. "다들 이해했죠?"

　　나는 이해하지 못했다. 나는 정말로 이해가 가지 않았다. 나는 진정성을 가득 담아 물었다. "그것 빼면 뭐가 남는데요?" 대답 대신 교수는 내게 예전의 미술 교수가 던졌던 것과 같은 연민의 미소를 던졌다.

†

어릴 때부터 책을 많이 읽었냐는 질문을 받으면 나는 그렇다고 답한다. 하지만 사람들이 상상하는 그런 유형의 다독 아동은 아니었다. 코끝에 안경을 걸치고 가죽 장정 공책에 열심히 필기해 가며 또 손가락에 연신 침을 발라 가며 <율리시스>와 <분노의 포도>와 <등대로>의 책장을 넘기는 작은 몸집의 학구파 아동. 나는 그런 문학 소년은 아니었다.

나는 대중문학을 읽으며 자랐다. 책이 손에서 떠난 적은 없었다. 손이 아니면 침대탁자 위에 있거나 뒷주머니에 꽂혀 있거나 트럭 글러브박스에 있었다. 하지만 내 책들은 언제나 책등이 갈라진, 요란한 표지에 제목만 돌출 인쇄한 염가 보급판 페이퍼백이었다.

나는 오리건 주 윌래밋 밸리에 있는 7에이커의 임야에 살았고, 다음에는 하와이 카네오헤 만을 내려다보는 오하우 섬 산비탈 밀림에서 살았고, 다음에는 말 목장들로 둘러싸인 중부 오리건의 광활한 저지대에 살았다. 항상 시골이었다. 중학교에 들어가기 전까지 스포츠 를 한 적도 없었고, 동네 친구는 계속 없었다.

아참, 마샬 가족이 있었다. 중부 오리건의 집들은 대개 소먹이 삼아 알팔파를 기른다. 그런데 마샬 가족은 5에이커의 땅에 잔디밭을 가꾸고 완벽하게 다듬었다. 판매용이나 놀이용이 아니었다. 그 잔디밭은 오로지 잔디를 깎고 물을 주기 위해 존재하는 듯했다. 마샬 부인은 전화 받을 때 "헬로!" 대신 "헤븐-오Heaven-O!"라고 했다. (지옥*hell*을 입에 올리기 싫다는 게 이유였다.) 그 집 생일파티는 거실 피아노 연주회와 성경 낭독과 초콜릿 맛 막대아이스크림 순으로 이어졌다. 나는 그 집 애들을 영화 <빅 트러블Big Trouble in Little China>의 '흑마술'로 인도했고, 담배를 피우고 새총으로 자동차에 돌멩이를 날리다가 걸렸다. 결국 6학년 때 그 집 애들은 나와 노는 것을 금지당했다. 나는 혼자였다. 아버지가 준 하루치 일만 끝내면 나는 내 맘대로 시간을 보낼 수 있었다. 나는 가시철망 울타리를 낮은 포복으로 통과하고, 강에 돌멩이 댐을 세우고, 공사현장에서 훔친 목재들로 뚝딱뚝딱 나무 위의 집을 만들었다. 그리고 책을 읽었다.

책을 엄청 많이 읽었다. 일주일에 한두 권씩 해치웠다. 제인 그레이Zane Grey와 루이 라무르Louis L'Amour의 서부물. 존 르 카레John le Carr와 이언 플레밍Ian Fleming의 첩보 스릴러, 톰 클랜시Tom Clancy의 테크노 스릴러, 아서 코난 도일 경과 토니 힐러맨Tony Hillerman의 추리소설. 오랫동안 판타지물이 나를 사로잡았다. 나는 표지에 용이 있는 책들에 환장했다. 용도 있고 검도 있으면 금상첨화였다. 당연히 <호빗>과 <반지의 제왕>에 열광했고, <휠 오브 타임The Wheel of Time> 시리즈와 <가을 황혼의 용들Dragons of Autumn Twilight>을 섭렵했고, 양손에 언월도를 휘두르고 검은 표범과 길동무하는 다크 엘프 드리즈트Drizzt가 활약하는 <잊힌 왕국들Forgotten Realms>도 모두 읽었다. 나는 용맹한 키메르 전사 코난의 모험기에 나오는 검과 마법에 빠졌다. 내용만큼 표지도 끝내줬다. 언제나 한 손으로는 악마의 목을 조르고, 다른 손으로는 여자를 거머쥔 비현실적인 근육질의 코난이 표지를 장식했다. 비단 가닥과 은색 사슬을 아슬아슬하게 걸친 여자의 벗은 몸도 공통이었다.

하지만 다른 어떤 장르보다 나를 사로잡은 것이 있

었으니 바로 공포물이었다. 나는 호러의 검은 거미줄에 끝없이 걸려들었다. 대표적인 거미는 피터 스트라우브Peter Straub, 리처드 매드슨Richard Matheson, 딘 쿤츠Dean Koontz, 앤 라이스Anne Rice, 로버트 R. 매캐먼Robert R. McCammon, 셜리 잭슨Shirley Jackson, 존 사울John Saul, 댄 시먼스Dan Simmons, 스티븐 킹Stephen King이었다. 나는 이들의 방대한 저작들을 패닉 상태로 읽었다. 특정 세팅ⓐ은 전기로 지글거렸다. 낡은 교회. 묘지. 강의 물굽이. 산꼭대기. 내게 파월서점ⓑ의 호러 섹션은 성지聖地나 다름없다.

ⓐ 세팅
setting, 배경, 설정.

ⓑ 파월서점
Powell's Books,
미국 포틀랜드 기반의
대형 서점 체인.

조부모님 댁이 오리건 주 포틀랜드였다. 덕분에 우리 식구는 몇 달에 한 번씩 트럭 한 대에 모두 구겨 타고 덜컹덜컹 산을 넘어 대도시에 갔다. 우리 집 근처에는 이렇다 할 서점이 없었다. 벤드리버 몰의 작고 허름한 월든북스Waldenbooks가 다였다. 따라서 파월 서점 방문은 많은 시간과 전략을 요했다. 우리의 다음 두 달 치 읽을 거리가 이 방문에 달려 있었다. 신중히 선택해야 했다.

한 번도 가보지 않은 사람을 위해 부연하자면, 포틀랜드 시의 명물 파월서점은 거리의 블록 하나를 몽땅 차지한다. 외관은 층층진 거대한 콘크리트 석관을 생각하면 된다. 새 책 헌 책 모두 취급한다. 여기에는 식수대에 출몰하는 유령이 있고, 이 방 저 방 돌아다니는 유골항아리가 있다. 선반마다 책들로 넘쳐나고, 북적이는 통로마다 DMV차량등록국에서나 접할 수 있는 인간 다양성을 보여준다. 정장을 빼입은 놈팡이들, 진흙 범벅 부츠를 신은 놈팡이들, 레 게머리를 한 여자, 왕관을 쓴 여자, 형광파랑색으로 염색한 여자, 다 있다. 오지에 가까운 촌구석에서 온 꼬마에게는 환희와 경이의 축제였다.

우리는 10번가와 번사이드가 만나는 곳의 문으로 서점에 입장했고, 들어서는 순간 종이와 잉크와 풀 냄새가 감각과부하를 일으켰다. 여기에 종종 파촐리 냄새가 가세 했다. 나는 안달 나고 굶주린 짐승이 되어 단걸음에 블루 룸을 가로질러(블루 룸도 나쁘진 않았다. 하지만 블루 룸 은 **진지한** 순수문학의 본산이라 영어수업과 숙명적 연상 관계에 있었다.) 천천히, 천천히 공상과학과 판타지와 스릴 러와 괴기소설의 본산 골드 룸으로 진입했다.

그곳의 냄새―곰팡이 덮인 지렁이와 누렇게 바랜 종이가 만난 것 같은 냄새―는 내가 가장 좋아하는 냄새 중 하나다. 공포물 서가는 어떤 창문에서도 멀어서 항상 어둠 에 젖어 있었다. 이후 몇 시간 동안 나는 책들을 뽑아다 바 닥에 쌓아 놓고 책상다리를 하고 앉아서 읽었다. 페이퍼백 으로 어둠의 탑을 쌓았다. 내 어린 시절 최고의 보물이었다.

공포가 나를 처음 매혹했던 순간을 지금도 기억한 다. 크로 초등학교의 유치원에 다닐 때였다. 어느 날 나는 도서관 책장에서 <유니버설 스튜디오의 괴물들>이라는 책 을 꺼냈다. 책장을 훌훌 넘기며 <프랑켄슈타인>, <드라큘 라>, <미이라>, <늑대인간>의 스틸사진들을 훑어보았다.

내 눈길이 론 채니 주니어ⓐ의 이미지에 오래 머물렀다. 기다란 송곳니, 돼지처럼 들린 코, 털 카펫을 뒤집어쓴 듯한 머리. 그 이미지가 내 기억에 낙인처럼 깊이 찍혔고, 그날 밤 나를 덮쳤다. 나는 비명을 지르며 엄마를 찾았고, 엄마 아빠 사이에서 바들바들 떨다가 겨우 잠을 이룰 수 있었다. 그때 나는 공포를 알았다. 하지만 공포와 함께 날카롭게 치솟는 아드레날린의 맛도 알게 됐다. 다음날 나는 도서관의 같은 코너에 다시 갔다. 그리고 같은 책을 다시 열었다. 나는 이미 '다시 한 방'을 찾는 중독자였다.

나는 같은 종류의 전율을 얻기 위해 소설을 읽었다. 따분한 삶에서 탈출하기 위해서. 이 삶의 따분함을 다른 삶의 예리한 흥분과 위험으로 대체하기 위해서. 가끔은 두 세계가 융합했다. 나는 배수관에 기어들어가 나를 스티븐 킹의 《그것》에 나오는 아이들 중 하나로 상상했다. 책상에 연필을 놓고 손가락을 관자놀이에 대고 한 시간 동안 연필을 째려보기도 했다. 마음으로 연필을 움직이려고. 연필에 《캐리》의 염력을 적용하려고. 한번은 침대시트를 몸에 둘둘 감고 밤을 꼴딱 새운 적도 있다. 입부분에 숨구멍을 낸 것 말고는 온몸을 누에고치처럼 칭칭 쌌다. 나는 내 방 구석의 어둠 덩어리를 딘 쿤츠의 《낯선 눈동자Watchers》에 나오는 잘못 창조된 괴물로 믿으며 떨었다.

내가 마샬 가족을 현실의 사람들로 여기기보다 내가 창조한 호러 스토리의 캐릭터들로 취급했던 것도 이런 이유에서다. 나는 계속 악몽 속에서 살고 싶었다. 마샬 가족은 순결주의자였다. 그들은 기독교 정신을 노래하는 U2 외에는 다른 어떤 록음악도 듣지 않았다. '묘지의 유령' 놀이를 하는 것도 금지였다. 그게 뭐냐면, 밤에 손전등을 들고 하는 일종의 잡기 놀이였다. 그래서 우리는 같은 놀이를 '유모차의 아기'로 개명했다. 나는 그 집 애들을 망쳐놓는 걸 취미로 삼았다. 나는 개들에게 우리 집 닭장에 섀도맨 shadow-man — 당연히 악령 — 이 산다고 말했다. 개들에게 내가 아는 욕을 빠짐없이 가르쳤다. <대지의 아이들The Clan of the Cave Bear>에서 가장 찐하고 가장 야한 단락들만 골라 읽어 줬다. 담배를 피워 보라고 부추기고, 개네 집에서 금지한 탄산음료를 마시게 하고 사탕을 먹게 했다. 그런 다음, 개들 앞에서 '너희 부모가 너희 비행을 알게 되면 어떻게 될지' 소리 내어 궁금해했다. 나는 죽도록 따분했고, 누가 봐도 뒤틀려 있었고, 당시에는 알아채지 못했지만, 이때부터 이미 작가의 삶을 연습하고 있었다. 나는 내 캐릭터들의 결점과 약점을 간파했고 그것을 이용했다. 사과의 썩은 얼룩을 후벼 파는 엄지손가락처럼.

　　미안한 말이지만 내 엽기 행각에 따른 누나의 시련도 만만치 않았다. 나는 누나 머리에 거미를 던져 넣었고, 옷장에 숨어 있다가 두 손을 발톱처럼 세우고 뛰쳐나왔고, 누나가 화장실에 있을 때 불을 껐다. 악마 가면을 쓰고 뒤에서 몰래 다가가 누나의 어깨를 두드렸다. 누나는 뒤돌아보고 비명을 지르다가 웃다가 나를 팼다.

누나는 트롤 인형을 모았다. 퉁방울눈에 산발을 한 괴물들. 나는 그것들을 이리저리 옮겨 놓았다. 하나는 누나 베개 밑에 놓고, 하나는 양말 서랍에 넣고, 하나는 시리얼 상자에 넣어서 나중에 그릇에 굴러떨어지게 했다. 누나가 내 짓이냐고 물으면 나는 영혼 없이 멍한 얼굴로 말했다. "뭐래?" 한번은 한밤중에 누나 방에 숨어 들어가 트롤 인형 재배치에 들어갔다. 스무 개 모두를 누나 침대 옆에 나란히 세웠다. 다음날 아침 누나가 깼을 때 트롤 인형들이 누나를 일렬로 노려보고 있었고, 그중 하나는 "악몽 꿔BAD DREAMS." 라고 쓴 쪽지를 들고 있었다. (트롤 세계의 진정성을 살리기 위해 R과 S를 거꾸로 쓰는 것도 잊지 않았다.)

나는 지붕 족에 대한 신화도 공들여 창조했다. 지붕 족은 버림받은 영혼들이었다. 일종의 연옥에 갇힌 존재들이었다. 이들은 다락과 지붕에 살았고, 살아 있는 사람들을 시기해서 호시탐탐 우리를 괴롭히고 해치려 들었다. 나는 밤마다 지붕으로 기어나가 누나 방 창문을 긁었다. 그다음 냉큼 내 방으로 돌아와 누나가 분노와 공포에 사로잡혀 당도할 즈음에는 천연덕스런 낯짝으로 책상에 앉아 있었다. 나는 누나가 스물일곱 살 때까지 방에 불을 켜놓고 잤다는 사실에 자부심을 느낀다.

인생이 '무서운 이야기'가 되었다. 나는 책과 영화에 빠져 살았고, 거기서 기어 나왔을 때도 그들은 내 인생 전반에 길게 그림자를 드리웠다. 한때나마 고고학을 업으로 삼을까 생각한 것도 순전히 인디애나 존스Indiana Jones 영화에 빠졌기 때문이었다. 나는 페도라와 가죽재킷과 어깨에 메는 책가방을 마련했고, 가방 안에 뼛조각과 화살촉과 원석을 넣어 가지고 다녔다. 심지어 가죽채찍을 사서 울타리 기둥 위에 콜라 캔을 늘어놓고 채찍으로 떨어뜨리는 연습까지 했다. 여름 내내 오리건 과학산업박물관 팀을 따라 암각화 유적을 찾아다니기도 했다. 다른 여름에는 오리건 대학교 팀에 묻어 파이누트 족 마을을 발굴하러 갔다. 하지만 동굴을 구르는 바위도, 부비트랩도, 자동차 추격도 없었다. 일전을 벌일 나치도 없었고, 나를 기다리는 성궤도 없었다. 아름다운 여인들은 더더구나 없었다. 있는 건 뱀뿐이었다. 나는 창으로 여러 마리 죽였고, 고무 밴드 같은 뱀 고기를 먹었고, 뱀 꼬리를 부적으로 챙겼다. 하지만 뼛조각 하나 발견하겠다고 온종일 모래구덩이에 엎드려 모래를 한 톨 한 톨 긁어내는 고생을 보상하지는 못했다. 내가 땅을 긁는 동안 내 등짝을 긁어대던 땡볕이 나를 이겼다. 꿈은 녹아 버렸다.

　　인생의 고비가 왔다. 내가 정말로 하고 싶은 게 뭔지 알 수 없었다. 불확실의 시기에 나는 숲으로 후퇴했다. 이때가 1998년 여름이었다. 대학 동기들은 모두 인턴사원이 되어 뉴욕으로 떠나는데 나는 글레이셔 국립공원의 매니 글레이셔 호텔에서 정원사로 일했다. 국립공원과 정원

사. 벌써 이상하다. 거기다 시든 제라늄을 잘라내고 잔디를 깎는 일 외에는 할 일도 별로 없었다. 나는 근무시간의 대부분을 여자 숙소를 기웃대거나 정원사 공구 창고에서 책을 읽거나 이야기를 지어내는 데 썼다. 나는 가죽 장정 공책을 깨알같이 채워 나갔다.

이때 생각한 이야기들은 대개 곰에 대한 것들이었다. 온갖 곳에 곰이 있었다. 나는 잔디를 깎으며 보이는 대로 곰을 세곤 했다. 열 마리, 스무 마리, 서른 마리. 사방을 둘러싼 산비탈에 나무열매를 찾는 곰들이 득시글댔다. 밤에 직원 술집에서 숙소로 돌아오는 길에 검은 형체를 만나면 죽은 듯 멈춰 서서 기다리기도 했다. 나를 지나 터벅터벅 사라지는 폭스바겐 버스만 한 검은 형체. 산간에서 캠핑할 때는 텐트 밖에서 들리는 거친 숨소리에 칼을 움켜쥐고 공포에 떨었다. 하이킹할 때는 항상 단체로 손뼉을 치고 노래를 불렀다. 포장도로를 벗어날 일이 있으면 꼭 호신용 스프레이를 가지고 다녔다. 사람들은 그걸 양념통이라고 불렀다. 그해 초여름, 내가 더플백을 짊어지고 기차역에 내렸을 때, 나를 마중 나온 산림감시원은 대뜸 직원 중 한 사람이 죽었다는 말부터 꺼냈다. 어미 곰이 새끼 곰들과 함께 그를 공격했고, 먹어치웠고, 등뼈와 부츠만 남겨놓았다. (부츠 안에 발은 그대로 있었다.) 나중에 내 룸메이트도 같은 운명이 될 뻔했다. 같은 곰들이 10마일이나 내 룸메이트의 뒤를 밟았다. 하지만 습격하는가 싶더니 마지막 순간에 방향을 틀었다. 사람들이 추적에 나섰고, 결국 그 곰들을 잡았다. 어미 곰은 죽이고, 새끼들은 이전시켰다. 곰들이 내게도 출몰했다. 꿈속에 나타났다. 꿈속에서 나는 곰과 싸우고, 곰에게서 달아나고, 곰에게 굴복하고, 곰이 되었다. 한때 고고학에 쏟았던 종류의 상상 에너지로 이번에는 곰을 꿈꿨다. 그리고 훗날 이때 겪은 어두운 경험의 우물에서 내 첫 번째 소설 <야수The Wilding>와 세 번째 소설 <데드 랜드The Dead Lands>를 길어 올렸다.

하지만 당시는 그저 놀고먹었다. 뜬눈으로 꿈만 꿨다. 곰에 대해. 그리고 한 여자에 대해. 여자는 같은 산장에서 일하는 웨이트리스였다. 나보다 다섯 살 많은 파란 눈의 위스콘신 농촌 출신 아가씨였다. 나는 매일 그녀에게 보내는 시나 편지를 써서 그녀의 우편함에 넣었다. 교대 시간의 대부분을 그녀에게 뭐라고 쓸까 궁리하면서, 머릿속으로 말들을 이리 굴리고 저리 굴리며 보냈다. 그러던 어느 날, 로키산맥 너머로 해지는 광경을 함께 바라볼 때 그녀가 말했다. "너는 작가가 돼야 해." 나는 대답했다. "오케이."

그건 그녀가 내게 허락을 내린 것과 같았다. 내가 그동안 인정하지 못했던, 또는 차마 믿지 못했던 충동을 그녀가 선명히 짚어 준 것 같았다. 나는 그녀와 사랑에 빠졌고, 동시에 책에 일신을 바치겠다는 생각과 사랑에 빠졌다. 단지 예쁜 여자에게 잘 보이기 위한 수작이었을 뿐이라고 해도 좋다. 어쨌든 수작은 성공했다. 그 예쁜 여자는 내 여자 친구가 되었고, 내 아내가 되었다.

†

나는 그렇게 처음으로 문예창작 워크숍에 등록했고, 얼마 안 가 영혼 없는 표정의 교수가 "장르물 금지"를 말한 의도 를 깨닫게 되었다.

교수의 워크숍을 계기로 나는 다른 많은 워크숍들 을 수강했고, 그걸 통해 이전에는 존재하는지조차 몰랐던 ─ 지금은 내가 가르치는 ─ 작가들과 사랑에 빠졌다. 플래 너리 오코너Flannery O'Connor, 셔먼 알렉시Sherman Alexie, 팀 오브 라이언Tim O'Brien, 레이먼드 카버Raymond Carver, 앨리스 먼로 Alice Munro, 제임스 볼드윈James Baldwin. 아무 단편집이나 빼서 목차를 펴 보라. 이들의 이름이 빠지지 않는다. 그런데도 나는 이들의 이름을 들어본 적조차 없었다. 나는 내 무지를 해결하기 위해 무지 노력했다. 학기마다 강의 첫날 같은 경 고가 떨어졌다. "장르물 금지." 비로소 그 경고의 의미를 알 게 됐고, 더는 발끈하지 않았다. 나는 이때 순수문학 단편 이라는 소용돌이 해일에 사로잡혔고, 배타적으로 오로지 그것만 읽고 쓰는 데 전념했다.

이제 문장은 정보 전달 수단 그 이상이었다. 나는 단어 배열의 묘미에 눈떴고, 문장을 노래처럼 소리 내어 읽 었다. 문장들이 오로지 시간 순서대로만 용왕매진하는 건 아니었다. 순환 구조, 모듈 구조, 액자 구조, 심지어 후진 구조까지 가능했다. 캐릭터가 오로지 플롯을 위해서 존재하는 것만도 아니었다. 때로 본론을 벗어나 지엽으로 흐르기도 하고, 대화에 빠져 질척대기도 하고, 창가에서 빈둥대기도 했다. 그리고 그 과정에서 꼭두각시 이상의 존재, 내가 아는 누구보다 살아 있는 존재가 되었다.

나는 원래 책을 빨리 읽는 게 자랑이었다. 줄거리에만 전념했기에 가능했다. 다음에 일어날 일에 급급했기 때문이었다. 책장을 얼마나 빨리 넘겼던지 얼굴에 바람이 불 정도였다. 대학에 와서 처음에는 의도적으로 속도를 늦췄다. 어릴 때부터 그렇게 많은 책을 읽어치웠건만, 나는 스토리텔링이라는 정교한 공예에 문외한이었다. 읽기는 점점 감정적 경험보다 역학 탐구에 가까워졌다. 나는 손에 펜을 들고 다녔고, 미친 듯이 갈겨썼다. 메모가 얼마나 많았던지 책장마다 거미줄 같은 글씨로 뒤덮였다.

마침내 나는 고등학교 때 영어 선생님이 한 말을 이해했다. 그때 오서 선생님은 나란 놈을 가르쳐 보려 최선을 다했고, 나는 최선을 다해 그 가르침을 무시했다. 지금도 기억난다. 케이트 쇼팽Kate Chopin의 <각성The Awakening>을 배울 때였다. 상징주의에 대한 토론이 길게 이어졌다. "갈매기에는 어떤 의미도 없어요." 내가 말했다. "**그냥** 갈매기일 뿐이에요. 그저 해변 분위기를 내려고 있는 거예요."

몇 년 전 우연히 작곡가 에런 코플런드Aaron Copland가

쓴 <우리가 음악을 듣는 방법How We Listen to Music>이라는 에세이를 접했다. 코플런드는 음악 듣기에 세 가지 차원이 있다고 했다. 가장 기초적 차원은 **감각적 차원**sensuous plane이다. 이 수준의 감상자는 "음향 그 자체가 주는 순수한 즐거움을 위해" 음악을 듣는다. 라디오를 트는 사람들 대부분이 이 차원에 속한다 해도 무방하다. 고속도로를 달릴 때, 또는 부엌에서 설거지할 때 우리는 배경 소음을 찾아 라디오를 튼다. 뭔가 발장단을 맞출 대상을, 기분을 조작할 방법을, 탈출구를 찾아서. 대개의 사람들이 책을 읽는 방식도 이와 다르지 않다. 이야기에도 음악과 같은 강력하고 원초적인 힘이 있다. 우리는 기분 전환을 위해서, 일상에서 탈출하기 위해서 여기에 귀를 기울인다.

코플런드가 말한 두 번째 차원은 **표현적 차원**expressive plane이다. 이 수준의 감상자는 기대앉는 대신 반대로 몸을 앞으로 기울인다. 음악에 관여한다. 이들은 선율과 가사가 표현하는 바를 간파하고자 한다. 레드 제플린의 <천국으로 가는 계단Stairway to Heaven>에 악마적 메시지는 없는지? <반지의 제왕>을 모티브로 한 게 맞는지? 밥 딜런 노래에 나오는 "물에 젖은 하얀 사다리를 보았어요."는 무슨 뜻인지? 이 노래가 말하고자 하는 바는 무엇인지? 무엇에 관한 노래인지?

세 번째 차원은 대부분의 사람들은 인식하지 못하는 차원이다. 코플런드는 **순전히 음악적인 차원**sheerly musical plane이라고 불렀다. 음악이 "악음notes, 樂音 자체로 존재하는 방식과 악음이 조작되는 방식"을 따져 보는 차원이다. 리듬, 선율, 화음, 리듬, 음색. 다시 말해 악곡의 형식과 악기 편성법의 원칙들. 전문적 훈련과 깊은 집중을 통해서만 파악할 수 있는 것들.

한꺼번에는 아니었다. 나는 서서히, 서서히, 마치 뱀이 허물 벗듯, 작가로서 이 차원들을 하나하나 돌파해 나갔다. 일단은 비평적 문해력을 가지고 텍스트에 관여할 수 있는 불굴의 독자가 되는 걸로 시작했다. 전에는 순전히 감각적 차원에 매진했다면 이제는 음의 편성, 즉 구성요소들의 역학을 보다 큰 맥락에서 알아보게 됐다. 그때의 갈매기가 한 마리 갈매기 이상의 존재였다는 걸 깨달았다. 지금은 진심으로 고개를 숙이고 "오셔 선생님, 죄송해요."라고 말할 수 있다.

여러 해가 흘렀다. 나는 소장하고 있던 용과 유령과 로봇 책들의 대부분을 도로 파월 서점에 가져다 팔았고, 이때 적립한 마일리지를 앤드레아 바렛Andrea Barrett과 조앤 디디온Joan Didion과 릭 배스Rick Bass와 해리 크루즈Harry Crews로 빈 책장을 채우는 데 썼다. 나는 대학원에 들어갔다. 매일 아침 동트기 전에 일어나 글을 썼다. 매일 밤 가슴에 책을 얹고 잠이 들었다. 침대시트에 잉크자국이 없을 때가 없었다. 나는 작은 문학잡지들에 정기적으로 글을 기고하기 시작했다.

그러던 어느 날, 나는 거기에 권태를 느꼈다.

†

내가 힘들게 석사 과정을 밟고 있던 2003년, 미국 문단의 총아 마이클 셰이본Michael Chabon이 <안 그러면 아비규환 McSweeney's Mammoth Treasury of Thrilling Tales>이라는 책을 기획, 편집했다. 에이미 벤더Aimee Bender, 댄 숀Dan Chaon, 켈리 링크Kelly Link, 스티븐 킹, 엘모어 레너드Elmore Leonard 등 영미권의 유명 작가 20인이 지은 '소름 돋는 이야기들'을 모은 단편집이었다. 이른바 '순수문학' 작가진과 '장르문학' 작가진의 빛나는 배합이었다. 참여 작가들 모두 대담한 플롯과 서사 행동[a]을 과시했다. 셰이본이 서문에 밝힌 기획 의도에 따르면, "플롯은 사라지고 계시적 이슬만 반짝이는" 단편들이 득세하는 현재의 작풍과 싸우는 책이었다.

[a] 서사행동 narrative action, 서사의 단위, 문장이 모여 사건을 이루고 사건이 모여 행동을 이룬다.

이 책에서 셔먼 알렉시는 좀비 이야기를, 짐 셰퍼드 Jim Shepard는 거대한 상어 이야기를, 켈리 링크는 마녀 이야기를 썼다. 릭 무디Rick Moody는 과거로 시간여행을 보내 추억을 다시 체험하게 하는 약을 다뤘고, 닉 혼비Nick Hornby의 이야기에는 빨리감기 기법으로 종말론적 미래를 보여주는 마법의 VCR이 나온다. 나는 넋을 잃었다. 마음을 빼앗겼다. 작품들이 딱히 경천동지하게 훌륭해서는 아니었다.(물론 일부는 정말 훌륭하다.) 셰이본이 이 거물 작가들을 한

데 모았고, 그들에게 처음 작가의 꿈을 꾸게 만들었던, 딱 그런 종류의 이야기를 청탁했기 때문이었다.

나는 목차에 내 이름이 들어 있는 상상을 했다. 만약 그렇다면 나는 셰이본을 위해 어떤 이야기를 썼을지 생각해 봤다. 그리고 그 순간, 놀라움에 가까운 인식을 경험했다. 오래된 앨범을 탁 펼쳤는데 거기서 잊고 있었던 나 자신의 이미지를 발견한 기분이었다. 내가 하고 싶었던 것이 거기 있었다. 내가 되고 싶었던 작가가 거기 있었다. 그런데 작가 수업의 과정 어디에선가 나는 길을 잃었다. 내가 들은 강좌들은, 물론 내게 매우 소중한 가르침이었지만, 내게 문장과 테마와 캐릭터에 대한 집착을 가르쳤다. 누구도 **플롯**이라는 말을 사용하지 않았다. 마치 그것이 상소리나 금기어인 것처럼. 내가 참여한 문예창작 워크숍의 누구도 좀비나 체펠린 비행선이나 괴물 상어를 스리슬쩍이라도 이야기에 넣지 않았다. **장르**라는 딱지가 붙을까 봐 두려워서. 너무나 많은 문예창작 프로그램에서 장르는 궁극의 모욕이었다.

이후 나는 셰이본의 퓰리처상 수상작 <캐벌리어와 클레이의 놀라운 모험The Amazing Adventures of Kavalier and Clay>을 읽었다. 거칠 것 없는 현실도피주의가 나를 매료시켰다. 경이로웠다. 탈출 마술과 슈퍼히어로 만화와 나치 침공과 유대의 골렘golem 신화와 남극의 전장을 넘나드는 플롯만큼이나 문체도 마법적인 활력과 패기에 차 있었다. 셰이본은 내 마음속에 경계를 초월한 작가로 자리매김했다.

요즘은 순수문학을 대체로 학계가 장악하고 있고, 학자들은 분류학에 병적으로 집착한다. 증거를 원한다면 언제 한번 작가 및 저작 프로그램 협회Association of Writers and Writing Program, AWP의 학회에 가보라. 작명과 분류에 목매는 사람들이 패널을 차지하고 있다. 포스트모더니즘, 신新 남성성, 마술적 사실주의, 탈산업주의, 중서부 작가, 엄마 작가, 아시아 작가, 카리브해 작가, 전쟁 작가 등등, 뭐만 나오면 당장 꼬리표를 붙인다. 이 꼬리표 붙이기는 사람들의 결벽증에 영합한다. 양말을 전부 동그랗게 말아서 서랍에 색깔별로 정리하는 것과 같다. 꼬리표는 논쟁에 시작점을, 담론에 틀을 제공한다. 하지만 그보다 현실성 없는 탁상공론을 위한 멍석에 가깝지 않을까. 생각해 보라, 누군가를 두고 그가 순수 문학가인지 장르 문학가인지, 아니면 크로스오버 문학가인지(그게 뭔지는 모르겠지만)에 고민하는 건 귀중한 정신에너지를 궁극적으로 하등 상관없는 일에 낭비하는 것이다. 이런 꼬리표들은 제한하고 한정하는 일 외에는 아무 짝에도 쓸모없는 유령 바리케이드에 불과하다.

마이클 셰이본은 어디에 속할까? 마거릿 애트우드Margaret Atwood는? 케이트 앳킨슨Kate Atkinson은? 코맥 매카시Cormac McCarthy는? 옥타비아 버틀러Octavia Butler는? 피터 스트라우브, 래리 맥머트리Larry McMurtry, 어슐러 K. 르 귄Ursula K. Le Guin, 톰 프랭클린Tom Franklin, 수자나 클라크Susannah Clarke는? 학자들은 공론 끝에 이 작가들을 서점의 각기 다른 코너로 찢어 보낸다. 시간을 더 거슬러 올라가서―문예창작 프로그램의 태동 이전으로 거슬러 올라가서―셀리 잭슨Shirley Jackson, 레이먼드 챈들러Raymond Chandler, 레이 브래드버리Ray Bradbury, 너새니얼 호손Nathaniel Hawthorne, 헨리 제임스Henry James 같은 전설들을 논할 때도 마찬가지다. 만약 굳이 스스로를 분류한다면 나는 이들과 한패다. 작가writer와 이야기꾼storyteller을 **동시에** 지향하는 사람, 기교적 작법과 강박적 가독성을 함께 추구하는 사람이 있다면 나도 그 사람과 동류다.

사실주의는 트렌드일 뿐이다. 이것이 셰이본이 내게 일깨워 준 것이었다. 이것이 학계―문예창작의 제도권―가 망각한 것이었다. 발굽자국들이 짙게 찍힌 유구한 문학의 역사를 뒤돌아보자. 판타지 요소를 포함하고 있지 않은 이야기를 찾아보기 어렵다. 사실주의가 지배적 모드가 된 건 아주 최근의 일이다. 그나마도 이미 바뀌고 있다. 활기와 장난기 왕성한 플롯 픽션의 응원단장 격인 셰이본 같은 사람들 덕분에. 이것도 저것도 아니면서 동시에 순수 문학가이자 장르 문학가인 조지 손더스George Saunders, 캐런 러셀Karen Russell, 케빈 브록마이어Kevin Brockmeier, 케이트 번하이머Kate Bernheimer 같은 작가들의 도약 덕분에. 이들을 문학계의 어벤저스라고 부르자.

†

5학년 때였다. 나는 크리스마스를 맞아 담임선생님에게 유리병에 플라스틱 거미들이 박혀 있는 형광녹색 엑토플라즘을 가득 담아 선물했다. 선생님의 책상은 반짝이는 패키지와 리본 묶은 상자들과 눈송이 대신 솜뭉치를 깐 과일 바구니로 가득했다. 나는 유리병을 포장하지 않았기 때문에 안에 든 찐득한 초록 물질이 훤히 보였다. 하지만 헨 선생님은 물었다. "이게 뭐니?"

"심령체로 채운 유리병이요." 나는 자랑스럽게 말했다. "거미도 있어요." 내 방 침대탁자에도 내 병이 따로 있었다. 나는 밤마다 그 찐득이를 스탠드 불빛에 비췄고, 병을 빙빙 돌리며 병 안의 검은 반점들을 관찰했다. 내 눈에는 세상 무엇보다 멋진 물건이었다. <납골당의 미스터리 Tales from the Crypt> 만화책 모음이나 문을 찢어발기는 에일리언 포스터와도 순위를 다투는 보물이었다.

헨 선생님이 병을 들어서 기울였다. 선생님이 병을 기울이는 각도와 고개를 꼬는 각도가 일치했다. 심령체가 흘러내리며 새로운 형상을 이루는 모습을, 그 순간 선생님도 나도 침묵 속에 지켜보았다. 병 바닥에서 거품 하나가 올라와 트림했다. "이건 정말이지……." 헨 선생님이 말했다. 선생님은 거기까지만 말했다. 수업종이 울렸기 때문이다. 선생님은 책상에서 일어났고, 나도 총총히 내 자리로

Thrill me

돌아갔다.

만약 그때 종이 치지 않았다면, 만약 그 순간이 몇 초만 더 연장됐더라면, 과연 선생님은 무슨 말을 했을까? 이건 정말이지…… 기상천외하구나? 아름답구나? 도발적이구나?

그렇게 생각하고 싶다. 선생님이 아직도 그 병을 간직하고 있다고, 벽난로 위나 식탁 한가운데처럼 집안 어딘가 중요한 자리에 전시해 놓고 있다고 믿고 싶다. 하지만 내가 바보는 아니다. 나도 안다. 십중팔구 선생님은 그날 "다르구나."라고 말했을 거다.

유리병은 **달랐다**. 나는 **달랐다**. **다르다**. 중서부 지역에서 사람들이 영화나 책이나 음식에 대한 반응으로 흔하게 쓰는 말이다. 거기서 '다르다'는 "신통치 않아. 망측해. 괴상해."의 순화된 표현이다.

간혹 사람들이 내게 부모님에 대해 묻는다. 혹시 내가 다락에는 박쥐가 살고 지하실에는 전기톱이 있는 거미줄 드리운 빅토리안 저택에서 자라지 않았을까 해서. 혹시 내가 <몬스터 가족>이나 <아담스 패밀리>의 아들이 아닐까 해서.

만일 내가 누군가의 산물이라면, 그건 레이 브래드버리, 옥타비아 버틀러, 스티븐 킹, 리처드 매드슨 같은 작가들이다. 이들이 나를 작가로 빚었다. 부모라고 불러도 좋고 조물주라고 불러도 좋다. 이들은 군단이다. 이들은 현실보다 더 설득력 있고 더 사실적인 대체 현실을 낳은 상처 입은 지성의 스토리텔러 부대다. 이들은 **달랐다.** 나는 도서관의 침침한 구석에서 이들을 읽었고, 밖에서 폭풍이 울부짖을 때 침대 안에서 읽었고, 때로는 세상과 엮이는 것보다 책에 빠져 몽상하는 데 더 많은 시간을 보냈다. 이들의 책은 용과 유령과 에일리언으로 가득한 홀로그램 공간과 같았고, 그것이 내 현실이 되었고, 내 뇌의 배선을 바꿔 환상적인 것을 기리고 고대하게 만들었다.

숲속에서 하이킹할 때 나는 막대기로 나무를 세 번씩 때리며 누나에게 그것이 빅풋[a]을 부르는 방법이라고 말했다. 바닷가에서 놀 때는 기다란 덩이줄기 같은 해초를 크라켄[b]의 촉수로 상상했다. 레스토랑에 가면 웨이터와 주방장이 식품 저장고에 시체를 잔뜩 쌓아놓고 인육 스테이크를 굽는 식인종이 됐다. 나는 **다르다.** 이 다름이 나를 부추겨서 나름의 미학적 지표를 제시하게 했다. 이 지표를 헬기 폭발 조항이라고 부르자.

이야기에 폭발하는 헬리콥터가 없으면, 문장이 아무리 예쁘고 계시가 아무리 오르가슴과 맞먹어도, 편집자는 그 이야기를 출판하길 꺼린다. 폭발하는 헬기는 매우 포괄적인 용어다. 거대 상어, 레이저 눈의 로봇, 해적, 난동 유령, 반인반묘, 사탄, 느린 좀비, 빠른 좀비, 말하는 일각수, 탐침을 휘두르는 화성인, 섹시한 흡혈귀, 아슬아슬한 앞가리개를 두른 미개인, 온갖 형태의 종말론적, 종말이후론적

[a] 빅풋
Big Foot,
로키산맥에 산다고
전해지는 설인.

[b] 크라켄
Kraken,
북극에 산다는
전설상의 바다 괴수.

아수라장을 두루 일컫고, 거기에 국한되지도 않는다.

농담이다. 하지만 농담이 아니다. 나는 수많은 문예지와 워크숍이 알레르기 반응을 일으키는 것들을 두 팔 벌려 수용한다. 개의치 말고 나가라. 장르문학을 흉보라. 흉봐도 된다. 최악의 장르문학은 정형화된 플롯, 구태의연한 언어, 종잇장처럼 피상적인 캐릭터들, 젠더와 인종에 대한 고정관념, 다양성의 총체적 부재를 특징으로 한다. 아무리 나라도 다음과 같은 문장을 읽을 때는 손발이 오그라드는 한편 웃음을 참기 어렵다. "저명한 큐레이터 자크 소니에르는 [루브르] 미술관 그랑 갤러리의 아치 회랑으로 비틀대며 들어섰다."

하지만 이왕 흉보는 김에 순수문학 소설도 흉보자. 이때 **최악**은 예쁜 문장들만 무더기로 쌓일 뿐 아무것도 일어나지 않는 소설이다. 예를 들면 이런 식이다. 부부 사이의 옥신각신이 누군가의 티타임으로 이어진다. 이 누군가가 차를 마시며 먼 옛날의 소중한 순간을 추억하며 아련히 창밖을 응시하고, 창밖에서는 구름이 뭉게뭉게 밀려오고, 이 층운의 휘몰이 파도가 문득 심장이 떨리고 사타구니가 전율하는 계시의 시각적 대응물로 변한다.

흉보고 놀리는 건 쉽다. 등식을 반대로 돌려서 이번에는 어떤 것이 최선인지 생각해 보자. 순수문학 소설은 정교한 문장, 빛나는 메타포, 기저에서 도도히 흐르는 테마, 지극히 현실감 있는 캐릭터를 강조한다. 한편 장르문학 소설은 가장 **중요한** 의문을 제기하는 데 발군이다. **다음에는 어떻게 될까? 다음에는 무슨 일이 일어날까?** 이것이 사람들이 책을 읽는 이유다. 이것이 우리가 책과 사랑에 빠지고, 우리 중 일부는 언젠가 나도 내 책을 쓰고 싶다는 생각을 품게 되는 이유다. 비록 본인의 예쁜 문장에 현혹되어 이걸 잊을 때도 있겠지만.

이쯤에서 장르 소설과 순수문학 소설 속 최악의 요소들은 던져버리고, 최고의 요소들을 융합하자. 그러면 새로운 종류의 분류법이 탄생한다. 이제 서점에 들어서면 상품은 깔끔하게 둘로 나뉜다. '형편없는 이야기들'과 '내 지성과 감성에 영양분을 듬뿍 들이붓는 이야기들.'

ⓐ 배리 한나
Barry Hannah,
1942~2010.

오래 전 나는 배리 한나[a]의 가르침을 받는 행운을 누렸다. 한나의 목소리는 직접 들을 때나 책으로 읽을 때나 귀를 간질이며 리프를 타는 재즈 색소폰과 동급이었다. 워크숍 마지막 날, 나는 그에게 작별의 지혜 한마디를 구했다. 그는 입술을 축이고 눈을 가늘게 떴다. 그리고 내 인생 최고의 조언을 날렸다. "날 전율하게 해 줘."

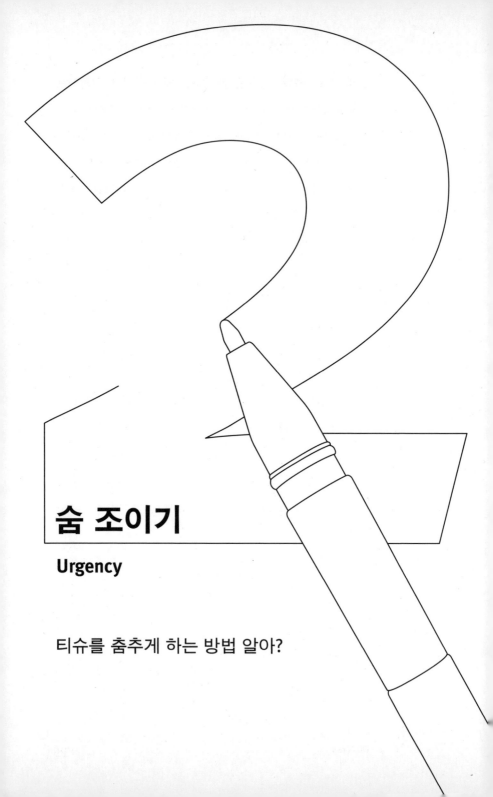

숨 조이기

Urgency

티슈를 춤추게 하는 방법 알아?

고등학교 때 대런이라는 친구 녀석이 있었다. 처음 만났을 때 녀석이 내게 물었다. "혹시 티슈를 춤추게 하는 방법 알아?" 나는 몰랐다. 대런도 마찬가지였다. 대런은 이 퀴즈가 오랫동안 자신을 괴롭혀 왔다고 했다. 대런이 5학년 때였다. 어느 날 식스플래그@에 놀러 가서 롤러코스터를 타려고 줄서서 기다리고 있는데, 어떤 손 하나가 대런의 어깨에 묵직하게 얹혔다. 돌아보니 매끈하게 빗어 넘긴 머리에 조종사 선글라스를 쓴 남자였다. 남자의 번쩍이는 선글라스가 대런의 놀란 표정을 거울처럼 비추고 있었다. "안녕, 꼬마." 남자가 말했다. "티슈를 춤추게 하는 방법이 뭐게?"

@ 식스플래그
Six Flags,
캘리포니아에 있는
놀이공원.

"모르겠는데요." 대런이 말했다. "어떻게 하는데요?" 그 순간, 줄이 앞으로 이동하면서 남자가 줄에서 이탈했고, 대런도 그냥 이상한 사람으로 치부하고 털었다. 그런데 20분 후, 대런이 롤러코스터에 올라앉아 안전대를 내렸을 때 "어이, 꼬마!"라고 외치는 목소리가 들렸다. 좀 전의 그 남자였다. 남자가 저 아래 쇠 난간에 기대서서 대런을 향해 하얀 치아를 내보이며 히죽 웃었다. "티슈를 춤추게 하는 방법이 뭐게?"

롤러코스터가 덜컹 앞으로 움직였고, 텅텅대며 상승하기 시작했다. 롤러코스터는 까무러치게 짜릿한 추락을 향해 위로, 위로, 위로 올라갔다. 하지만 대런은 거기에 집중할 수가 없었다. 감흥이 없었다. 롤러코스터가 최초의 추락을 거쳐 나선형 레일을 타고 맹렬히 치솟다가 급강하

할 때도, 내장이 풀어져서 목구멍으로 쏟아질 것 같을 때도 대런의 마음은 딴 데 있었다. 저 아래 많은 사람들 사이에 여전히 그 남자가 보인다. 여전히 자신을 쳐다보며 입모양으로 "티슈를 춤추게 하는 방법이 뭐게?"라고 말하고 있는 남자가.

롤러코스터가 멈춰 서자 대런은 얼른 뛰어나와 인파를 헤치며 남자를 찾아다녔다. 하지만 남자는 사라지고 없었다. 대런은 이후 두 번 다시 남자를 보지 못했다. 티슈를 춤추게 하는 방법은? 답을 놓쳤기 때문에 이 질문은 지극히 중요하게 남았다. 마치 춤추는 티슈에서 인생의 의미를, 우주의 기원을 발견할 수 있을 것처럼. 참고로 말하지만, 이 일은 구글이 생기기 전에 일어났다. 이후 몇 년 동안 대런은 만나는 모든 사람에게, 나를 포함해서, 물었다. "혹시 티슈를 춤추게 하는 방법 알아?"

나는 지금은 답을 안다. 하지만 말해 주지 않을 거다. 아직은.

†

나와 함께 휴가를 떠나는 사람들은 반드시 후회한다. 나는 그런 사람이다. 모두가 학을 떼는 사람. 하루를 일 분 단위로 쓰는 사람. 나는 새벽같이 일어나 정맥에 에스프레소를 주입하고, 자전거로 협곡 5마일을 주파하고, 10시까지 박물관을 통째로 훑은 다음, 도시 반대편 끝에 있는 타코 판매점에서 점심을 먹은 뒤, 해안 하이킹을 마치는 대로 귀신 나온다는 등대를 둘러보고 바다 밑 난파선 다이빙에 참여하고 나서 스시를 부랴부랴 흡입한 후, 블루그래스 콘서트가 끝나는 대로 위스키 바에 들렀다가 자정을 알리는 종소리를 들으며 끝내주는 밤을 보낸다.

　　나 같은 사람에게 유람선은 지옥이다. 나 같은 사람에게는 무계획이 지옥이다. 태양광선을 흡수하며 피냐콜라다를 홀짝거리는 것 외에 아무 할 일 없이 해변에 누워 있는 게 지옥이다. 태평한 휴식이 지옥이다. 나는 가만히 앉아 있질 못한다. 무위無爲는 내가 할 수 있는 일이 아니다. 심지어 영화를 볼 때도 나는 이메일에 답하고, 윗몸일으키기를 하고, 노트패드에 생각나는 걸 메모한다.

　　말할 것도 없이 이런 성향은 인간관계에 전혀 도움이 되지 않는다. 차분히 있지 못하는 인간을, 느긋한 법이 없는 인간을 좋아할 사람은 없다. 나는 한시도 일을 놓지 않는다. 나는 항상 욕망한다. 그런데 나의 이런 분주함이 소설 쓰기에서 건강한 배출구를 찾았다. 내 산문이 어느 방향을 향하든 엔진이 돌지 않는 때란 거의 없다.

†

1. 명확한 서사 목표 설정

여러분도 이미 아는 것이다. 고래 죽이기. 연쇄 살인범 잡기. 소행성과 지구의 충돌 막기. 모르도르에 가서 운명의 산에 올라 절대반지를 그것이 태어난 불구덩이에 도로 던져 넣기.

이것들은 목표 중에서도 상위 목표다. 상위 목표는 거대한 포물선을 그리며 서사 전체를 추진한다. 작가들은 이 포물선을 그리는 데 능통한 사람들이다. 캐릭터들이 더플백을 트럭 짐칸에 던져 넣고 아이다호의 보이시로 도로 여행에 오른다. 어떤 캐릭터들은 욕정이라는 불운의 화염에 싸여 혼외정사를 좇는다. 또는 소총을 닦고 기름을 바르며 차기 승진 예정자를 살해할 계획을 세운다.

그런데 작가들이 자주 까먹는 것이 있다. 서사 목표와 동시에 창조해야 하는 것이 바로 인간적 긴박감이다.

2. 인간적 긴박감 조성

캐릭터의 정서적 포물선을 이야기의 서사적 포물선 위에 얹는다고 상상해 보자. 서스펜스를 만들기 위해서는 다음의 두 가지가 필요하다. 캐릭터의 외면(인물의 인생에 개입하는 것)과 캐릭터의 내면(인물이 욕망하는, 하지만 손에 닿지 않는 곳에 있는 것). 이 두 가지가 하나로 결합하면 뭔가 일어날 가능성이 쌓인다.

배우는 감독에게 묻는다. "내 역할의 동기는 무엇인가요?" 캐릭터도 작가에게 같은 것을 묻는다. 피터 벤츨리의 소설 <죠스>의 주인공 브로디 서장에게는 식인 상어를 죽여야 할 직업적 이유와 개인적 이유가 있다. 직업적으로는 가슴에 단 경찰 배지와 허리에 찬 권총이 그에게 애미티 섬과 섬 주민들을 보호할 책임을 부여했다. 개인적 사정도 있다. 그의 아내가 남편의 무심함에 지쳐 바람을 피우고 있으며 상어 추적은 그에게 무력감과 패배감을 밀어낼 배출구 역할을 한다.

대니얼 우드렐Daniel Woodrell의 <윈터스 본Winter's Bone>에서 주인공 리 돌리가 실종된 아버지를 찾아나서는 동기는 세 가지다. 경제적 이유. 아버지가 집과 땅을 담보로 보석금을 내고 사라져 버려 가족이 길에 나앉게 생겼다. 가정적 이유. 주인공은 정신이 온전치 않은 엄마와 두 남동생을 돌봐야 하는 소녀 가장이다. 그리고 이념적 이유. 아버지는 그러지 못했지만 그녀는 세상에 맞서 법집행자들과 무법자들을 상대로 자신의 근성을 시험하고 그 과정에서 오자크 마을을 지배하는 가부장적 문화의 압박을 극복해야 한다.

이런 동기들이 상황의 얼개를 만들고 상황의 위험부담을 키운다. 동기가 무엇이든 재정적, 직업적, 감정적, 물리적, 정신적 동기 모두 캐릭터가 여정을 지속할 이유로 기능한다. 그리고 독자에게 그 여정을 따라갈 이유를 준다. 위험부담이 없으면 긴박감이 없고, 긴박감이 없으면 실패작이 된다.

3. 긴장 고조용 장애물 창조

앨리스 시볼드Alice Sebold의 소설 <러블리 본즈The Lovely Bones>를 생각해 보자. 이웃집 남자에게 살해당한 십대 소녀 수지 새먼이 사후세계에서 뒤에 남은 자신의 죽음을 감당해내야 하는 가족의 모습을 지켜보는 것이 소설의 내용이다. 수지의 여동생 린지는 섬뜩한 느낌을 풍기는 이웃집 남자—인형의 집을 만드는 조지 하비라는 남자—가 살인자라고 믿는다. 이제 린지의 미션은 하비가 범인이라는 증거를 찾는 것이다.

학교 크로스컨트리 운동부인 린지는 부원들과 함께 마을을 통과해 달리던 중, 하비의 차가 집을 빠져나가는 것을 본다. 놈의 집을 뒤져 단서를 찾을 절호의 기회다. 린지는 대열에서 빠져 하비의 옆 뜰로 뛰어든다(첫 번째 긴장 포인트). 린지는 자신이 달리기 도중 없어진 것을 운동부원들이 눈치 챘을까 봐 걱정한다. 그녀는 지하실 창문을 걸어 찬다(두 번째 긴장 포인트). 유리 깨지는 소리가 이웃들의 주의를 끌 만큼 요란하다. 린지가 좁은 구멍으로 기어들어 갈 때 독자는 그녀가 유리에 다칠까 봐 무섭다(세 번째 긴장 포인트. 이제 감 잡았을 줄로 믿고 더는 세지 않는다). 전구가 대부분 죽어 버린 지하실은 음산한 그림자로 가득하다. 별다른 것이 없다. 린지는 우당탕 계단을 올라가 서랍과 찬장을 마구 열어 본다. 그러는 내내 하비가 언제 돌아올지 몰라 애가 탄다. 2층의 침실까지 돌아본 린지는 포기하고 나가려 한다. 그때 린지의 발밑에서 마룻장 하나가 삐걱거린다.

린지는 마룻장을 뜯어낸다. 그녀는 마룻장 아래 구멍에서 공책 하나를 발견한다. 공책은 하비가 **정확히** 어떻게 수지 새먼을 납치하고 강간하고 살해했는지 보여주는 스케치와 기록으로 가득하다. 린지는 마룻장을 다시 제자리에 끼워 놓고 떠날 준비를 한다. 미션 완료.

헐, 아니다. 바로 그때 밖에서 자동차 엔진소리가 들린다. 자동차 한 대가 집으로 들어오고 있다. 하비가 돌아왔다. 그가 집으로 들어와 장 봐온 것을 내려놓는다. 그는 수납장 문이 열려 있는 것을 본다. 그동안 린지는 위층에 꼼짝없이 갇혀 있다. 하비는 누군가 집에 침입했다는 것을 당장 알아차린다. 린지가 침실의 느슨한 마룻장을 밟고 삐걱 소리를 내는 순간, 놈은 냅다 위층으로 달려 올라간다.

린지는 수많은 난관 끝에 공책을 발견하지만 안도의 순간은 잠시뿐, 엄청난 위험에 처하고 만다. 이제 린지의 목표는 '증거 획득'에서 '살아서 나가기'로 바뀐다. 기막힌 상황 전환이다. 린지는 창문을 홱 잡아당긴다. 창문으로 나가려면 책상 너머로 몸을 뻗어야 한다. 그것만도 문제인데, 젠장 창문이 잠겨 있다. 린지는 하비에게 잡히기 직전 아슬아슬하게 빠져나오지만 상황은 거기서도 끝나지 않는다. 지붕널에 미끄러지면서 지붕에서 굴러 떨어진다. 린지는 추락의 충격으로 몸을 가누지 못하고 풀밭에 뻗어 버린다. 하비가 팔을 휘두르며 벼락처럼 현관으로 뛰쳐나오고, 린지는 간신히 일어나 죽을힘을 다해 내뺐다. 이 하나의 세 트피스 순간에서 나는 장애물의 수를 세다가 포기했다. 모든 것이 너무나 후딱 진행됐다.

작가가 캐릭터를 위치시키고 싶어 하는 곳은 바로 이런 곳이다. 작가는 캐릭터를 탈출이 거의 불가능해 보이는 궁지에 몰아넣고자 한다. 위의 장면, 린지가 살인자의 집을 수색하는 장면은 이 소설에서 캐릭터들이 답을 쫓는 수많은 장면 중 하나다.

4. 하위 목표 설정

하위 목표들은 장면들을 몰아가는 기능을 한다. 스테이시는 졸업 파티용 맥주를 사러 가게에 가야 한다. 조니는 여자와 만나기 위해 밤에 부모 몰래 집을 빠져나가야 한다. 샘은 허리케인이 닥치기 전에 창문들을 합판으로 막아야 한다. 이런 것들은 일종의 '미니' 결승선이다. 독자는 주자다. 주자가 부단히 경주를 이어 가려면 자잘한 심리적 중간 목표들이 필요하다. 마라톤 선수의 목표는 최종 결승선을 끊는 것이다. 하지만 선수는 당장 눈앞에 보이는 벤치와 길 끝의 도로표지판과 다음 모퉁이의 주차요금 징수기를 목표로 달리며 끝없이 승부욕을 달군다. 수천 개의 자잘한 목표 완수가 모여 결국 승리로 이어진다.

하위 목표는 대화dialogue를 쓸 때 특히 중요하다. 인물의 성격화characterization 방법은 대화 외에도 많다. 외모("그는 플로리다의 은퇴자들이 애용하는 벨벳 레저슈트를 입고 있었다."), 제스처("그녀는 저벅저벅 걸어 들어와 발을 세게 굴러 모두의 주의를 집중시켰다."), 결정 ("여동생이 목에 눅눅한 브로콜리 덩어리가 걸려 캑캑대는 걸 보면서도 소년은 엄마를 부르지 않았다. 다만 지켜보기만 했다. 심지어 호기심 어린 눈으로.") 등. 하지만 일반적으로 대화는 그 자체로 순전하고, 여과되지 않고, 직접적이라는 점에서 여타 인물 묘사 방법과 전혀 다르다. 다시 말해 대화는 화자의 조종을 필요로 하지 않는다. 어쩌면 이 때문에 많은 작가들이 대화 속에 하염없이 뒹굴기를 좋아하는 건지도 모른다. 특히 장편소설에서. 작가는 캐릭터들을 공원 벤치에, 또는 불빛이 어둑한 술집에, 또는 녹슨 자동차 안에 앉힌다. 그리고 대화가 시작된다. 끝도 없이 이어진다. 한번 시작하면 몇 페이지가 넘어가도 끝나지 않는다. 이런 수다는 과도하고, 종종 쓸데없고(아버지는 사기꾼이요, 아들은 호구라는 걸 감 잡는 데는 네 줄이면 충분하다) 장황할 뿐 아니라(우리는 캐릭터들이 힘들었던 과거사나 미술관 그림에 숨어 있는 바보 같은 암호를 입으로 주저리주저리 설명하는 걸 원치 않는다) 읽기 동력을 죽인다.

늘어지는 대화를 꼭 써야겠다면, 그럼 젠장, 캐릭터들에게 뭔가 할 일이라도 주자. 할 일을 주라는 것이 담배나 맥주를 주라는 뜻이 아니다. 최소한 스테이크를 굽게 하거나, 카니발에 보내거나, 종이반죽으로 탈바가지라도 만들게 하거나, 막히는 도로공사 구간에라도 넣으라는 뜻이다. 상황을 주라는 뜻이다. 톰은 크리스마스 햄을 사러 가게에 가야 한다. 버사는 거미줄 널린 지하 감옥에서 탈출해야 한다. 오래 걸리는 대화 장면을 포함하고 싶다면(남편이 마사지사와 부적절한 관계를 맺은 사실을 실토하는 장면, 또는 할아버지가 한국전쟁에서 지뢰를 밟아 한쪽 발을 잃은 경위를 설명하는 장면), 그것을 뭔가 다른 것에 겹쳐 놓도록 하자. 뭔가 다른 것. 뭔가 결승선이 있는 것. 하위 목표.

대화의 결과물(예를 들어 캐릭터 A가 캐릭터 B에게 밝힌 자신의 감정)만으로는 결코 충분하지 않다. 청중을 이야기에 매진하게 하려면, 다음에 무슨 일이 일어나는지 궁금해하게 하려면, 뭔가 다른 것의 작동이 필요하다. 바로 하위 목표가 이 기능을 한다. 하위 목표는 이야기에 적정 분량의 동력을 주입한다.

<양들의 침묵> 시리즈로 유명한 범죄 심리 스릴러의 명장 토머스 해리스의 작품을 생각해 보자. 작가들에게 페이싱ⓐ에 대해 한수 가르칠 사람이 있다면 바로 해리스다. 그의 소설 <레드 드래곤Red Dragon>에 프랜시스 달러하이드라는 캐릭터가 나온다. 프랜시스는 직장동료이자 여자친구인 레바 매클레인을 집에 데려오고, 두 사람은 거실에서 밀도 있는 대화를 나눈다. 마티니를 기울이며 프랜시스가 사는 집의 역사(예전에 양로원이었다), 어눌한 말과 외

ⓐ 페이싱
pacing,
속도 조절.

모에 대한 그의 자격지심(그에게는 구개파열이라는 선천성 기형이 있다), 그리고 서로에게 느끼는 연애 감정에 대해 대화한다. (프랜시스가 대화 내용을 흥미로워하는가? 적어도 레바는 그렇다.) 이 장면은 그 자체로는 그리 흥미진진하지 않다. 하지만 여기서 변수는 이 장면을 쓴 사람이 토머스 해리스라는 데 있다. 독자는 이 장면을 숨죽이고 손에 땀을 쥐며 읽는다. 레바는 시각장애인이다. 그리고 프랜시스는 레바와 대화만 한 게 아니다. 레바 몰래 준비를 갖추고, 자신이 살해한 가족을 찍은 홈비디오를 소리 없이 튼다. 이쯤 되면 대화는 완전히 새로운 의미를 갖는다. 독자는 레바가 프랜시스를 감화하는 데 성공할지, 아니면 프랜시스가 레바의 얼굴을 물어뜯을지 간을 졸이며 기다린

다. 속도 조절 외에, 톤[ⓑ]도 이슈가 된다. 소설 한 편을 빠르게 훑으며 소설의 배열 방식을 시각적으로 짚어 보자. 대화가 도처에 뿌려져 있기는 하지만 대부분의 문단은 액션과 요약의 두툼한 덩어리들이고, 여기에 책의 목소리[ⓒ]가 담겨 있다. 이 목소리의 톤과 딕션[ⓓ]은 대개 첫 번째 문단이 끝나기 전에 수립되고 이후 쭉 유지된다. 작가가 공원 벤치 장면 — 또는 술집 의자 장면, 또는 부엌 식탁 장면 — 에 엉덩이를 붙이고 앉는 순간, 캐릭터들의 대화가 바통을 이어받는다. 일종의 서사적 쿠데타다. 이때 기본적으로 독자는 책과의 톤 접속을 놓치고 표류한다. 하지만 긴 대화에 삼각망을 구축하면, 다시 말해 대화를 간간히 끊어서 목표 지향

ⓑ 톤
tone,
어조.

ⓒ 목소리
voice,
태(態).

ⓓ 딕션
diction,
어법, 말씨.

적 액션을 중심에 놓고 뿌리면, 청중에게 책의 음색을 상기
시키고 톤을 유지하면서 그들을 계속 붙잡아둘 수 있다.

이 방면에는 그레이엄 그린이 도사다. 명저 <권력과
영광>을 펴서 아무 부분이나 읽어 보라. 첫 챕터의 후반부
를 예로 들어 보자. 거기서 주인공 '위스키' 신부는 자신의
옛 애인과 사생아와 재회하고, 경찰에 쫓기면서도 마을에
남아 성찬식을 행한다. 이때 독자는 부자연스럽게 짧은 대
화 토막들("나를 못 알아봤어요?" "많이 변해서.")과 이 만
남의 감정적 무게(딸의 모습에 가슴이 죄책감으로 먹먹하
다)와 물리적 위험(안개를 뚫고 그를 잡으러 오는 군마의
울음소리가 들린다)을 강조하는 서사들 사이를 부단히 왔
다 갔다 한다.

톤에 목소리만 관여하지 않는다. 음악도 관여한
다. 단어들이 만드는 리듬감. 대화는 전형적으로 스타카토
고, 서사는 전형적으로 레가토다. 딱딱 끊어지는 대화에 너
무 많이 의지하면 서사 문단들의 원활한 연결이 파투난다.
두 캐릭터 간의 중단 없는 대화는 피아노 건반 하나를 계속
두드리는 것만큼 사람을 진 빠지게 한다. 하지만 용서를 비
는 사만다의 간절한 애원을, 카드로 느릿느릿 차곡차곡 집
을 쌓는 조의 행동으로 리드미컬하게 끊어 주면, 글에는 우
리가 계속 장단을 맞출 박자가 생긴다. 마치 주도면밀하게
편곡된 음악처럼.

또한 하위 목표는 — 작가가 출중하다면 — 비유적

배경으로 작용하고, 인물의 성격화를 강화한다. 여기 브라이언이라는 인물이 있다. 그는 자신의 고교 시절 여자친구 로렌과 결혼한 지미를 아직도 남몰래 증오한다. 오랜 세월 억눌려 있던 갈등이 사냥 여행에서 곪아터질 위기에 이른다. 둘 다 칼이 있다. 둘이 사슴의 내장을 꺼내고 가죽을 벗기고 고기를 자르고 있을 때, 지미가 브라이언에게 진득한 애인이 없는 것을 두고 깐죽거리기 시작한다. "넌 노력이 부족해." 지미가 말한다. "파인 태번의 그 여자 바텐더 어때? 너한테 관심 있던데." 이때 브라이언이 사슴의 관절을 거칠게 부러뜨리거나, 브라이언의 칼이 빗나가서 내장 주머니가 터지고 고기가 더럽혀진다면? 그 행동은 브라이언이 내뱉을 수 있는 그 어떤 말보다 의미심장하다.

ⓐ 미스디렉션
misdirection,
엉뚱한 방향 제시.

    이것은 미스디렉션ⓐ의 한 유형이다. 캐릭터들은 그들의 진심을 회피하고 있다. 동시에 회피를 통해 진심을 드러내고 있다. 꾸준히 붕괴 중인 결혼을 정면으로 논의하는 대신, 아내와 남편은 마당의 잡초를 뽑으며 비료 선택을 두고 입씨름한다. 일학년 꼬마는 교사에게 대놓고 증오의 말을 하는 대신, 붉은 크레용으로 핏물 웅덩이를 그려 놓고 태양이라고 말한다. 켄트 하루프가 <플레인 송>에서 보다 매력적인 예시를 제공한다. 바로 중년의 맥퍼른 형제가 유모차와 아기 물품을 사러 가는 대목이다. 이들은 밭에 거름을 뿌리고 건초더미를 운반하며 하루의 대부분을 밖에서 보내는 사람들이다. 백화점에서 이들의 남루한 모습은 우스꽝스러울 만큼 겉돈다. 형제가 백화점에 온 이유가 있다. 임신한 뒤 엄마에게 내쫓기고 남자친구에게도 버림받은 여고생 빅토리아 루비도를 위해서다. 맥퍼른 형제는 의지가 지없는 소녀를 맡게 됐고, 소녀를 위해 이렇게 시내 행을 감행한다. 형제는 빅토리아를 딸처럼 사랑한다. 형제는 그 사랑을 결코 말로는 표현하지 않는다. 하지만 이들이 백화점 직원과 무뚝뚝하게 입씨름하고("바퀴에 덮개가 왜 있어야 합니까?" "장식이죠." "예에?" "더 예쁘잖아요." "암요, 바퀴도 반반해야죠."), 결국 가장 스타일리시하고 가장 비싼 유모차를 고르는 행동("이거 재고 있죠?")이 이들의 사랑을 대변한다. '쇼핑 원정'이라는 액션을 중심으로 삼각망을 이룬 이 대화는, 형제가 빅토리아에게 대놓고 사랑한다고 말하는 것 못지않게 강렬하다.

삼각망 기법의 가장 **흥미진진**한 사례는 아마 미국 HBO 드라마 <왕좌의 게임>이 아닐까 싶다. 이 드라마의 원작인 조지 R. R. 마틴의 <얼음과 불의 노래> 시리즈는 수많은 캐릭터들과 사연들이 빽빽이 들어찬 방대한 스케일의 대하소설이다. 각 권이 벽돌처럼 두껍다. 드라마 <왕좌의 게임>의 쇼러너[a] 데이비드 베니오프는 한 시간 가량의 에피소드마다 엄청난 양의 정보를 쑤셔 넣어야 한다. 관객에게 알력 구도와 통상로들, 가문 사이의 원한, 정치적 이전투구, 지역별 풍습을 빠삭하게 알려야 한다. 더구나 이 일을 작가의 내재성interiority이나 전지적 시점 화자의 도움 없

[a] 쇼러너 showrunner, TV 시리즈의 총괄 프로듀서 겸 대표 작가.

이 해내야 한다. 따라서 이 과제는 캐릭터들의 몫이 된다. 캐릭터들은 서로에게 말하는 방식으로, 때로는 엿듣는 방식으로 관객이 알아야 할 내용을 전한다. 하지만 설명적 대화는, 앞서도 말했지만, 투박하고 지루하다. 베니오프는 우리의 주의를 잡아두기 위한 삼각망 장치로 섹스를 이용한다. 욕조 안에 엉겨 있거나 벽에 밀착해 있거나 동물 가죽이 널린 침대에 걸쳐져 있는 두 육체가 심심찮게 등장한다. 등장인물들은 서로를 더듬고 엉덩이를 움직이면서 대화를 나눈다. (화제는 주로 정치와 전쟁이다.) 문장의 마침표 역할은 간헐적으로 터지는 신음이나 헐떡임이 맡는다. 이를 '섹스 대화', 또는 '섹스 해설'이라 부르자. 연인 사이의 권력 투쟁이 이 드라마의 소재라 해도 과언이 아니다. 모략의 대가 리틀 핑거는 그의 매음굴에서 일할 창녀들이 오디션 받는 모습을 구경하며 권력을 논한다. 마저리 타이렐은 게이인 남편 렌리 바라테온과 동침하지만 결국 섹스에 실패하고 후계자 생산이 어렵다는 것을 깨닫는다. 하지만 마저리는 기분이 상하기는커녕 더욱 초롱초롱해진 눈망울과 전략적 감각을 드러내며 남편에게 그들의 미래—왕국의 미래, 왕과 여왕으로서의 미래—를 역설한 뒤, 자신의 오빠인 '꽃의 기사' 로라스를 부부의 텐트로 불러들여 스리섬을 제안한다.

　　캐릭터가 아름답든 못생겼든, 멋지든 밉상이든, 조용하든 시끄럽든, 또한 해당 장면에서 그들의 목적이 무엇이든, 삼각망 대화 이면의 논리는 단순하다. 그것은, 일어나는 일이 항상 한 가지보다는 많아야 한다는 거다. 또한 탄탄한 자기강화 구조를 위해서는 기초가 되는 삼각형이 강력해야 한다. 이것을 대화 기하학의 정리定理라 불러도 좋다.

5. 똑딱이는 시계

캐릭터가 장애물들을 헤쳐 나가고 미니 결승선들을 넘을 때, 시한時限을 설정할 것을 강력히 추천한다. 시간제한이 있어야 볼 맛이 난다. 소년은 졸업 전에 반드시 동정童貞을 잃어야 한다. 운동선수는 중요한 시합 전까지 몸을 만들어야 한다. 갱에 공기가 떨어지기 전에 광부들을 구조해야 한다. 연료 탱크가 바닥나기 전에 전투기가 바다를 건너야 한다. 바이러스가 도시 밖으로 퍼지기 전에 검역을 개시해야 한다. 신데렐라는 자정까지 왕자에게 구애해야 한다.

나는 데드라인이 있어야 일이 잘 된다. 손목 위의 시계와 벽에 붙은 달력에는 뭔가 특별한 것이 있다. 나를 가일층 매진하게 하는, 없던 힘도 나게 하는 무언가가 있다. 그건, 내게 주어진 시간이 딱 **그만큼**이라는 자각에서 오는 급박함이다. 급박함에 따른 활력은 소설에도 그대로 적용된다. 상황에 심어 놓은 똑딱거리는 시계, 즉 시간이 다 되어 간다는 위기의식이 책장을 초침 속도로 넘어가게 한다.

이 장치의 가장 과장된 버전을 들자면 에드거 앨런 포의 단편 <함정과 진자>일 거다. 탁자에 묶여 있는 주인공 위로 진자가 왔다 갔다 한다. 문단이 진행함에 따라 진자의 칼날이 점점 더 낮게 내려오고, 독자는 강제 할복의 공포에 점점 더 배를 집어넣는다.

이것과 비등한 예가 케빈 브록마이어의 단편 <천장 The Ceiling>의 도입부에 등장한다. 하늘에 검은 거석이 나타나 천천히 내려온다. 거석은 해를 빨아들이고, 수평선 끝과 끝을 뒤덮고, 캐릭터들을 뭉개 버리려 한다. 셜리 잭슨의 단편 <제비뽑기The Lottery>에서는 마을 사람들이 연례 축제에서 돌에 맞아 죽을 한 사람을 선발한다. 죽음의 쪽지가 시한폭탄 역할을 한다. 팸 휴스턴Pam Houston의 소설 <내용물이 움직였을 수도 있다Contents May Have Shifted>에는 울창한 숲으로 뒤덮인 알래스카 오지에서 엔진이 털털거리고 연료 탱크가 비어 가는, 내려앉을 호수를 빨리 찾아야 하는 수상비행기가 나온다. 데이비드 베니오프의 소설 <25시The 25th Hour>의 주인공은 7년 징역형을 선고받은 후 잠시 보석으로 풀려나 수감까지 일주일의 자유를 허락받는다. 영화 <디센던트>에서는 조지 클루니가 사고로 혼수상태에 빠진 아내의 생명 유지 장치를 제거하기로 결정한다. 아내는 이제 2주 후면 숨을 거두게 된다. TV 드라마 <24>가 장수하며 인기를 누린 비결은 0초를 향해 끝없이 재깍대는 시계와 숨 가쁜 사건 전개에 있었다.

이들 사례에는 모두 위험의 도래와 회피 가능성을 동시에 시사하는 운명의 시계, 즉 시간 프레임이 존재한다.

하지만 이 장치가 꼭 그렇게 흉흉할 필요는 없다. 보다 은근한 방식으로 시간의 경과를 제시할 수도 있다.

헤밍웨이의 <노인과 바다>의 시작 부분을 보자. "그는 멕시코 만류에 조각배를 띄우고 혼자 고기를 잡는 노인이었다. 고기 한 마리 잡지 못하고 흘려보낸 날이 오늘로 84일째였다." 우리는 안다. 그렇게 오래 기다렸으면 이제는 그저 시간문제일 뿐이란 것을. 아니나 다를까 마침내 낚시찌가 물속으로 쑥 내려가고, 이어서 노인과 물고기 사이의 줄다리기가 맹렬히 이어진다. 이쯤에서 우리는 또 안다. 노인이 포기하든 물고기가 포기하든 조만간 결판이 나리라는 것을.

한편 줌파 라히리의 단편 <일시적인 문제>는 이렇게 시작한다. "공지에 따르면 그것은 일시적인 문제였다. 앞으로 닷새간 오후 8시부터 한 시간 동안 단전이 된다는 공지가 붙었다." 아기를 유산한 뒤 결혼의 위기를 맞은 남편과 아내는 이제 촛불 아래서 함께 저녁을 먹어야 한다. 어둠 속에서 두 사람은 단절됐던 대화를 재개하는 것밖에는 할 게 없다. 그리고 우리는 안다. 닷새 후에는 그들의 관계가 치유되든 완전히 끝나든 둘 중 하나이리란 것을.

크리스토퍼 코크의 단편 <집을 샅샅이All through the House>, 마틴 에이미스의 소설 <시간의 화살>, 크리스토퍼 놀란 감독의 영화 <메멘토>는 서사를 역순으로 진행한다. 운명의 타이머는 모두 0을 향해, 과거의 특정 시점을 향해 똑딱이고, 그 끝에는 뭔가 끔찍한 일이 기다리고 있다.

　또 하나 잊지 말아야 할 것이 유효기한의 길이다. 만약 신데렐라가 자정까지가 아니라 지금부터 7일 이내에 왕자를 꼬셔야 한다면? 만약 예수가 광야에서 40일이 아니라 4,000일 간 고행했다면? 영화 <슈퍼배드>의 십대들이 총각 딱지를 떼야 하는 시한이 고등학교를 졸업할 때까지가 아니라 독문학 박사 과정을 마칠 때까지라면?

　나는 신작 <레드 문>에 이 애타는 기대감 전략을 적용했다. 도처에서 사용했지만 가장 노골적으로 써먹은 데가 1장이다. 칼 같이 주름을 잡은 양복에 오팔처럼 반짝이는 검정 구두를 신은 남자가 공항으로 들어온다. 그의 서류가방은 비어 있다. 목은 면도로 벌게져 있다. 남자는 코로 사납게 숨을 내뿜으며 끊임없이 초조하게 서성인다. 땀을 얼마나 심하게 흘리는지, 비행기 탑승권으로 이마를 훔치자 잉크가 번진다. 이쯤 되면 충분히 예상 가능하다. 비로 얼룩진 창에 유령처럼 뜬 남자의 얼굴과 머리 위에 미친 아가리처럼 벌어지는 짐칸. 독자는 뭔가 끔찍한 일이 닥치고 있다는 걸 안다. 그리고 닥친다. 하지만 애타는 열다섯 페이지 후에 닥친다. 다이너마이트를 향해 타들어가는 기다란 도화선 후에.

　6. 만족 지연과 정보 보류

내 친구 대런, 기억하는가? 티슈를 춤추게 하는 방법을 너무나 간절하게 알고 싶었던 내 친구 대런? 고등학교 3학년 때 나는 스포츠클럽에서 아르바이트했다. 고급 시설이었다. 거기 회원들은 다들 BMW를 몰았고, 보트 슈즈를 신었고, 모두가 모두를 태드라고 불렀다. 나는 거기서 잔디를 깎고, 역기와 아령과 운동기구를 닦았고, 가끔씩 라커룸 청소도 거들었다. 내가 라커룸에 있을 때였다. 거울에 물을 뿌리고, 비누통을 채우고, 타월을 치우고 있을 때, 어떤 목소리가 들렸다. "어이, 태드 — 맞춰 봐. 티슈를 춤추게 하는 방법이 뭐게?"

나는 한 아름 안고 있던 타월을 놓쳤다. 놀라서 아무 말도 나오지 않았다. 그리고 들었다. 마침내! 답이 밝혀졌다. 하지만 나는 진짜 양아치이기 때문에, 나중에 대런에게 답을 알아냈다고 말하면서도 답을 알려주지는 않았다. 솔직히 우리의 우정에 금이 아주 안 갔다고는 할 수 없다. 나는 녀석을 안달하게 만들고 싶었다. 공개의 순간을 지연하고 싶었다.

우리는 이걸 침실에서의 경험으로 안다. 이왕이면 구애의 과정이 몇 주나 몇 달씩 선행되어야 한다. 이왕이면 옷이 천천히 벗겨져 나가야 한다. 이왕이면 손톱과 입술로 깨물기 전에 간질여야 한다. 인내가 이왕이면 서서히 저돌성으로 변해야 한다. 그래야 그 결과가 보다 폭발적이고, 행복감이 보다 강렬해진다.

마찬가지로 탐정 소설은 범인을 밝히기에 앞서 일

련의 실마리들을 따라간다. 마찬가지로 그림책 <이 책 끝의 괴물The Monster at the End of This Book>의 주인공 그로버는 밧줄로 그물을 엮고, 벽돌로 벽을 쌓으며 부단히 독자에게 책 끝에 도사린 괴물을 고하고, 우리의 공포를 고조시킨다. 마지막 페이지에서 그 괴물이 다름 아닌 사랑스런 털북숭이 그로버라는 것을 알았을 때의 폭발적 안도감을 위한 노림수다.

같은 전략을 중심 캐릭터들에 적용하자. 등장인물의 '무대 밖 신화offstage mythology'를 구축하고 강화하는 방법을 쓰는 거다. 서부물 대다수가 이런 내용으로 시작한다. 남자 주인공이 말을 달려 타운에 도착해서 말을 마구간에 넣은 다음 살롱으로 껄렁껄렁 들어와 위스키를 주문한 뒤 카드게임 테이블에 털썩 앉는다. 카드가 몇 번 돌았을 때 누군가가 '방울뱀 피트'를 언급하고, 우리의 히어로는 "그게 누구?" 한다. 그러면 좌중 모두가 겁에 질린 얼굴로 침을 꼴깍 삼키며 초조하게 주위를 살핀다. 그러면 애꾸에 이빨이 숭숭 빠지고 너저분한 수염의 악당이 썩어 가는 목소리로 말한다. "방울뱀 피트에 대해 들어본 적이 없다고 씨부렁대는 중? 그 형님은 방울뱀을 아침으로 드시고, 독을 오줌으로 누고, 총알 하나로 여섯 놈을 죽인 분이지!" 방울뱀 피트가 서너 번 더 입에 오르내리고 난 후, 어김없이 당사자의 부츠발이 박차를 쩔렁대며 저벅저벅 시야로 걸어 들어오고, 카메라가 남자의 몸을 훑으며 올라간다. 뱀가죽 권총집을 지나고, 방울뱀 꼬리들로 장식한 조끼를 지나고,

흉터 있는 얼굴에 이른다. 이때쯤 남자는 씹던 담배를 입에서 퉤 뱉고, 우리는 움찔한다. 우리는 그를 두려워하도록 세뇌당했기 때문에.

J. K. 롤링이 <해리포터와 마법사의 돌>에서 같은 트릭을 쓴다. 처음에는 해그리드가 섬에서, 다음에는 다이애건 앨리의 마법사 지팡이 제작자들이, 다음에는 론 위즐리가 기차에서, 다음에는 호그와트의 학생들과 교수들이 해리에게 '우리가 아는 그 사람', 일명 '이름을 불러서는 안 되는 존재'(무대 밖 신화가 너무나 심오해서 이름조차 어둠에 숨겨져 있는 지독한 악당)를 언급한다. 이런 지속적이고 반복적인 언급은, 막판에 닥칠 폭풍을 예고하며 우르릉거리는 천둥소리와 흡사하다. 막판에 퀴렐 교수의 터번이 풀어지면서 해리는 마침내 악의 화신 볼드모트의 뱀 같은 낯짝을 마주한다.

로렌 그로프Lauren Groff는 단편 <L. 드바르와 알리에뜨L. Debard and Aliette>에서 스페인독감을 비슷한 방식으로 다룬다. 그로프는 첫 페이지에다 이렇게 판을 깔았다. "때는 1918년 3월이다. 수백 마리의 죽은 해파리가 해변을 뒤덮는다. 조간신문들이 캔자스 주 군사기지의 병사 수백 명을 쓰러뜨린 미스터리한 병증에 대한 기사를 싣는다." 하지만 이 기사는 서부 전선의 전황 보도에 묻힌다. 기사가 신문에서만 묻힌 게 아니다. 소설의 오프닝 씬에서도 묻혔다. 언뜻 보기에는 이 정보가 복선보다는 단지 맥락처럼 보였다.

그런데 네 페이지 후 작가는 이 말을 또 꺼낸다. "다음날 L.과 알리에뜨가 첫 수업이 시작되기를 기다리는 동안도 이 미스터리한 병은 스페인의 나른한 휴양도시 산세바스티안에서 시시각각 슬금슬금 기어오고 있다. 병은 스페인 왕국의 구석구석까지 창궐하고, 급기야 국왕 알폰소 13세마저 앓아눕는다. 이제 프랑스 전역에 흩어져 있는 프랑스군, 영국군, 미군 부대들에서도 중환자가 속출한다. 병은 군인들과 함께 영국에 숨어들고, 조지 5세까지 감염된다."

이제는 독자도 신경이 쓰인다. 작가는 스페인독감을 꾸준히 언급함으로써 그것이 서사에서 불길한 역할을 할 거라는 점을 분명히 시사한다. 여섯 페이지 후 독자는 다시 해당 유행병 소식을 듣는다. "4월 말, 신문지상이 기괴한 병에 대한 뉴스로 도배된다. 언론은 일부러 이것에 이국적인 이름 — 스페인독감, 이른바 '라 그리쁘La Grippe' — 을 부여해서 애써 위기감을 둔화시키려 한다. 스위스에서는 이 병을 요부라는 뜻의 라 꼬께뜨La Coquette로 부른다. 실론섬에서는 봄베이 열병Bombay Fever이고, 영국에서는 플랑드르 감기Flanders Grippe다. 연합국은 독일을 이 병의 발원지라고 욕하고, 욕먹고 있는 독일은 이 병을 번개감기Blitzkatarrh로 부른다. 이 병은 명칭만큼이나 의뭉스럽다. 한편, 대서양 건너 미국은 천하태평이다. 사람들은 찰리 채플린을 보며 눈물이 날 때까지 웃고, 스포츠 기사를 읽고, 전쟁이 끝날 시점을 두고 내기나 한다. 건강한 병사 몇몇이 갑자기 병에 걸려 죽어도 미국인들은 그것을 최루가스에 노출된 후유증 정도로 여긴다."

물론 병은 미국에 느물느물 퍼져서 뉴욕에 입성하고, 제목에 이름을 올린 두 주인공의 사랑에 불운의 마수를 뻗는다. 그로프가 독감을 다루는 방식은 TV 방송국들이 초강력 폭풍을 대하는 방식을 연상케 한다. 허리케인이 대서양을 소용돌이치며 가로지르며 에너지를 흡수하고, 뉴스 진행자들은 허리케인의 상륙 지점과 인명 피해와 재산 피해를 예상한다. 이 과정에서 우리는 허리케인에 대해 얼마나 자주 듣는가?

고등학교 졸업식 후 여름이 끝나가던 어느 날, 나와 대런 패거리는 우리의 마지막 모험을 위해 모터보트를 끌고 빌리치누크 호수로 향했다. 몇 주 후면 우리는 비행기에 올라 각자의 대학으로 뿔뿔이 흩어질 예정이었다. 우리에게는 나름의 작별 의식이 필요했다. 우리는 맥주를 마시고, 여자들에게 수작을 걸고, 수상스키를 신고 저수지를 갈랐다. 대런이 웨이크 점프를 하며 거대한 물보라를 일으켰다. 녀석을 오래 괴롭혀 온 질문의 답을 이제는 알려줘야겠다고 마음먹은 건 그때였다. 나는 모터의 소음 위로 소리쳤다. "티슈를 춤추게 하는 방법이 뭐게?" 녀석의 눈이 커지는 걸 보고 나는 안다. 녀석도 때가 왔다는 것을 직감한 거다. 나는 드디어 녀석에게 답을 알려준다. 녀석이 기다려 온 바로 그 순간이 왔다.

그렇다면…….

티슈를 춤추게 하는 방법은?

거기에 부기ⓐ를 풀면 돼.

이로써 장장 8년을 끌었던 대런의 미션은 끝이 났다. 대런은 미치게 실망한 얼굴로 수상스키 견인줄을 놓고 빌리치누크 호수의 물속으로 자진 퇴장했다.

여러분도 실망했을 거다. 갈망의 상태가 가장 짜릿하고 신나고 무시무시한 상태다. 쟁취에 대한 기대감이 쟁취 자체보다 더 우리를 흥분시킨다. 추수감사절 다음날 미네소타 숲으로 쳐들어가 크리스마스트리로 쓸 나무를 베어 넘어뜨릴 때만큼 우리 집 아이들이 신나할 때가 없다. 아이들은 머릿속에 위시리스트를 만들고, 산타가 선물보따리를 메고 굴뚝으로 다이빙하는 상상을 하며 흥분감에 몸을 떤다. 아이들은 12월이 오면 매일 아침 제일 먼저 재림절 달력ⓑ으로 달려가 그날의 초콜릿을 꺼내 먹고, 남은

ⓑ 재림절 달력
advent calendar,
12월 1일부터
크리스마스까지
하나씩 열 수 있도록
24개의 작은 문이
달린 어린이용 달력.

날을 센다. 그러다 크리스마스이브가 오면 흥분감은 거의 열병이 된다. 눈동자들이 트리와 벽난로 사이를 부지런히 오간다. 하지만 막상 25일이 오면, 계단을 우당탕탕 뛰어내려와 비명소리로 나를 깨우고 미친 듯이 포장지를 찢어발긴 다음에는, 아이들의 거동이 급작스럽게 바뀐다. 고요의 순간이 길게 이어진다. 아이들은 뜯어진 상자 사이에 털썩 주저앉아 슬픈 눈으로 텅 빈 트리 밑을 망연히 바라본다.

인간은 이렇게 프로그래밍되어 있다. 우리는 뭔가

고대할 것을 필요로 한다. 상은 받기 전에 가장 빛난다. 괴물이 모습을 드러내기 직전이 가장 무섭듯이. 이것이 허먼 멜빌이 거대한 백색 고래를 그토록 오래 숨긴 이유다. 그가 백경을 멀리서 수면을 깨는 어둑한 파도로만, 창백한 덩어리로만 보여준 데는 다 이유가 있다. 쥘 베른도 <해저 2만 리>에서 그의 바다 밑 괴물 오징어를 쉽게 보여주지 않는다. 이것이 잠정적 무지의 힘이다.

스티븐 킹이 말하길, 호러 스토리에서 가장 겁나는 순간은 캐릭터가 무슨 소리를 들을 때다. 다락문이나 지하실문 뒤에서, 덤불 너머에서, 동굴 깊은 곳에서 들리는 소리. 그리고 캐릭터가 그 소리를 뒤쫓을 때. 우리는 외치고 싶다. "거기 가지 마!" 이 서스펜스의 순간, 악령이 모습을 드러내기 일 초 전이 가장 모골이 송연한 순간이다. 일단 문이 열리고 난 후에는, 손전등이 거기 도사리고 있던 것을 비추고 나면, 청중의 폭소나 비명이 이어지기는 해도 공포감 자체는 근본적으로 꺼져 버린다. 뭐가 됐든 결코 우리가 상상했던 것만큼 끔찍하지는 않기 때문이다.

하지만 이런 실망감, 이른바 크리스마스 모닝 블루스를 물리치는 방법이 있다. 방울뱀 피트와 볼드모트와 스페인독감 사이에는 공통점이 있다. 그게 무엇일까? 서사에서 이들의 등장이 긴장을 제거하지 않는다. 그러기는커녕 상황을 악화시키고, 더한 시련을 부르고, 갈등을 증폭시키고, 미스터리를 키운다.

폐허가 된 세상에서 살아남은 아버지와 아들의 여
정을 그린 코맥 매카시의 장편소설 <로드>에서 내가 특히
좋아하는 장면도 이 방식으로 작동한다. 아버지가 언덕 위
의 집을 발견하는 순간, 독자는 그 안에 뭔가 끔찍한 것이
기다리고 있음을 직감한다. 아버지가 그 썩어가는 건물에
접근해서 많은 방들을 탐사하고, 마침내 지하실로 내려가
기까지 시간이 꽤 걸린다.

"아버지는 거친 나무 계단을 내려가기 시작했다.
그는 머리를 숙이고 라이터를 켰다. 그리고 제물을 바치듯
불꽃을 어둠 위에 내밀었다. 한기와 습기. 지독한 악취. 돌
로 된 벽이 일부 보였다. 점토 바닥. 시커멓게 얼룩진 낡은
매트리스. 그는 쭈그리고 앉아 다시 계단을 내려가며 다시
불을 앞으로 내밀었다."

독자는 시종일관 외친다. "거기 가지 마!"

하지만 주인공은 간다. 당연히 간다.

───────

벌거벗은 사람들이 뒷벽에 한 덩어리로 엉겨 있었다. 남자와
여자가 섞여 있었다. 다들 숨으려 들며 손으로 얼굴을 가렸다.
매트리스 위에는 남자가 한 명 누워 있었는데, 두 다리가
엉덩이에서 끊어져 있고, 잘린 부분은 불에 시커멓게 그슬려
있었다. 말할 수 없이 역겨운 냄새가 났다.

맙소사. 그가 내뱉었다.

그때 사람들이 하나씩 몸을 돌리고 초라한 불빛에

눈을 깜빡였다. 도와주세요. 그들이 속삭였다. 제발 도와주세요.

~~~~~~~~~~~

그렇다. 이것은 잠정적 무지의 기간이다. 길고 느리게 서스펜스가 심화하고 위험부담이 쌓여가는 기간이다. 작가가 정보 제공을 보류함에 따라 문장들은 폭발을 향해 타닥타닥 타들어가는 도화선처럼 진행한다. 하지만 진짜 작동 원리는 따로 있다. 첫 번째 미스터리(지하실에 무엇이 있는가?)가 두 번째 미스터리(누가 이들을 여기 가두었나?)의 문을 연다. 그러자 물어뜯긴 사람들이 어둠에서 모습을 드러내고 쇠사슬을 덜그럭대고 신음을 토하며 아버지를 향해 팔을 뻗는다. 독자는 그들이 두렵다. 하지만 더 두려운 건 위층에서 아버지를 기다리고 있는 것 — 이들을 여기 가둔 무법자들 — 이다. 소설의 배경은 인간들이 살아남기 위해 서로를 잡아먹는 암울한 세상이다. 만약 아버지가 이곳을 불 지르고 탈출하지 않으면 그의 아들이 햄버그스테이크 신세가 된다.

　　모든 미스터리에는 품질 수명이 있다. 열두 달 길이의 재림절 달력을 사는 사람은 없다. (개구쟁이들에게는 스물다섯 날도 고통스럽게 길다.) 상어는 조만간 바다에서 머리를 내밀고 우리에게 피로 얼룩진 썩소를 날리게 돼 있다. <고자질하는 심장[a]>이 뛰는 것도 정도껏이지, 자칫하면 독자의 참을성이 바닥난다. "작작 좀 하자 —. 양심을 극복하든지 경찰에 자수하든지 아무거나 빨리 해."

[a] 고자질하는 심장 The Tell-Tale Heart, 에드거 앨런 포의 단편 제목으로, 계속 희생자의 심장 박동 소리를 듣는 살인자의 심리적 압박을 그렸다.

독자에게 숨기고 있는 것이 무엇인가? 그것의 중요성을 산정해서 거기에 맞게 공개까지 걸리는 페이지 수를 정하자. '티슈를 춤추게 하는 방법'을 알아내기 위한 대런의 탐색은 너무 오래 지속되는 바람에 그 중요성이 가당치않게 부풀려졌고, 그 때문에 가뜩이나 실망스러운 답을 더욱 하찮게 만들었다. 하지만 질문이 또 다른 질문으로 이어지지 않는 한, 어떤 답도 어느 정도는 불만족스럽다. 다시 말해 훌륭한 스토리는 미스터리의 회전문이다. 일단 한 가지 미스터리가 풀리면 곧바로 다른 미스터리가 서사 속으로 돌입해야 한다.

내가 만화잡지 <디텍티브 코믹스Detective Comics>를 위해 쓴 대본에서 예를 하나 들어 보자. 항공기 한 대가 고담 국제공항에 접근한다. 관제탑이 신호를 보내지만 항공기에서는 답이 없다. 1번 미스터리: 대체 이유가 뭔가? 기계 결함? 테러 위협? 뭐지?

이 질문의 품질 수명은 짧다. 비행기가 공중에 떠 있는 시간을 언제까지나 미룰 수는 없다. 다음 몇 페이지 동안 패닉 상태가 이어지고, 이 과정에서 독자는 전투기가 발진하기에는 너무 늦었다는 걸 알게 된다. 뉴욕 항만청과 연방 교통안전청 요원들이 활주로에 도열해서 만일의 사태에 대비한다. 다른 항공기들은 이륙을 금지당하고 활주로를 싹 비운다. 마침내 문제의 비행기가 모습을 드러내고, 활주로에 내려와 미끄러지다가 공항청사의 유리 앞면을 부수고 들어간다. 대합실 소파에 앉아 있거나 커피 매대에서 라테를 주문하던 몇몇 승객들이 화를 입는다. 위험부담이 차츰 커진다. 서스펜스의 밑밥이 계속 쌓여간다. 그동안 자신의 전용기 안에서 이륙을 준비 중이던 브루스 웨인은 즉시 배트맨으로 변해 출동한다.

미스터리 항공기의 조종석 앞 유리와 둥근 측창들은 어둡다. 내부에서는 어떤 움직임도 보이지 않는다. 배트맨이 항공기 객실 도어를 찢고 들어간다. 그리고 발견한다…… 탑승객 모두 죽어 있다! 거기다 탑승객 모두 늙고, 시들고, 백발이다. 비행기 자체도 낙후돼 있다. 플라스틱은 누렇게 변색됐고, 배선은 헝클어져 있고, 볼트에서는 녹물이 줄줄 흐른다. 1번 미스터리는 풀렸다. 동시에 2번 미스터리가 그 자리에 부상한다. 이 항공기에 대체 무슨 일이 일어난 것인가?

곧이어 거기 투입된 구조대원들에게 이상한 일들이 일어나기 시작한다. 시계가 멈춰 서고, 전구는 탁탁거리다 꺼져 버리고, 좋지 않던 무릎은 아예 굳어지고, 머리가 하얗게 세고, 피부에 검버섯이 핀다. 우리의 망토 두른 슈퍼히어로는 이것을 바이러스에 의한 노화 현상으로 규정한다. 3번 미스터리: 바이러스의 근원은 무엇이고, 전파를 막을 수 있는가? 상황은 정점으로 치닫는다. 바이러스의 배후에 테러리스트가 있는 것으로 밝혀지고, 연방수사국이 개입해서 공항을 봉쇄하고, 배트맨이 빠르게 노화하기 시작한다.

위기감이 최고조에 이르고 이야기에 제대로 발동이 걸린다.

우리가 소설을 읽는 가장 근본적인 이유를 잊지 말자. 그것은 다음에 무슨 일이 일어나는지 알기 위해서다. 매력적인 문장과 현실감 넘치는 캐릭터와 도시경관과 정교하게 빚은 메타포에 투자하는 노력은 그것이 스토리에 유리하게 작용할 때만, 독자를 추진하는 동력에 기여할 때만 존재 의미를 갖는다.

만약 그날 대런이 식스플래그에서 만난 올백머리 남자를 끝까지 따라갔다면? 그리고 남자의 대답이 난센스 퀴즈의 난센스 답이 아니라 어딘가로 들어가는 데 필요한 암호였다면? 그리고 대런이 그 암호를 가지고 춤추는 티슈라는 이름의 지하 술집에 들어가고 밀실로 안내받았다면? 밀실에 술집 주인 — 한쪽 다리가 기계고, 손등에 미스터리한 문신이 있는 남자 — 이 기다리고 있다가 대런에게 위스키를 따라주며 "너를 기다리고 있었다, 대런. 너를 아주 오랫동안 기다리고 있었다."라고 말했다면 어땠을까. 만약 대런의 잠정적 무지가 미스터리 심화로 이어졌다면, 그랬으면 그의 이야기가 들을 만한 이야기가 됐을 수도 있다.

만약 누군가 대런에게 훨씬 가치 있는 답을 가진 퀴즈를 냈다면?

질문: 서스펜스의 비결은 무엇인가?

답: 좀 이따 말해 줄게.

세트피스

Set pieces

어떤 순간

나는 그 책이 싫었다. 전형적인 커피테이블 북이었다. <무비 북The Movie Book>. 이게 제목이었다. 크리스마스 선물이었는데, 벽돌 덩어리처럼 크고 무거웠다. 칠백 페이지나 됐다. 펄프 낭비였다. 애먼 숲만 몇 개 날아갔다. 할머니가 말씀하셨다. "네가 좋아할 거라 생각했다." 내가 물었다. "내가 영화를 좋아하기 때문에?" 그러자 할머니가 대답했다. "그래." 그 전 해의 선물은 <인용 사전>이었다. 내가 단어들을 좋아한다는 이유로. 그 전 해는 <두개골 책>. 내가 해골을 좋아한다는 이유로.

나는 커피테이블 북의 효용을 모르겠다. 거실 복판에 공작새 꼬리처럼, 부채처럼 보란 듯이 늘어놓는 책들. 그러다 햇볕에 퇴색하고 커피 얼룩이 심해지면 최근에 미술관이나 국립공원에서 사온 거대한 제목의 다른 화보집들로 대체되는 책들. 아무도 이 책들을 읽지 않는다. 읽으라고 만든 책이 아니니까.

나는 <무비 북>을 읽지 않았다. 책꽂이에 꽂아 두고 그냥 잊었다. 세월이 흐른 어느 날, 아들과 레고 놀이를 하다가 무심코 그 책이 손에 걸렸다. 책이 바닥에 쿵 떨어지며 활짝 열렸다. 열린 페이지에 영화 <언터처블>의 스틸사진이 있었다. 아기를 태운 유모차가 기차역 계단을 굴러 내려가고, 그 유모차를 사이에 두고 총격전이 벌어지는 장면.

나는 페이지를 넘겼다. 샤워 중인 재닛 리가 있었다. 공포의 블랙홀처럼 벌어진 입. 비명소리가 들리는 듯했다.

다음 순간 식칼이 허공을 가르고, 물줄기가 그녀의 벗은 몸을 긁었다.

나는 또 페이지를 넘겼다. <사운드 오브 뮤직>의 줄리 앤드류스가 산 정상에서 빙글빙글 돌았고, 로버트 드 니로가 <택시드라이버>에서 거울에 비친 자신에게 총을 뽑아들었다. 다음 두 페이지에서는 해리슨 포드가 <레이더스: 잃어버린 성궤를 찾아서>에서 굴러오는 바위를 피해 도망치고 있었고, 더스틴 호프먼이 침대 모서리에 앉아 스타킹을 올리는 로빈슨 부인을 허기진 눈으로 응시하고 있었다. 영화당 하나의 쇼트shot. 하나의 이미지 정의.

시나리오 작법 강좌에서 즐겨 쓰는 용어가 있다. MMM. '순간이 영화를 만든다Moments Make Movies'의 약자다. 나는 약어를 좋아하지 않는다. 커피테이블 북을 좋아하는 만큼만 좋아한다. 하지만 이것만큼은 촌철살인으로 인정한다.

여러분은 어떤가? 영혼을 파고들었던 영화들을 기억할 때, 무엇이 생각나는가? 다음 영화들을 생각해 보라. <졸업>, <바람과 함께 사라지다>나 <이지 라이더>, <애니 홀>, <제국의 역습>, <카사블랑카>, <대부>, <엑소시스트>, <투씨>, <아라비아의 로렌스>, <시티 라이트>, <똑바로 살아라>, <7인의 사무라이>, <죠스>, <다이하드>, <오즈의 마법사>. 어떤 영화를 떠올릴 때, 몇 가지 기억의 중심축이 되는 장면들이 있다. 스펙터클한 장면, 공포의 장면. 환희, 부조리, 충격, 또는 심오한 공감의 장면들. 극장에서 나와 10

분이 지나도, 열흘이 지나도, 10주 후에도, 10년 후에도 잊히지 않는 장면들. 기교적 연출 기법과 바위처럼 단단한 구성과 생동감 있는 캐릭터들도 중요하지만, 관객이 결국 무덤까지 가져가는 것들은 이런 것이다. 우리는 이 순간들을 십중팔구 영화 예고편에서 감질나게 접하고, 나중에 호프집에서 친구들에게 숨 가쁘게 재연한다.

문학도서 목록을 훌훌 넘길 때도 비슷한 일이 일어난다. 도나 타트의 소설 <황금방울새>를 떠올려 보자. 폭탄 사고로 무너진 뉴욕 메트로폴리탄 미술관에서 사라진 동명의 17세기 회화가 생각난다. <비밀의 계절The Secret History>을 생각하면 숲속에서 일어난 그 치명적 순간이 떠오른다. 등산로에서 걸어 나온 헨리가 버니를 절벽 아래로 밀어버리는 장면. 코맥 매카시의 <로드>는 언덕 위의 집과 거기 지하실에 있던 것을 생각나게 한다. <마크 헬프린Mark Helprin>의 <윈터스 테일Winter's Tale>을 떠올리면, 얼어붙은 강을 깨며 가던 배가 생각난다. 얼음이 갈라지며 시커먼 지류를 만들던 장면.

위대한 영화들과 위대한 책들은 대부분 이렇게 지워지지 않는 순간을 너덧 개 보유한다. 이 순간들은 꿈처럼 존재한다. 또는 인생처럼. 인생이 그렇게 충만할 수 있다면.

찰스 백스터Charles Baxter는 인생의 '홀로된widowed' 이미지들을 이해하기 위해서 작가는 글을 쓴다고 했다. 홀로된 이미지들. 놀랍도록 선명한 이미지들. 끝내 잊히지 않는 이미지들. 상징적 이미지들. 지워지지 않는 이미지들. 어떻게 불러도 좋다. 우리 상상의 필터에 막혀 거기 걸려 있는 것들. 그것들이 왜 중요한지 우리가 그 이유를 항상 알지는 못한다. 하지만 이유가 무엇이든 우리의 마음은 좀처럼 이들을 놓아주지 않는다.

내 책상 옆에 큼직한 코르크 게시판이 있다. 나는 매일 책상에 앉으면 눈으로 코르크판을 훑는다. 거기에 종이쪽들, 냅킨들, 메모지들이 잔뜩 붙어 있다. 술집과 식당과 파티들에서 주워들었던, 나중에 캐릭터의 입으로 들으면 괜찮을 것 같아서 갈겨 써놓은 대화 토막들이다. 내용은 대중없다. 버섯이나 화산에 관한 사소한 자투리 정보부터 나중에 메타포가 될 만한 내용까지 다양하다. 메모만 있지 않다. 이미지들도 잔뜩 붙어 있다. 이미지의 갤러리다.

이미지들 중 일부는 달력에서 오리고 잡지나 신문에서 찢은 것들이다. 일부는 친구들이 내게 보냈거나 내가 기념품가게에서 뽑아온 엽서들이고, 다른 일부는 내가 찍은 사진들이다. 메마른 계곡 바닥에서 본, 파리가 보석처럼 총총히 앉은 코요테 사체. 숲을 살금살금 걷는 헨젤과 그레텔을 담은 그림자 가득한 석판 인쇄. 고야의 <대장간>에서 노동 행위로 얽힌 세 대장장이의 길고 강인한 육체들.

코르크판 이미지들 중에는 홀로된 이미지들도 있다. 내가 깊은 기억의 우물에서 길어 올린 것들.

내가 열 살인가, 열한 살인가, 열두 살 때, 아버지가 내게 우리 임야—27에이커의 소나무 숲—끝으로 따라오라고 명령했다. 아버지는 라이플소총을 들고 갔다. 숲에서 유령의 절규처럼 구슬픈 울부짖음이 들렸다. 우리는 그 소리를 따라갔다. 마침내 소리의 근원에 도착했다. 사슴 한마리가 피투성이 꼭두각시 인형처럼 가시철망 울타리에 걸려 있었다. 아버지가 내게 소총을 건넸다. 사슴을 죽이라는 뜻이었다. 마치 살육이 넥타이를 매거나 카뷰레터를 손보는 것만큼 간단한 일인 것처럼. 나는 에세이에서, 단편에서, 장편에서 이 순간의 여러 변형들을 실험하고 활용했다.

부모님이 동굴 위에 지은 집을 살 뻔한 적이 있었다. 거기 부엌에서 버섯과 물웅덩이 냄새가 났다. 부동산 중개인이 우리를 데리고 문을 지나 철제 계단을 내려가 용암 동굴로 들어갔다. 동굴이 수마일 뻗어 있었다. 하지만 부모님보다 높은 가격을 제시한 가족이 있었다. 일 년 후, 거기 진입로가 꺼지면서 트럭 한 대가 추락했다. 그리고 얼마 안가 동네의 반이 주저앉았다. 나는 그 집과 거기 있던 시커멓게 입 벌린 계단을 한시도 잊은 적이 없다. 나는 오랫동안 내 코르크판에 그곳의 묘사를 붙여 두었고, 결국 <오리건의 동굴The Caves in Oregon>이라는 단편에서 그곳이 있을 자리를 찾았다.

내가 열네 살 때 우리 가족은 높다란 현무암 절벽들이 늘어선 호숫가로 캠핑을 갔다. 물이 얼마나 맑은지 20피트 깊이에서도 25센트 동전의 연도를 읽을 수 있을 정도였다. 나는 고글을 쓰고 수영하러 갔다. 현무암 돌출부 끝에 십대 여자애들이 모여 있었다. 여자애들은 한 명씩 차례로 호수로 뛰어들었다. 그걸 계속 반복했다. 호수가 워낙 맑은 탓에 몸이 수면에 부딪힐 때 비키니가 벗겨져나가는 게 다 보였다. 나는 숨을 죽였다. 나는 폐가 불타고 검은 점들이 눈앞을 뒤덮을 때까지 숨을 참으며 그들의 다이빙을 구경했다. 그들의 가슴이 드러나고, 몸은 하얀 물거품에 휩싸였다. 그들의 몸이 펄펄 끓는 물체인 것처럼. 그로부터 10년 후, 이 기억은 <백조들Swans>이라는 단편의 시작 장면이 되었다.

당시는 왜 그 순간들이 중요한지 몰랐다. 하지만 그 것들에 전류가 흘렀고, 나는 어떻게든 거기에 플러그를 꽂을 방법을 찾아야 했다.

<언터처블>의 브라이언 드 팔마 감독은 유모차가 계단을 구르는 시퀀스를 찍으며 출구를 찾았다. <언터처블>의 유모차 장면은 세르게이 에이젠슈테인의 1925년 영화 <전함 포템킨>의 오데사 계단 장면을 그대로 인용한 것이다. 드 팔마뿐 아니다. 앨프리드 히치콕은 <사이코>와 <해외특파원>에서 이 장면을 오마주했고, 프랜시스 포드 코폴라도 <대부>에서 비슷한 계단 장면을 연출했다. 이들 감독 모두 같은 순간을 목격했고, 거기 담긴 혼돈과 화급의 상황에 넋을 잃었고, 그것을 각자의 방식으로 재현했다.

나도 같은 일을 했다. 내 소설 <레드 문>에 여섯 페이지 분량의 광장 시퀀스가 있다. 오리건 주 포틀랜드 파

이어니어 코트하우스 스퀘어에서 크리스마스트리 점등식이 진행되는 중에 밴 한 대가 도로를 이탈한다. 밴은 군중을 가르고 벽돌 계단을 부수고 원형극장으로 돌진한다. 밴의 바퀴 주위에서 노란 불꽃이 튄다. 합창단이 캐럴을 부른다. 산타 옷을 입은 남자가 은종을 울린다. 그리고 플라스틱 폭약을 가득 실은 밴이 오렌지색 섬광과 함께 폭발하면서 광장을 시커먼 분화구로 만들고, 가운데 크리스마스트리만 원뿔형 불길이 되어 타오른다.

각자 시도해 보자. 각자의 과거를 파 보자. 특정 장소(부친이 일하시던 공장도 좋고, 고등학교 때 여름마다 갔던 뮤직캠프도 좋다), 또는 특정 시기(반사회적 인격 장애자와 데이트했을 때, 또는 힘겹게 화학요법 치료를 받던 시기)를 떠올려보자. 당장 머리에 떠오르는 서너 가지 이미지가 있을 것이다. 얼른 떠오르지 않으면 물색할 수도 있다. 마음을 열고 앞에 공책을 준비하라. 소설가 클레어 데이비스Claire Davis가 쓰는 방법이다. 데이비스는 아침마다 스네이크 강을 따라 개와 산책 나가고, 그때마다 나중에 책상에서 쓸 만한 뭔가를 발견한다. 물수리가 송어를 잡으러 잠수하는 모습. 태양이 산 위에서 이글대는 광경.

몇 해 전 어느 토요일 밤, 아이오와 주립대학교에서 한 학생이 친구들에게 작별인사를 하고 파티장을 나와 그대로 실종된다. 누군가는 자살을 말했고, 누군가는 살인사건을 말했다. '웃는 얼굴 살인자Smiley Face Killer'가 신문 헤드라인에 등장하고, 취재 차량들과 뉴스 중계차들이 타운으로 몰려든다. 수색대가 숲과 배수로와 들판을 샅샅이 뒤졌다. 수색견의 울음소리가 그치지 않았다. 이 시기에 릭 배스가 낭독회를 위해 이 대학을 방문했다. 나도 함께 왔다. 우리는 행사장으로 향하는 길에 학생회관 창가에서 걸음을 멈추고 교정 안의 호수를 굽어보았다. 경찰이 톱으로 얼음에 구멍을 내고 있었다. 잠수부가 빙면 아래로 미끄러져 들어갈 때 검은 물이 부글대는 것이 보였다. 릭과 나는 한동안 말없이 지켜보기만 했다. 그러다 릭이 나를 보고 말했다. "쯤? 자네 걸로?" 내가 말했다. "시합하는 건 어때요?"

　　그래서 우리 둘 다 그 순간에서 영감을 받은 이야기를 썼다. 나는 얼음이 딱지처럼 앉은 호수에 뚫은 검은 구멍의 이미지와 내가 그 무렵에 본 다른 이미지를 묶었다. 매년 겨울이면 아이오와 주 에임스에 까마귀 떼가 출현한다. 수천 마리 까마귀가 하늘을 구름처럼 덮는다. 지붕과 나목을 까맣게 뒤덮는다. 까마귀 소리가 공기를 채우고, 보도가 까마귀 똥으로 미끄럽다. 까마귀가 가까이 지나가는 행인을 부리로 쫀다. 까마귀를 쫓기 위해 대학은 음향 장치를 설치해서 몇 분에 한 번씩 까마귀가 고통을 겪을 때 내는 소리를 튼다. 사람이 듣기에도 끔찍한 소리다. 어떻게 녹음했을지 궁금한 소리다. 모처의 사운드 스튜디오에서 전기고문을 당하고 물고문을 당하는 까마귀들이 연상되는 소리.

　　이 두 가지 순간의 결합이 <차가운 소년The Cold Boy>

이라는 단편의 영감이 되었다. 이것이 나의 표준 프로세스다. 이미지들을 수확해서 그것들을 현실에서 분리한다. 현실보다 더 진실하고 더 강렬하게 느껴질 구상을 찾는다.

다시 말해 나는 순간들을 수집한다. 그것들을 내 코르크판에 붙여 놓고 매일 훑어본다. 때로 그중 두 개, 세 개, 또는 네 개에서 불꽃이 튀고 빛이 나면서 스스로 별자리를 형성한다. 관건은 이거다. 이들은 어디에 속해 있는가? 이들을 어떻게 써먹어야 이야기가 최대한 살까?

†

*세트피스set piece*라는 용어에 친숙한 사람이 많을 거다. 나도 내가 그렇다고 생각했다. 다년간 영화광 친구들이 세트피스에 대해 떠드는 소리를 들었고, 세트피스를 논하는 비평을 읽었다. 나는 이 말을 그대로 직역해서 이해했다. **세트피스**. 세트를 이루는 부분들. 이를테면 <스타워즈>의 우주공항 모스아이슬리를 이루는 모래 건물들. 또는 <쇼생크 탈출>의 회색 감옥을 이루는 벽들. 나는 이런 촌스런 의미의 용어인 줄 알았다. 그런데 아니었다. 완전히 오해하고 있었다. 세트피스는 내가 앞서 말한 그런 순간들을 말하는 용어였다. 위험부담이 증폭하고, 판이 제대로 벌어지고, 때로 비싸고 현란한 특수효과가 동원되는 그런 순간들. 앨프리드 히치콕은 이를 **크레센도**라고 불렀다. 이게 훨씬 맞는

표현이다. 크레센도라는 말은 그 자체로 관객의 몰입을 요구하는 고조, 점증, 소리의 커짐을 뜻하니까.

영화의 세트피스 순간들 — 상어의 공격, 또는 열차의 탈선, 또는 로봇 전투 — 에서 특수효과가 고도화하듯, 문학에서도 이런 순간에 종종 언어가 증폭한다. 예를 보자. 다음은 코맥 매카시의 <핏빛 자오선>의 한 장면이다.

~~~~~~

괴물군단이었다. 인원은 수백을 헤아렸다. 반나체거나, 고대나 성서시대의 의상을 걸쳤거나, 열에 들뜬 꿈에서 꺼내 입은 듯한 꼴이었다. 동물 가죽과 요란한 실크와 원래 주인의 핏자국이 줄줄 난 군복 조각들과 죽은 기마병의 외투와 늑골 모양 매듭 장식이 붙은 기병 윗도리의 잡탕. 실크해트를 쓴 놈, 우산 든 놈, 흰색 스타킹을 신고 피투성이 웨딩 베일을 쓴 놈, 두루미 깃털 머리띠를 두른 놈들, 뿔 달린 황소나 물소 생가죽을 뒤집어쓴 놈들, 빈 몸뚱이에 연미복을 거꾸로 입은 놈, 스페인 정복자의 갑옷을 두른 놈. 흉갑과 견갑은 지금은 백골이 진토되어 사라진 다른 세기의 놈들이 휘두른 철퇴와 군도에 맞아 있는 대로 찌그러져 있었다. 땋은 머리에 다른 짐승들의 털을 땅에 질질 끌릴 때까지 덕지덕지 이어 붙인 놈들은 여럿이었다. 놈들의 말들도 귀와 꼬리가 알록달록한 천 쪼가리들로 엮여 있고, 개중 한 놈의 말은 대가리 전체를 진홍색으로 칠했다. 거기 탄 놈들도 머릿수대로 얼굴에 칠갑을 해서 죄다 꼴이 말 탄 광대처럼 요란하고 기괴하기 짝이 없고 지랄 난 망령들이

따로 없는데, 그것도 모자라 놈들은 야만스런 혓바닥을 내밀고
울부짖으며 그들을 향해 돌진해 왔다. 지옥의 무리가 따로
없었다. 기독교에서 말하는 황으로 덮인 불구덩이보다 더 끔찍한
지옥에서 몰려나온 듯한 무리가 황천의 휘발성 귀신들같이
연기를 옷처럼 휘감고 새된 소리를 내지르고 악을 쓰며 달려왔다.
눈알을 어디로 굴리고 침 흘리는 입술을 어떻게 들썩이는지
알 수 없을 지경이었다.

　　　맙소사. 병장이 말했다.

이 장면 앞에서는 열기로 이글대는 사막을 행군하는 인디
언 토벌대가 나온다. 상대적으로 차분한 언어로 쓰인 상대
적으로 차분한 상황이다. 그러다 공격자 무리가 접근하면
서 매카시의 언어는 위처럼 고삐 풀린 망아지가 된다. 문장
들이 멋대로 날뛰고 경계 없이 트이면서 문체가 소재 자체
와 비슷해진다. 영화로 치면 카메라 컷이 빠르게 바뀌며 음
악이 고조되는 것과 같다. 히치콕의 유명한 샤워 씬이 좋은
예다. 문체가 과격해진다. 해당 시퀀스에 스포트라이트를
던지기 위함이다.

†

작가들은 '구체적으로 쓰라'는 보편적 작법 격언을 충실히
따른다. 하지만 도를 넘어서 독자를 디테일로 체하고 얹히

게 한다. 따라서 '구체적으로 쓰라'는 명령 옆에 단서를 하나 붙여야 한다. 구체적으로 쓰라. 단, 흥미 있는 것일 때. 뭔가가 흥미로울 때 우리는 더 오래 본다. 연장하고 증폭한다. 이런 세트피스들이 가장 흥미로운 순간들이다. 따라서 일종의 속도 완화, 일종의 연장을 요한다. 이때는 극의 비트[ⓐ]를 길게 늘인다.

ⓐ 비트
beat,
극적 행동의 단위.

　　탐정 소설을 쓰고 있다고 치자. 식당 장면이 나왔다. 탐정은 플로라는 이름의 통짜허리 웨이트리스와 시시덕대다가 까치집 머리에 눈이 약시인 정보원을 만나 그에게서 결정적 정보―사진이나 주소―를 입수한 뒤 블랙커피와 루벤 샌드위치를 주문한다.

　　제발이지 이 순간에서 루벤 샌드위치 묘사에 열다섯 페이지를 할애하는 우는 범하지 말자.

　　카메라가 머문다는 건, 장면이 디테일로 채워진다는 건, 여기가 중요한 장면이라는 공지다. 그리고 그걸 끝없이 반복하는 건 모든 것이 중요하다고 말하는 것이고, 모든 것이 중요하다는 건 아무것도 중요하지 않다는 뜻이다. 장면의 길이와 기능은 정비례 관계에 있다. 디테일에 대한 정성은 가장 문제적 장면들에, 다시 말해 세트피스들에, 다시 말해 이야기의 절정에 양보하자. 이를테면 탐정이 창고 문을 박차고 들어가 총알이 빗발치는 난장판을 옆으로 재주넘기를 하며 가로질러서 잠복해 있던 닌자들을 죽이고, 납치되어 귀퉁이 의자에 강력 접착테이프로 묶여 있는 소년을 구조하는 장면에서.

루벤 샌드위치는 잊고, 닌자에 집중하자.

여기 닌자에 초점을 맞춘 순간이 있다. 토바이어스
울프Tobias Wolff의 <체인The Chain>에 나오는 장면이다.

~~~~~~~~

개가 달려든 건 브라이언 골드가 언덕 꼭대기에 있을 때였다.
개는 늑대처럼 시커멓고 거대했다. 놈은 몸에 사슬을 매단 채로
뒤편 베란다에서 날듯이 뛰쳐나와 마당을 쏜살같이 가로질러
공원으로 뛰어들었다. 개는 깊이 쌓인 눈에도 불구하고 놀랍도록
쉽게 움직여 골드의 딸을 향해 달렸다. 골드는 사슬이 길이가
다해 개를 당겨 세우기를 기다렸다. 개가 계속 달려왔다. 골드는
언덕을 거꾸러지듯 황급히 내려갔다. 내려가면서 고함을 쳤다.
눈과 바람이 그의 목소리를 죽였다. 애나의 썰매가 거의
언덕 밑까지 내려가 있었다. 아까 골드가 칼바람을 막아 줄
요량으로 딸아이의 파카 후드를 머리에 씌웠다. 그 탓에
애나에게는 그의 목소리가 들리지도, 자신에게 달려드는 개가
보이지도 않았다. 그도 알고 있었다. 그의 속도는 개의
속도에 비하면 비몽사몽처럼 미치게 느렸다. 고무장화의 무게와
새로 쌓인 눈 아래 쩍쩍 들러붙는 얼음판이 그의 발을 잡았다.
그의 외투자락이 무릎에서 펄럭였다. 개가 마침내 딸아이에게
덤벼드는 순간 그는 마지막 비명을 내질렀다. 그 순간 애나가
움찔했고, 개는 애나의 얼굴 대신 어깨를 물었다. 골드는 언덕을
미처 반도 내려오지 못한 상태였다. 그의 발이 장화 안에서

미끄러지고 팔이 허우적댔다. 제자리 뛰기를 하는 것 같았다. 고정되어 있는, 간격을 메울 수 없는 거리에 붙잡혀 있는 듯한 시간 동안 개는 애나를 인형처럼 흔들어대며 썰매에서 끌어내려 뒤로 끌고 갔다. 골드는 할 수 없이 언덕 아래로 몸을 던졌다. 거리가 사라지고 그가 거기 닿았다.

　　　썰매가 뒤집혀 있고, 눈이 헤쳐져 있다. 개는 이미 그 땅을 자기 것으로 표시했고, 아직도 애나의 어깨를 물고 있었다. 골드의 귀에 개의 창자에서 끓는 분노가 들렸다. 근육이 팽팽하게 일어난 개의 궁둥이와 뒷다리, 납작해진 귀, 주름진 주둥이 아래 시뻘겋게 번득이는 잇몸이 보였다. 애나는 드러누운 채였다. 핏기도 초점도 없이 새하얗게 질린 얼굴이 하늘을 응시했다. 아이가 이렇게 조그매 보인 적이 없었다. 골드는 사슬을 붙잡고 세게 잡아당겼다. 하지만 눈 속에 발을 디디고 버틸 데가 없었다. 개만 더욱 사납게 으르렁대며 애나를 흔들어 댈 뿐이었다. 애나는 아무 소리도 내지 않았다. 아이의 정적에 골드는 멍하고 추웠다. 그는 개에게 달려들어 한 팔을 갈고리처럼 개의 목에 두르고, 있는 힘껏 뒤로 당겼다. 하지만 개는 아이를 놓으려 하지 않았다. 골드는 개의 의지가 뿜는 열기와 깊은 포효를 느꼈다. 그는 다른 손으로 개의 턱을 비집어 열었다. 하지만 장갑이 침 때문에 미끄러져 아가리를 제대로 틀어쥘 수가 없었다. 골드의 입 옆에 개의 귀가 있었다. 그가 말했다. "봐, 이 개새끼야." 그리고 개의 귀를 이로 물고 있는 힘을 다해 물어뜯었다. 깨갱 하는 소리와 함께 뭔가가 그의 코를 치받았다. 그는 뒤로 나자빠졌다.

다시 몸을 일으켰을 때 개는 제 집으로 달리고 있었다. 대가리를 양옆으로 팩팩 흔들면서, 눈 위에 핏방울을 뿌리면서.

~~~~~~

이것이 이야기의 시작이다. 이른바 1막의 도발적 사건inciting incident이다. 이는 연쇄 반응을 촉발하는 시련이며, 극적 긴장이 본격화하는 전환점이다. 개가 아이를 공격하고, 남자가 개를 공격한다. 개의 피가 남자의 입에 들어가고, 이 때문에 남자가 감염된다. 그리고 많은 페이지 후에 누군가가 사원의 쇠지레 때문에 죽는다.

어쩔 수 없이 여기서 또 <언터처블>로 돌아가지 않을 수 없다. 만약 울프도 드 팔마처럼 <전함 포템킨>의 계단 시퀀스에서 영감을 받은 거라면? 총격전 중에 계단을 굴러 내려가는 유모차 대신 소녀를 태운 썰매가 언덕을 미끄러져 내려가고, 동시에 늑대 같은 짐승이 소녀를 향해 으르렁거린다. 케빈 코스트너가 연기한 부성애 넘치는 캐릭터는 브라이언 골드로 대체된다. 둘 다 순결한 존재를 살리려 애쓴다. (위험에 처한 아이는 관객의 주의를 끈다. 실패하는 법이 없다.) 거기다 여기서도 슬로모션 — 시간의 연장 — 기법이 쓰인다. 아이가 언덕을 내려가고, 개가 앞으로 내달리고, 골드가 쩍쩍 달라붙는 눈을 차며 달린다. 이때 시점은 골드의 시점이다. 하지만 울프는 독자를 딸아이의 머릿속에 넣는 방법으로 이 관점의 한계를 넘는다. (아이는 몰아치는 바람 때문에 아빠의 소리를 듣지 못하고, 후드를 뒤집어쓰고 있기 때문에 아빠를 보지도 못한다.) 심지어 독자를 개의 머릿속에도 넣는다. (밟아 뭉갠 눈이 개의 영역 표시를 나타낸다.) 이는 영화로 치면 카메라 컷들의 신속한 전환과 같다. 클로즈업(개의 주둥이와 뒷다리 묘사)도 있고, 위에서 바라본 미디엄 쇼트(눈밭에 자빠져 있는 딸아이가 이처럼 작아 보인 적이 없었다는 표현)도 있다. 드 팔마와 울프는 같은 마술 보따리를 쓰고 있다.

<사이코>의 샤워 신은 3분간 이어지고, 50컷으로 이루어진다. 이런 주마등(또는 만화경) 스타일이 영화 내내 사용된다고 상상해 보라. 관객은 어지럼증과 과잉자극을 이기지 못하고 팝콘 통에다 토하고 말 거다. 히치콕은 이 기법을 효과 극대화를 위해 남겨두었다. 매카시와 울프도 마찬가지다. 이들은 전략적으로 폭죽을 터뜨리고 도미노 쇼를 펼친다.

†

문예창작 워크숍을 몇 번 듣고 소설 작법이나 시나리오 작법에 관한 책을 몇 권 읽다 보면, 다양한 도표와 도해를 접한다. 모양은 다양해도 그것들이 스토리 구성에 대해 말하는 바는 결국 비슷하다. 도입부 해설은 주로 세팅과 캐릭터를 소개한다. 그러다 도발적 사건이 시련을 야기하고, 세상의 기존 습관을 헝큰다. 캐릭터들은 나름의 방식으로 일련의 시련 혹은 장애물과 싸우며 치열한 예선전을 거쳐, 마침내 절체절명의 또는 이판사판의 토너먼트에 올라온다. 그리고 시합 결과에 따라 우리는 행복한 파랑새와 햇살을 접하기도 하고, 박쥐 떼와 무덤의 흙먼지를 뒤집어쓰기도 한다.

지워지지 않는 이미지는 거의 예외없이 도입부 시퀀스와 클라이맥스에 배치된다. 이야기에서 가장 결정적인 순간들(시련의 시작과 해결)은 응당한 대접을 받아야 한다. 스티븐 킹의 <캐리>를 떠올려 보라. <캐리>를 떠올리는 즉시 우리의 마음은 이야기를 두 순간으로 쪼갠다. 도입부에서는 생리혈을, 클라이맥스에서는 돼지 피를 뒤집어쓴 젊은 여자. 두 경우 모두 그녀를 둘러싼 잔인한 웃음소리.

단편에서는 한두 개의 결정적 순간만 등장하겠지만, 장편소설이나 회고록이나 영화처럼 서사적 부동산이 많은 경우는 결정적 순간들의 수도 많아진다. 영화 <해리가 샐리를 만났을 때>의 가짜 오르가슴, <새>의 공중전화 박스 습격, <매트릭스>의 도장 격투 시퀀스가 좋은 예다. 매카시의 소설 <모두 다 예쁜 말들All the Pretty Horses>의 칼부림 장면과 엘리자베스 코스토바의 소설 <히스토리언The Historian>에서 음침한 블라드의 요새가 드러나는 장면. 프랭크 허버트의 <듄>에서 폴 아트레이드가 거대한 갯지렁이를 소환해서 올라타는 순간도 마찬가지다. 이 장면들은 2막에 필연적으로 따라붙는 '늘어짐' 현상에 박차를 가하고 이야기를 추진한다.

　　여러분이 쓰고 있는 이야기를 해체해서 세트피스들만 가려내 보자. 다른 모든 건 파내 버린다. 여러분의 독자는 다른 모든 건 잊어버릴 테니까. 독자의 경험은 궁극적으로 크레센도가 정한다. 이 점을 고려하자. 단편이면 적어도 한 개의 세트피스가 있는가? 장편이면 적어도 네 개의 세트피스가 있는가? 각각에 적절한 분량과 세심한 전개와 마땅한 특수효과 예산을 부여했는가? 이야기를 단지 인상적인 것에서 상징적인 것으로 격상시키려면 그래야 한다.

피가 흐르리라

There will be blood

폭력을 쓰는 법

불을 모두 끄고 침대에 기어들어가 이불을 목까지 끌어올리고 잠을 청한다. 하지만 잠이 오지 않는다. 갑자기 밤을 침범한 온갖 소음들 때문이다. 목재가 삐걱거리고, 벽 속에서 파이프들이 신음하고, 뒷마당에서 고양이들이 울고, 제빙기에서 얼음이 트레이로 달각달각 떨어진다. 불과 몇 분 전에는, 집이 빛으로 가득했을 때는, TV를 보거나 웹 서핑을 할 때는 아무 문제가 없었다. 그런데 지금 나는 침대에 일어나 앉아 있다. 심장이 몸통 안에서 쿵쿵 뛴다. 칼잡이 미치광이가 몰래 집 안을 돌아다니고 있을 것만 같다. 일단 불이 꺼지고 아무것도 보이지 않으면, 다시 말해 하나의 감각이 닫혀 버리면 다른 감각들이 고조된다.

영화감독은 이 트릭을 잘 아는 사람들이다. <저수지의 개들>에서 카메라가 잘려나간 귀를 벗어나 이동하는 것은 이런 이유에서다. 카메라는 비명을 관객에게 맡기고 떠난다. <인생은 아름다워>에서 로베르토 베니니가 독일군을 따라 행진하는 시늉을 하며 어린 아들의 시야ㅡ관객의 시야ㅡ에서 사라진 다음에야 총소리가 나는 것도 같은 이유다. <세븐>의 관객이 강간/살인을 장면으로 보는 게 아니라 리랜드 오서의 헐떡이는 고백으로 듣는 것도 같은 이유다. 감독의 의도는 관중을 겁먹게 하는 것이다. 그렇다. 공포와 고통은 우리가 거기 참여할 때 더욱 끔찍해진다. 관중은 경험을 공유하는 동시에 경험을 창출한다.

1. 외설

작가들이여, 주목하라. 이야기를 쓰다 보면 가끔씩 텍스트가 붉은색으로 물들 때가 있다. 손목을 썰고, 코를 가위로 자르고, 푸들 강아지를 치어 죽이고―. 그럴 때면 여지없이 작품 속 폭력 묘사에 대한 비판적 질문이 따른다. 세상에 이야기가 처음 생겼을 때부터 저자들은 언제나 이런 질문을 받았다. 고대 그리스 비극 작가들이 그들의 희곡에 담긴 폭력에 대해 제기된 질문을 어떻게 처리했는지는 이제와 알 길이 없다. 하지만 고전 속 유명한 잔혹 행위들(오이디푸스는 자기 눈을 도려내고, 클리타임네스트라는 남편의 목을 자른다)은 결코 무대 위에서 연기로 **그려지지** 않는다. 대신 캐릭터들이나 코러스를 통해 **전달된다**. 말해 주되보여주지 않는다. 반면 오늘날 **말해 주기**는 금기시된다. 하지만 아테네 연극의 황금기에는 말로 전달하는 것이 빛나는 기법이었다. 그리스 비극에서 폭력 행위는 ob skene^{직역하}면 '오프 스테이지', 즉 무대 밖에서 제시되었다. 이 말이 오늘날 obscene ^{외설}의 기원이다. 알고 보면 '외설'은 곧 자제였다.

지금 같은 과잉의 시대에 '외설성', 즉 자제의 예술을 새롭게 논의할 필요가 있다. 여기서 문제는 무엇이 도덕적이냐 또는 온당하냐가 아니라, 무엇이 효과적이냐다. 관건은 이거다. 폭력을 어떻게 묘사해야 이야기가 최대한 살까?

순수문학계의 어둠의 대모 플래너리 오코너가 자신의 단편 <착한 사람은 찾아보기 어렵다^{A Good Man Is Hard to}

Find>의 폭력 사용을 논하며 이런 말을 남겼다.

~~~~~~~~

현대 문학에 폭력이 난무하는 것에 대한 비판의 목소리가 높다.
거기에는 폭력은 항상 나쁜 것이며, 폭력이 다른 목적의
일부가 아니라 그 자체로 목적이라는 추정이 깔려 있다. 하지만
진지한 작가에게 폭력은 결코 그 자체로 목적이 되지 않는다.
폭력은 '우리는 본질적으로 무엇인가'를 가장 잘 드러내는 극한의
상황일 뿐이다. 그리고 나는, 현대는 작가들이 우리 일상의
취지보다 우리의 본질에 더 관심을 보이는 시대라고 믿는다.
폭력은 선을 위해서도, 악을 위해서도 쓰일 수 있는 물리력이다.
천국조차도 완력으로 쟁취한 여러 가지 중 하나다. 그러나
폭력으로 쟁취할 수 있는 것이 무엇인가는 중요하지 않다.
[중요한 건,] 사람이 폭력적 상황에 처했을 때 비로소
그 됨됨이에서 가장 불가피한 특성들, 영원히 이어질 특성들이
드러난다는 것이다.

~~~~~~~~

오코너는 캐릭터를 속속들이 까내고 벗기는 데 폭력을 사
용한다. <착한 사람은 찾아보기 어렵다>에 등장하는 부적
응자는 '폭력적 상황 속 인물'이 아니다. 그 자체로 폭력적
상황이다. 그는 폭력의 집행자다. 오코너는 다른 캐릭터들
을 드러내기 위해서, 그들을 덮은 층들을 하나하나 들어내
밑에 있는 것을 폭로하기 위해서 그를 이용한다. 부적응자
는 '할머니'의 신념 체계를 이루는 교리들을 차례로 시험대

에 올린다. 그러는 동안 할머니의 가족―아들, 며느리, 손녀, 손자―은 차례로 장면 밖으로―숲속으로―끌려가 처형당한다. 하지만 무대는 도로변 도랑이고, 거기를 벗어나지 않는다. 관중은 줄곧 신실한 사이코패스와 신실하지 못한 노파와 함께 한다. 두 사람은 끝없이 논쟁한다. 예수도 물론 화제 중 하나다. 숲에서 총소리가 울리고, 숲은 "시커멓게 열린 입처럼 벌어져 있다." 할머니는 그 숲으로 들어가는 일이 없을 거다. 독자도 마찬가지다. 하지만 가족 구성원들은 줄줄이 끌려가 순차적으로 집어삼켜진다. 이 효과는 카운트다운, 즉 시한폭탄의 재깍거림과 유사하다. 가족의 아빠가 아들과 함께 끌려갈 때 독자들은 이렇게 생각한다. **남자들은 죽이겠지만 여자들은 죽이지 않을 거야.** 하지만 탈주범들은 아주 정중하게 엄마를 일으켜 세우고 그녀도 데려가 버린다. 할머니의 말은 정확히 독자의 생각을 반영한다. 설마 숙녀를 쏘지는 않겠죠, 그죠? 부적응자는 그래야만 하는 상황이 야속하다는 섬뜩한 대답을 할 뿐이다.

　　흥미롭게도 할머니가 총살당하는 장면도 '외설적'으로 제시되지 않는다. 하긴 그 장면도 독자가 딱히 **본다고** 할 수는 없다. 오코너는 여기서도 폭력을 보여주기보다 말해 주는 방법을 택한다. "할머니는 팔을 뻗어 그의 어깨를 만졌다. 부적응자는 뱀에라도 물린 것처럼 풀쩍 물러나며 할머니의 가슴에 총을 세 방 쐈다." 오코너는 폭력을 전시하지 않는다. 대신 그 결과를 보여준다. "할머니는 아이처럼 다리를 십자로 접은 채로 핏물 웅덩이 속에 반쯤 앉고 반쯤 누워 있었고, 얼굴은 구름 없는 하늘을 보며 미소 짓고 있었다." 오코너가 폭로하는 대학살은 일종의 야만적인 제로섬 대속代贖이고, 할머니가 막판에 부적응자를 "내 자식 중 하나"로 인정(re-cog-nizing = re-think-ing = 재고)해 주고 받은 보상은 평온과 안식이다. 부적응자의 폭력은 할머니를 어린아이의 천진함 같은 결백의 자세로 되돌려 놓는다.

이제 오코너가 가족을 숲으로 데려가지 않았다고 상상해 보자. 대신 부적응자가 가족을 공개 처형하게 했다면? 아빠의 두개골이 갈라지고 뇌 조각들이 풀에 널리는 것을 상세히 묘사했다면 어땠을까. 만약 엄마가 아들아이를 부여잡고 아들의 시체를 흔들며 피가 자신의 폐를 채우는 순간까지 절규했다면? 조이스 캐럴 오츠도 <어디가, 어디 있었어?Where Are You Going, Where Have You Been?>의 결말에서 비슷한 기법을 쓴다. 만약 오츠가 이 기법을 쓰는 대신 독자를 집 밖으로 데리고 나가 웃는 호박 그림이 그려진 차에 태우고 도로를 달려서, 어린 코니가 제압당하고 강간당하고 목졸려 죽는 들판으로 데려갔다면 어땠을까?

그랬다면 이 이야기들에 지금과 같은 울림이 없을 거다. 왜 그럴까? 이 이야기들은 관중을 무대 뒤로, 어둠 속으로 초대한다. 거기서는 상상력이 개입하고 독자가 작가가 되어서 폭력을 지어낸다. 그 과정에서 이야기는 독자의 것이 되고, 독자는 그 이야기를 출혈성 종양처럼 품게 된다.

또한 이 기법은 해당 이야기들의 취지에 부합한다. 오코너와 오츠 모두 악의 평범함을 주시한다. 악당들이라고 해서 반드시 검은 마스크를 쓰고 붉은 광선검을 휘두르는 건 아니다. 꼭 달을 보고 울부짖거나 먼지 쌓인 관에서 자는 것도 아니다. 부적응자는 미친 철학 교수처럼 말하지만, 그것 말고는 "머리가 희끗희끗 했고, 은테 안경을 썼고, 전체적으로 학자의 인상을 풍겼다." 오츠의 이야기에 등장하는 아놀드 프렌드도 "텁수룩한 검은 머리에" 여느 십대 소년처럼 입었다. "흠집투성이 검정 부츠에 쑤셔 넣은 타이트하고 물 빠진 청바지, 허리를 졸라맨 허리띠 때문에 그가 얼마나 말랐는지 한눈에 알 수 있었다." 이 이야기들의 악당들은 우리가 슈퍼마켓 시리얼 매대 앞에서 매일 지나치는 사람들과 다르지 않다. 악은 평범하다. 작가들은 '외설'을 사용해서 이 요점을 부각한다. 폭력이 무대 밖에서 일어나면, 독자가 폭력을 창조하고 가해자가 된다. 괴테가 유명한 말을 남겼다. "생각 속에서 내가 저지르지 못할 범죄는 없다." 오코너와 오츠의 이야기는 이 말이 우리에게도 똑같이 적용된다는 것을 내비친다. 당신은 추행범이다. 나는 살인자다. 우리 모두, 예외 없이, 마음속 지하실에 시체가 있다.

코맥 매카시에게는 악이 평범함 그 이상이다. 악은 만연하다. <핏빛 자오선>에서는 아기 시체들이 나무에 장식처럼 달리고, 두개골에서 머리 가죽이 벗겨지고, 남자와 여자와 산 자와 죽은 자가 너나없이 강간당한다. 수렵용 칼에 머리가 댕강 날아간다. 불을 뿜는 곡사포가 남자들 무리를 햄버거 패티로 만든다. 매카시는 선혈의 웅덩이들에 먹을 감고, 페이지를 타월 삼아 몸을 닦는다. 그러다가 매카시는 막상 소설의 끝에서는 외설(무대 밖 폭력)을 사용한다. 독자의 시야에서 가려진 마지막 장면의 폭력이 그토록 강력하게 다가오는 건 바로 그 때문이다.

<핏빛 자오선>에는 영웅도 악한도 없다. 모래에는 뱀들이 지나간 구불구불한 길 외에 어떤 선도 없다. 굳이 편을 갈라야 한다면, '소년'이 우리의 주인공이고, '판사'가 그의 적수다. 소설 마지막에서 소년은 자신이 마침내 사막의 끝없는 학살에서 헤어났다고 생각한다. 심판의 분노에서 탈출했다고 생각한다. 하지만 어느 날 밤, 그는 술집 뒤로 나가 변소 문을 연다. "판사가 변기 위에 앉아 있었다. 그는 나체였다. 그는 빙그레 웃으며 일어나 소년을 자신의 품에, 그 거대하고 소름끼치는 살집 안으로 거두어들였다. 그리고 소년 뒤의 나무 걸쇠를 쏘아 맞췄다."

놀랍게도 매카시는 이 장면에서 카메라를 돌린다. 그때까지는 우리에게 모든 것을 적나라하게 보여주더니, 칼질 하나하나 총질 하나하나 감추지 않고 페이지마다 피를 뿌리던 작가가, 여기서는 우리에게 아무것도 보여주지 않는다. 이 소설에서 이보다 더한 반전은 없다. 변소에서 무슨 일이 일어났을까? 취객 두 명이 비틀대며 옥외 변소로

가고, 문을 쾅쾅 치고, 결국 문을 홱 열어젖힌다. 하지만 이들조차 우리에게 아무 말도 해 주지 못한다. "오 하느님 맙소사."라는 말 밖에는.

~~~~~~~

무슨 일이야?

　　　남자는 대답하지 않았다. 남자는 다른 남자를 지나 오솔길을 도로 걸어 올라갔다. 다른 남자는 그대로 서서 남자를 눈으로만 좇았다. 그는 문을 열고 안을 들여다보았다.

~~~~~~~

매카시의 변소는 오코너의 숲을 대신한다. 모든 작가가 활용법을 익혀야 할 어둠의 입이다. 그 구멍들은 그림자로 덮여 있다. 이 갑작스런 어둠 속에서 여러분과 여러분의 독자들이 저지르지 못할 테러와 사악함이 무엇이겠는가?

　　2. 고르노그래피

우리 모두 한번쯤은 이 죄를 범한 적 있다. 과잉. 무분별. 위험한 만용. '페인트 주의'라는 경고를 보았을 때 우리를 꼬드겨 기어코 손을 뻗어 만지게 하고, 거기에 생긴 얼룩을 즐기고, 손가락을 코로 가져가 냄새를 맡고, 혀에 대서 맛을 보게 하던 그 충동. 바로 그 충동이 원흉이다.

　　페인트가 빨간색일 때는 충동질이 특히 더 심해진다.

　　내 학생들의 상당수가 이야기를 쓸 때 고통을 질질 끌고 피를 바가지로 뿌린다. 원칙은 없고, 특유의 악의와 악마적 흥만 난무한다. 이야기 내내 그런다. 나는 이걸 '고르노그래피gorenography'라고 부른다. 다시 말해 피의 포르노다. 내가 볼 때 공허하고, 무의미하고, 과도한 자위행위에 불과하다. 물론 때로는 폭력이 무대 밖이 아니라 무대 위에서 일어나야 할 때도 있다. 다만, 기어코 관중으로 하여금 무간지옥을 들여다보게 해야겠다면, 다음을 유념하자.

3. 움찔하면 두 대

학생들의 과제물에 내가 종종 써넣는 말이 있다. "작가의 목소리가 너무 들려." 무슨 뜻이냐. 이런저런 이유로 이야기에 몰입이 안 된다는 뜻이다. 주로 학생이 과하게 애를 쓴 나머지, 문장들이 미사여구로 꺽꺽 메었을 때 이런 현상이 생긴다. 그러면 읽는 사람은 '독자가 된' 자신을 너무나 의식하게 된다. 내가 손에 피와 살이 아니라 잉크와 종이를 들고 있다는 인식이 심해진다.

마이클 베이 감독의 영화를 볼 때도 내게 같은 일이 일어난다. 영화가 너무나 영화로 느껴진다. 어두운 극장에 앉아 라스베이거스가 트랜스포머들에 의해 갈가리 찢기는 장면을 보고 있노라면, 나는 옆 사람에게 몸을 돌려 이렇게 속삭이고 싶다. "특수효과 한 번 죽여주네요." 눈물도 웃음도 나지 않는다. 심지어 치솟는 아드레날린에 겨워 팔걸이를 움켜잡게 되지도 않는다. 그저 컴퓨터로 만들어낼 수 있는 환상의 수준에 혀를 내두를 뿐이다. 카지노가 통째로 폭발하고, 로봇이 자기 몸을 착착 접어서 세미트럭으로 변신한다. 와우.

척 팔라닉과 브렛 이스턴 엘리스의 소설도 때로 이런 느낌을 준다. 독자의 위산과다를 심하게 의도한 CGI^{Computer Generated Imagery} 같은 느낌. 예컨대 <아메리칸 사이코>에서 화자 겸 주인공 패트릭 베이트먼은 자신의 연쇄살인 행각, 그 잔학하고 혐오스런 취미 활동을 누누이 그리고 세세히 그리고 거듭거듭 묘사한다. 칼들, 가위들, 체인 톱들, 아직 살아 있는 희생자의 몸에 쥐를 집어넣는 장면.

팔라닉도 이에 뒤지지 않는다. 그는 단편 <항문^{Guts}>에서 사람들이 입은 항문 부상을 역겨울 만큼 장황하게 묘사한다. 그중에는 수영장 필터의 흡입력을 즐기다가 미처 빠져나오지 못한 소년에 대한 대목도 있다. 소년은 창자가 항문 밖으로 나와 필터에 빨려 들어가는 바람에, 완두콩과 옥수수와 주황색 비타민 알약 등이 점점이 박힌 반투명 밧줄로 물속에 묶인 꼴이 되고 만다.

이 저자들의 화려한 문체는 참상을 탐미한다. 이들은 우리가 혐오하는 것을 사랑한다는 인상을 준다. 이들은 폭력에 연연하고, 피비린내에 환희하고, 그것들을 찬양한다. 그들이 히죽거리는 게 보이고 낄낄대는 소리가 들릴 정도다. 이들은 중학교에 한 명씩은 있는 밉상 녀석이 되고 만다. 갑자기 주먹을 날리는 시늉을 하고는 내가 깜짝 놀라면 "움찔하면 두 대."라고 악을 쓰며 내 어깨를 세게 두 번 갈기던 양아치. 그렇게 되지 말자. 그놈을 좋아한 애는 한 명도 없었다.

4. 매도 벌어야 한다

분량과 구구절절함을 따져볼 때, 총알이 빗발치고 선혈이 낭자한 장면이 그렇지 않은 장면에 비해 전체 스토리에서 유난히 두드러질 때가 많다. 이는 스토리의 균형을 깬다.

아내가 이혼을 원한다는 걸, 아내가 6개월 전부터 UPS 배달원과 침대에서 함께 뒹구는 사이라는 걸 남편이 알아차리는 데 드는 분량? 달랑 한 문단. 이에 비해, 배신당한 남편이 놈의 팔다리를 꺾어 놓고, 총을 쏴대고, 휘발유를 뿌리고, 마침내 UPS 배달원을 한 줌 재로 만들어 버리는 과정은 장장 두 페이지에 걸쳐 자세히 이어진다.

그러면 나는 해당 학생에게 묻는다. 해당 장면이 꼭 존재해야 하냐고. 드라마가 꼭 이렇게 귀청 떨어지게 요란해야만 독자가 귀를 기울일 거라고 생각하냐고. 물론 답변을 듣고자함이 아니다. 나는 스토리가 한쪽으로 치우쳤다는 점을, 스토리의 대부분이 부러진 뼈와 털린 강냉이와 칼로 가른 배에서 파티 리본처럼 쏟아져 나온 창자들에 바쳐져 있다는 점을 지적한다. 거기 등장하는 사람들 — 남편, 아내, 밤색 반바지의 UPS 배달원 — 에 대해 내가 아는 게 별로 없다는 게 문제다. 모르는 사람들이기에 그들의 결혼이 파투나든 말든, 그중 한 명이 토막토막 썰리고 잘게 다

져지든 그다지 신경 쓰이지 않는다.

이게 문제다. 힘들여 번 폭력이 아니면 감정이입이
어렵다. 작가는 폭력을 **벌어야** 한다. 불쏘시개를 차근차근
쌓아 올리고, 정성들여 산소를 주입하고, 적당한 때에 성냥
을 그어야 한다. 이 과정은 스토리에서 아주 중요한 기능을
한다. 전환 기제로, 변화의 촉매로 기능한다. 팀 오브라이언
의 <그들이 가지고 다닌 것들>에서는 정글 속에서 날아와
테드 라벤더를 죽인 총알이 반복적으로 묘사된다. 전우를
죽인 총알의 기억은 소대장 지미 크로스로 하여금 공상에서
벗어나 현실을 직시하고 전투에 집중하게 하고, 결과적으로
소대원들의 안위를 돌보게 한다. 도스토옙스키의 <죄와 벌>
에서 주인공 라스콜리니코프는 전당포 노파를 도끼로 살해
한다. 이 살인은 그를 강박적 피해망상으로 몰아넣는다. 그
는 모두를 의심하고, 나중에는 마치 죄책감을 씻어 내려는
듯이 훔친 돈을 모두 없애 버린다. 토니 모리슨의 <빌러비드
Beloved>에서 세서는 자기 아기의 목을 톱으로 자른다. 이 죽
음은(실제로 그리고 은유적으로) 원혼처럼 소설을 관통하
며 세서를 끝없이 괴롭힌다. 결과적으로 세서는 공동체에서
고립되고 폴 D와의 관계도 위기에 처한다.

폭력은 답이 아니다. 길고 복잡다단한 방정식의 여
러 변수 중 하나다.

5. 마음의 위협

앨프리드 히치콕이 말년에 연출한 <프렌지Frenzy>에 밥 러스크가 술집에서 일하는 여자를 자신의 아파트로 데려가는 장면이 있다. 창고를 통과하고 인도를 걸어서 아파트 건물로 들어가 계단을 오르는 내내 러스크의 목소리는 태평스럽다. 하지만 그의 눈은 날카롭고, 그의 표현은 으스스하다. 그가 아파트 문을 열고 여자에게 들어가라는 몸짓을 할 때, 우리는 그가 그녀를 죽일 거라는 걸 안다.

신기하게도 이때 카메라는 이들을 따라 아파트로 들어가지 않는다. 대신 그냥 복도에 머문다. 아파트 문이 탕 닫히고, 걸쇠가 탁 잠긴다. 몸부림 소리가 희미하게 들린다. 하지만 카메라는 뒤로 빠진다. 카메라는 아래로 나선을 그리며 천천히 계단을 내려가 거리로 나간다. 그리고 차량의 소음과 행인들의 웅성거림이 장면을 채운다.

히치콕은 아는 거다. 정말로 강력한 어둠의 힘은 감독이 관객에게 보여줄 수 있는 그 어떤 것보다 관객 스스로의 상상력이라는 것을. 문을 닫아버림으로써 히치콕은 우리의 마음에 최악의 장면을 연다. 이것이 히치콕이 반복적으로 사용하는 기법이다. 심지어 그가 가장 무절제할 때조차.

<사이코>에서 재닛 리가 샤워하다 살해당하는 장면은 영화 역사에서 가장 유명한 장면 중 하나이자 스토리텔링을 통틀어 가장 결정적인 폭력 장면 중 하나다. 장장 7일에 걸쳐 촬영되었고, 77가지의 카메라 앵글과 50개의 컷을

포함한다. 거의 모든 쇼트가 클로즈업이고, 각각은 스크린을 아주 짧게 번쩍 비춘다. 이 장면은 우리에게 공포의 콜라주를 셔터스피드로 제시한다. 비명을 내지르는 입. 한껏 뻗은 손. 소스라치는 눈. 칼, 칼, **칼**. 우리는 우리가 살인을 보고 있다고 상상한다. 하지만 이 3분짜리 시퀀스에서 사실상 우리는 단 한 번도 피부가 파열하거나, 동맥이 끊어지거나, 칼날이 갈비뼈를 긋는 걸 목격하지 않는다. 장면이 더 이어졌거나 광각으로 찍혔다면 보았을 것들이지만, 우리는 하나도 보지 못한다.

히치콕은 이 기법을 "위협을 스크린에서 관중의 마음으로 전송하기"라고 표현했다. 생각해 보라. 이것이 바로 여러분의 목표가 아니었던가? 관중에게 느끼게 하는 것. 그래서 관중을 구경꾼으로 남겨 두지 않고 공범으로 끌어들이는 것. 히치콕은 상세하게 특정하되, 결코 전부를 보여주지 않는 방법으로 이 일을 해낸다. 그 순간을 붙들어 매는 것들만 언뜻언뜻 보여주고, 악몽의 나머지는 우리 스스로 채워 넣게 하는 방법으로.

6. 폭력과 감정의 포물선

대개의 이야기에는 서사적 포물선과 정서적 포물선이 있다. 서사적 포물선은 상황과 상황이 꼬리를 물면서 벌어지는 일들, 서로 격돌하며 클라이맥스를 향해 치닫는 일련의 장면들을 말한다. 도로시가 오즈로 여행하면서 겪는 한 다발의 유쾌하고 유치한 모험들을 생각하면 쉽다.

정서적 포물선은 서사의 결과로 캐릭터가 변화하는 과정을 말한다. 도로시는 모험을 겪은 후, 지평선을 응시하며 <무지개 너머 어딘가Somewhere over the Rainbow>를 부르는 안달형 몽상가에서 자신이 가진 것과 자신의 본모습에 감사하는 현실주의자로 변해 빨간 구두로 탭댄스를 추며 <집이 최고야There's no place like home>를 부른다.

폴 볼스Paul Bowles의 <어느 먼 곳의 에피소드A Distant Episode>에는 이름 없이 '교수'라고만 지칭되는 언어학자가 등장한다. 교수는 동료를 만나기 위해 그리고 그 나라 방언을 연구하기 위해 모로코로 간다. 그는 현지인들을 열등한 사람들로 취급하고, 자신의 지성을 과시하고, 문화적 우월감에 젖어 이들을 모욕하고, 선심성 돈을 뿌린다. 요컨대 그는 싸가지 없는 머저리다. 한 가지 일이 다른 일로 이어지고, 낙타 젖통으로 만든 진기한 상자를 찾아다니던 그는 결국 사막 유목민 레귀바트 족 무리에게 납치된다. 레귀바트 족은 그를 늘씬하게 두들겨 패고 그의 혀를 잘라 버린다.

~~~~~~~~

회색 아침 햇살 속에서 남자가 교수를 차갑게 응시했다. 그는 한 손으로 교수의 콧구멍을 한데 틀어막았다. 교수가 숨을 쉬려고 입을 벌리자 남자는 잽싸게 교수의 혀를 그러잡고 전력을 다해 잡아 뺐다. 교수는 컥컥대고 헐떡였다. 그는 자신에게 무슨 일이 벌어지는지 알지 못했다. 혀를 인정사정없이

There will be blood

잡아당기는 고통과 날카로운 칼에서 오는 고통을 분간하지 못했다. 다음 순간 끝없는 질식과 객출이 그를 덮쳤고, 그의 의지와 상관없이 자동적으로 이어졌다. '수술'이라는 단어가 계속 그의 머리를 지나갔다. 암흑 속으로 가라앉는 와중에 웬일인지 그 단어가 그의 공포에 진정 효과를 가져왔다.

~~~~~~~~~

여기가 모든 것이 변하는 지점이다. 이전까지는 시점이 교수에게 속해 있었다. 그의 오만함과 유식함이 언어와 관점에 드러났다. 하지만 더는 아니다. 레귀바트 족이 교수를 한낱 오락거리로 삼기 시작하면서 그의 목소리는 사그라지고 그는 배경 인물 중 하나가 된다. 그들은 교수에게 천박한 의상을 입히고, 깡통을 엮은 줄을 교수의 목에 걸고, 교수에게 춤추며 돼지처럼 꿀꿀대라고 명령한다. 한바탕 포식 후 모두의 여흥을 위해서.

폭력을 점화하고 우리의 이목을 집중시키기에 이 얼마나 완벽한 설정인가. 혀. 애초에 교수를 궁지에 빠뜨린 바로 그 기관. 그것의 제거는 전환이다. 거의 속죄에 가깝다. 서사의 환골이고, 캐릭터의 탈태다. 교수는 일 년 동안 먹고, 싸고, 명령에 따라 춤을 춘다. 그는 자아감을 모두 잃고, 원시인이 된다. 한때 그가 현지인을 원시인으로 인지했던 대가로.

교수의 혀 위로 미끄러지는 칼을 읽을 때 나는 독자로서 움찔하지 않는다. 이 이야기의 공범으로서 움찔한다.

나는 감정적으로 동요한다. 섬뜩한 동시에 역겹고, 동시에 교수가 응분의 벌을 받아서 고소하다. 그저 자극적이기만 한 순간이 아니다. 내가 감정적으로 몰입했기 때문이다. 저자의 손은 보이지 않고, 다만 칼을 쥔 레귀바트 족의 손만 보이기 때문이다. 이 대목은 내 오감을 짜릿하게 할 뿐, 전기고문하지 않는다.

7. 안무

코맥 매카시의 소설 속 폭력은 스토리에 부합하는 감정을 일으킨다. 매카시의 폭력은 유난히 우리 마음을 심하게 어지럽히고 동요시킨다. 이유가 있다. 거기에는 **그럴싸함**, 즉 신빙성에 관한 모든 것이 있기 때문이다. 매카시의 책 중 아무거나 펼쳐 보자. (또는 <신의 아들Child of God>의 아무 페이지나 펼쳐 보자.) 굳이 예를 들자면, 그의 대작 <모두 다 예쁜 말들>의 클라이맥스 부분을 보라. 멕시코의 감옥에 갇힌 우리의 주인공 존 그래디 콜은 자신을 죽이라는 사주를 받은 수감자의 칼부림으로부터 자신을 지켜야 한다. 20세기 중반 멕시코 감옥에서 청부 살인은 짭짤한 돈벌이 기회다. 물론 흔한 기회는 아니다. 우리는 여기서 처음으로 우리의 카우보이 주인공이 사투를 벌이는 것을 목격하게 된다. 매카시는 이 장면을 위해 발레 감독이나 칼리[@] 강사 뺨치게 공들여 안무를 짰다. 독자로서 우리는 주인공의 적수를, 공간적으로 그리고 시간적으로 통절히 인식한다. 초보

@ 칼리
Kali,
필리핀의 전통 무술.

작가들이 난투극을 묘사할 때는 결과가 그야말로 혼전에 그칠 때가 너무나 많다. 독자는 싸움 당사자들이 어디 서 있는지, 그들이 어떻게 움직이고 어디를 치고 있는지, 싸움의 페이스와 타이밍을 거의 감지하지 못한다. 그냥 뒤죽박죽 난장판이다. 하지만 매카시는 이 모든 것을 영화감독의 눈으로 기록한다.

무대: 싸움 조짐이 있자 알아서 일어나 벽으로 붙는 재소자들로 가득한 식당.

소도구: 칼날이 튀어나오는 나이프 두 개, 방패 노릇을 하는 강철 식판 두 개, 테이블, 장의자.

배우: 'cuchillero(스페인어로 칼 장수라는 뜻. 보다 구어적으로는 칼잡이)'라고 불리는 젊은 멕시코인 암살자와 열여섯 살짜리 텍사스 농장 소년.

관중은, 아니 독자는, 칼로 긋고 찌르는 동작, 속임수 동작, 쳐내는 동작을 하나하나 낱낱이 본다. 독자는 "존 그래디의 몸속 온기를 갈구하는 차가운 강철 도롱뇽 같은" 암살자의 칼날을 자각한다. 동시에 주인공이 겪는 다른 감각적 체험들도 제대로 의식한다. 식당의 고요함, 식판들이 챙챙 부딪히는 소리, 암살자의 체취, 입속의 피의 맛, 셔츠를 만지자 손에 "끈적끈적하게" 묻어나오는 피. 움직임의 안무와 감각적 디테일에 대한 헌신이 이 장면에 놀라운 신빙성을 부여한다. 존 그래디가 계속 베이고 포기 일보직전으로 몰릴 때마다, 그가 주저앉고 벽에 밀쳐질 때마다 독자의 맥박수가 올라간다. 그러다 젊은 암살자가 존 그래디의 머리끄덩이를 잡고 뒤로 확 꺾으며 목에 칼을 들이대는 순간, 존 그래디는 자신의 칼을 암살자의 심장에 깊이 쑤셔 박고 손잡이를 틀어 놈의 몸속에다 칼날을 부러뜨린다. 매카시는, (작가가 훌륭히만 해내면) 칼싸움 안무는 그 자체로 서사 논리를 가지고 있으며, 그 자체로 미니 드라마가 된다는 것을 아는 작가다. 우리의 주인공 존 그래디는, 무함마드 알리가 무적 철권 조지 포먼과 붙었을 때처럼, 상대를 로프타기[a] 작전으로 때려눕힌다. 독자는 주인공의 상처투성이 몸이 느낄 소름끼치는 고통을 육체적, 심리적으로 함께 느끼며 승리의 기쁨을 만끽한다.

[a] 로프타기 rope-a-dope, 로프에 기댄 채 방어적으로 경기하며 상대가 지칠 때를 기다렸다가 공격하는 전술.

8. 도덕적 교훈

영화 <노예 12년>에 내 머릿속을 떠나지 않는 장면이 하나 있다. 차마 보기 힘들었던 장면. 바로 주인공 솔로몬 노섭이 나무에 목이 매달린 채 하루 종일 방치되어 있는 장면이다. 그의 목에 올가미가 걸려 있고, 올가미가 나뭇가지에 묶여 있고, 그의 발은 땅에 닿을락 말락한다. 감독은 이 장면을 여러 쇼트로 나누지 않고 롱테이크로 길게 찍었다. 이 장면을 참고 보는 것이 고역이다. 컷이 없기 때문에 해방도 없다. 그의 주변에 사람들이 없는 것도 아니다. 그를 외면하고 각자의 일을 하는 다른 노예들, 그를 속수무책 내버려둘 수밖에 없는 사람들까지 모두 잡는 와이드 쇼트 때문에 보는 사람의 거북함과 고통은 더욱 커진다.

여기에는 어떠한 현란한 특수효과도 없다. 감정을 조장하는 음악도 없다. (처음에 들리던 바리톤 색소폰의 고동도 차츰 매미 소리에 묻혀버린다.) 그저 오래 이어지는 시선만 남는다. 어떤 소리도 존재하지 않는다. 밧줄이 삐걱대는 소리와, 솔로몬이 컥컥대는 소리와, 어떻게든 목숨을 부지하려고 까치발로 용을 쓰는 그의 발끝에서 진흙땅이 자꾸 으깨지며 철벅대는 소리 외에는.

솔로몬의 사투를 스크린 밖으로 내보내지 않은 건 잘한 일이다. 나를 불편하게 만든 건 잘한 일이다. 강제로 가슴 아프게 지켜보게 한 건 잘한 연출이다. 이 공포는 우리가 지켜봐야 할 공포였다. 실제로 일어난 참상이기 때문이다. 개별적 진실과 일반적 진상 모두를 말하는 거였다. <노예 12년>은 실존인물의 회고록을 각색한 영화다. 하지만 소설을 영화화했다 해도 이 장면이 사실이라는 점은 달라지지 않는다. 솔로몬이 견뎌야 했던 악의와 고통이 이 장면에 너무나 아름답고 처절하게 구현되어 노예제도라는 재앙을 대국적 견지에서 보여준다. 작가든 영화감독이든, 저자란 자고로 기억의 종이다. 저자는 모름지기 독자가 결코 잊지 못하게 해야 한다. 우리가 인정하고 싶지 않은 진실에 거울을 들이대야 한다.

이 장면의 담담함과 성근 구도와 눈 깜빡임 없는 시선은 내게 해리 크루즈의 에세이 <아버지, 아들, 피Fathers,

Sons, Blood>의 한 대목을 떠오르게 한다. 오프닝 씬에서 그는 아내의 비명과 아이들이 훌쩍이는 소리에 잠이 깼다. 대화 내용이 파편처럼 조각조각 들린다. "패트릭이…… 수영장에……" "……어서 꺼내." 그 소리에 크루즈는 이불을 걷어차고 복도로 뛰쳐나와 현관을 통과해 두 집 건너에 있는 수영장으로 내달린다.

———————

나는 수영장을 높이 둘러친 울타리의 열린 문을 들어섰다. 내 아들이 수심이 깊은 쪽에 엎드린 자세로 떠 있는 게 보였다. 아이 머리 둘레에 퍼져 너울대는 금색 머리칼만이 유일한 움직임이었다. 나는 아이를 끌어냈다. 아이의 코를 쥐고 내 입을 아이의 입으로 가져갔다. 하지만 첫 호흡부터 효과가 없었다. 나는 아이가 자기 혀를 삼켰다고 생각했다. 입속을 확인했는데 그건 아니었다.

응급실로 가는 길에도 나는 어떻게든 아이에게 숨을 불어넣으려 했다. 아이의 경동맥에 손가락을 댔다. 하지만 우리가 응급실에 닿기 훨씬 전부터 이미 박동이 없었다. 내 아이는 죽었다. 그날 아침 아이는 아침으로 엄마와 시리얼을 먹었다. 의사는 아이가 익사의 패닉 상황에서 먹은 걸 토했고, 토사물을 다시 흡입했다고 했다. 내 인공호흡 노력은 수포로 돌아갔고, 애초에 성공할 수도 없었다. 아이의 기도가 막혀 있었다. 한 달 조금 넘게 남은 9월 4일이 아이의 네 번째 생일이었다.

———————

크루즈는 눈길을 돌리지 않는다. 눈을 돌리는 것이 우리 모두에게 편한 일이었을 거다. 대신 그는 우리에게 상처를 주는 쪽을 택한다. 그는 우리가 그의 상실을 느끼고 알기를 원한다. 그는 자신의 상심과 비탄으로 시커멓게 멍든 마음에 대해서는 아무 말이 없다. 우리에게 보이는 건 수영장에 엎드린 자세로 둥둥 떠 있는 아이와 물에 퍼져 있는 아이의 금발머리뿐이다. 아들의 입에 숨을 불어넣으려 애쓰는 아버지의 입뿐이다. 그러는 내내 그의 톤은 담담하게, 그의 언어는 단순하게, 모든 묘사는 짤막하게 유지된다. 그는 내용을 과도하게 울려댈 필요가 없었다. 이런 소재는 볼륨을 높이는 대신 낮춰야 한다. 그게 더 마음 아프다.

폭력은 갈등을 구현하는 강력하고도 간단한 방법이다. 폭력은 대속이다. 폭력은 변화를 부른다. 하지만 무엇보다, 이 세상과 우리 상처받은 인생의 필연적 반영이다.

오늘 아침 신문 머리기사만 훑어봐도 답이 나온다. 볼티모어 어느 나이트클럽에서 총격전이 일어나 경찰관 한 명이 죽었다. 라스베이거스 시외에서 스트립댄서의 유해가 발견됐다. 열두 구의 목 잘린 시체가 아카풀코의 쇼핑센터 밖에 버려졌다. 뉴욕의 한 호텔에서 남성 모델이 포르투갈 저널리스트를 죽이고 성기를 잘랐다. 애리조나 주 투손의 어느 슈퍼마켓에서 열린 정치 집회에서 한 남자가 총기를 난사했다. 한 여성 국회의원이 머리에 총을 맞고 숨졌다. 이외에도 다섯 명이 더 살해당했다. 그중에는 아홉 살 소녀도 있다. 이게 우리가 사는 세상이다. 그렇게 멀리 볼 필요가 없다. 호러는 그리 멀리 있는 게 아니다. 그리고 작가로서 여러분의 사명은, 아무리 불편해도 가끔씩 그러나 **책임감**을 가지고, 인간 실존의 어두운 구석들에 피로 밝힌 램프를 들이대는 것이다.

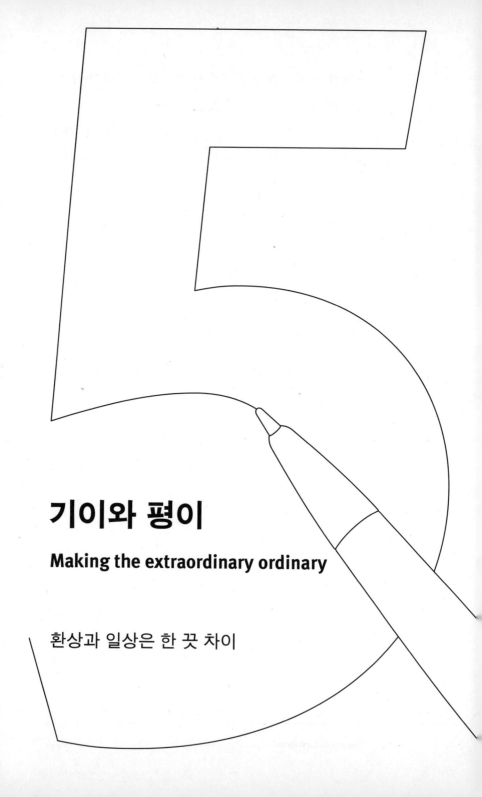

기이와 평이

Making the extraordinary ordinary

환상과 일상은 한 끗 차이

팀 버튼 감독의 <배트맨>이 개봉했을 때 나는 관람이 허용되지 않았다. 우리 부모님은 PG - 13(13세 미만은 보호자 동반 요망) 등급에 엄격했고, 나는 그때 열 살이었다. 어쩌면 내게 금지된 영화였기 때문에 그렇게 집착한 건지도 모른다. 나는 배트맨 티셔츠를 입었고, 침대 위에 배트맨 포스터를 붙였고, 공책 여백에 배트맨 낙서를 했고, 배트맨 만화책과 배트맨 모형과 배트맨 카드를 사 모았다. 카드가 다 합쳐 몇 종이나 있었는지는 기억나지 않는다. 만약 백 종류가 있었다 치면 나는 그 백 종을 다 모았다. 카드는 영화의 스틸사진들이었다. 배트모빌을 모는 마이클 키튼, 까마득한 종탑에서 떨어져 보도에 철퍼덕 퍼진 잭 니콜슨. 카드들을 방 바닥에 늘어놓고 이리저리 배열을 바꿔가며 장면들의 순서를 상상하는 것이 그 시절 나의 낙이었다. 머릿속으로 영화의 가상 버전을 돌렸던 거다. 이때부터 이미 내 안에 캐릭터와 구조를 생각하는 어린 소설가가 자라고 있었다.

훗날 나는 드디어 <배트맨>을 빌려와 VCR에 넣었다. 영화는 실망이었다. 내 버전의 스토리가 더 나았기 때문이다. 나는 그때까지 캐릭터들과 엄청난 시간을 함께 보냈다. 몇 달씩 계속해서 그들의 꿈을 꾸었다. 심지어 학교 친구들보다도 그들을 더 현실적으로 느낄 정도였다. '배트맨' 스토리의 중심 질문 중 하나는 이거다. 브루스 웨인이 괴물 노릇을 하는 것인가, 아니면 괴물이 브루스 웨인 노릇을 하는 것인가? 이 질문에는 프랭크 밀러와 크리스토퍼 놀란이 훨씬 성공적으로 접근했다. 팀 버튼의 <배트맨>과 이후의 끔찍한 후속편들은 다크나이트Dark Knight를 너무나 만화스럽게 그린 나머지 이 질문과는 무관한 것이 되어 버렸다. 팀 버튼은 악에 물든 고담시의 악몽과 배트모빌 같은 기상천외한 첨단 무기들에 골몰했을 뿐, 인물의 성격화에는 부주의했다. 그래서 신빙성이 없었다.

　　그때 나는 어린 브루스 웨인이 강도의 총에 부모를 잃었을 때의 나이와 비슷한 나이였다. 나는 내가 부모를 잃는 상상, 부모가 주던 사랑과 보호를 잃는 상상을 했다. 그 상상만으로도 가슴이 미어졌다. 그건 궁극의 호러였다. 돌이켜 생각하면 우습지만, 나는 배트맨 카드들을 앞에 놓고 나 자신을 웨인 부부가 쓰러진 뒷골목에 투영하며 엉엉 울곤 했다. 울다가 눈물이 마르면 축축한 얼굴을 닦은 다음 분노했다. 아주 험악하게. 나는 감정이입 과다증이었다. (갓 싹튼 작가에게는) 슈퍼파워였지만, (기능적 인간으로서는) 장애였다. 나는 감정적 나락으로 걸어 내려가 이를 갈며 내가 고담시의 범법자들에게 안길 지옥을 상상했다. 내 마음은 있는 대로 틀어져 허무주의 복수 기계가 됐다. 비록 어린애의 머리에 불과했지만 나는 음울한 상상 속에서 고담을 섭렵했다. 그 결과 막상 실제 영화를 볼 땐 상대적으로 시시하게 느껴졌다. 그 영화에는 '심장'이 없었다.

　　스티븐 킹의 <다크 타워> 시리즈 첫 편인 <최후의 총잡이>를 읽었을 때도 나는 마찬가지로 혹독한 투영적 경험을 했다. 이때 나는 열세 살이었다. 7학년에서 8학년으로 올라가며 막 학교를 바꿀 때였다. 열세 살은 모두의 인생에서 최악의 해다. 나는 특히나 지독한 열세 살을 보냈다. 온갖 말썽을 다 부렸다. 싸움. 공공 기물 파손. 절도. 성적도 최악이었다. 내가 정학당했을 때 어머니가 울면서 위층으로 뛰어올라가던 기억이 난다. 아버지가 내 성적표를 갈기갈기 찢어서 세상에서 가장 슬픈 색종이 조각처럼 방에 흩뿌리던 기억도 난다. 아버지는 한마디 말없이 반쯤 감은 눈으로 그저 나를 바라보기만 했다. 부모님은 나를 다른 학교로, 학급 규모가 더 작고 규율이 더 엄격한 학교로 전학시키기로 했다.

나는 그렇게 시골에 살게 됐다. 오리건 주 벤드와 레드몬드 사이, 세이지 평원과 알팔파 들판만 펼쳐져 있는 오지. 독서만이 고립감에 대한 해독제였다. 물론 플롯이 (당시에는 꽤 앙상했던) 내 멱살을 휘어잡았지만, 이 책이 내게 그토록 심오한 영향을 미친 진짜 이유는 주인공이었다. 길리아드의 롤랜드Roland of Gilead. 총잡이 종족의 최후의 생존자. 터무니없어 보일 수도 있지만, 기억하라, 나는 이때 열세 살이었고, 열세 살 때는 모든 것이 터무니없다. 더구나 이때 나는 한 학교에서 40마일 떨어진 다른 학교로 옮겨가는 질풍노도의 시기였다. 부모님은 새 학교가 나를 바꿔 줄 거라고 했다. 변화는 좋은 것이며 내게는 변화가 필요하다고 했다. 나도 거기에 동의했다. 내 자신이 인간쓰레기의 한심한 얼룩처럼 느껴졌고, 동시에 절실하게 생각했다. 나는 누가 되고 싶은가?

롤랜드가 이 질문에 답을 주었다. 그는 내게 궁극의 인간으로 다가왔다. 그는 기사의 법도에 따라 살았고, 이를 악물고 고통을 감내했다. 그는 기강 있고, 식견이 높았고, 강인했다. 그는 뭔가 중요한 것, 세상에서 자신의 존재 이유를 찾아 치열하게 싸운다. 그는 절대로 먼저 싸움을 걸지 않았지만 언제나 마지막까지 남았다. 말수는 적었지만 한 번 입을 열면 그의 말은 현명하고 강렬했다. 그해 여름 나는 몹시 과묵한 인간이 되었고, 이 침묵은 고등학교를 졸업할 때까지 이어졌다.

내 과묵함을 수줍음으로 착각한 이들도 있었을 거다. 하지만 그건 아니었다. 나는 전략가였고, 판단과 감정을 유보했고, 말 하나하나, 행동 하나하나를 재단하며 그것의 가치를 찾았다. WWJD[@]팔찌를 하고 다니는 애들이 있다. 나야말로 이런 팔찌를 만들어 차고 다녀야 했다. 이럴 때 롤랜드라면 어떻게 할까? 끝내주게 유치하게 들리지만 사실이다. 당시의 내게는 세상 무엇보다 중요한 문제였다. 내 학교 성적이 향상됐다. 나는 극도로 진지한 인간이 되었고, 내 얼굴에서는 표정이 사라졌다. 나는 침대에 누워 부적절했다고 생각되는 언동에 대해 자신을 꾸짖었다. 그럴 때면 천장에서 너울대는 그림자들은 최후의 총잡이의 모습을 만들었다.

@ WWJD
'What would Jesus do (이럴 때 예수님이라면 어떻게 하실까)?'의 약어.

나는 <최후의 총잡이>를 다른 어떤 책보다 자주 읽었다. 아직도 이 책을 펼치는 순간 십대 소년이 된다. 하지만 나는 작가이기도 하다. 지금은 특히 이 책의 하이브리드 서사를 사랑한다. 이 책은 서부물이면서 판타지물이면서 호러 소설이다. 미래 SF 소설 같지만 전설의 시대를 떠올리게 한다. 전투에서 검을 겨루고 기사도를 따르는 기사들의 시대. 스티븐 킹이 창조한 세계 — 종말 이후의 세계, 마법이 득세하는 무법의 세계 — 가 나를 매료했다. 하지만 나를 궁극적으로 향상시키고 변화시킨 건 롤랜드였다. 이 스토리에는 '심장'이 있었다. 가죽처럼 질기고 모래처럼 깔깔한 심장이지만 어쨌든 심장은 심장이었다. 킹이 소설을 쓰는 이유는 롤랜드였다. 반면 팀 버튼이 영화를 만드는 이유는 고담이었다. 그 때문에 뭔가 무정하고 비정한 결과물이 나왔다. 스타일만 있고, 실체는 없는 무엇.

대개의 초보 작가들은 처음 두근대는 아이디어에 사로잡히면 앞뒤 못 가리고 거기에 미친 듯 집착한다. 이런 성향을 일종의 자이갠티즘[b]으로 부르자. 이 성향을 보이는 작가는 투시력을 장착하고 세상을 구하는 닌자에, 또는 이빨 대신 스테이크 나이프를 달고 세상을 파괴하는 좀비에, 또는 그게 뭐든 자신이 생각해낸 끝내주는 장치에 주력한다. 그리고 그 과정에서 캐릭터는 등한시한다.

여러분도 들어봤을지 모르겠다. 안톤 체호프가 이런 말을 남겼다. "자연을 묘사함에 있어서 작은 디테일들을

[b] 자이갠티즘 gigantism, 큰 거라면 무조건 좋다는 사고방식.

붙잡아야 한다. 그리고 그것들을 잘 분류해야 한다. 그래서 독자가 눈을 감았을 때 그림이 떠올라야 한다. 예를 들어 달밤을 제대로 떠오르게 하려면, '물방아 댐 위의 깨진 유리병 조각이 작은 별처럼 반짝이고, 개인지 늑대인지 모를 검은 그림자가 공처럼 굴러가는 밤' 정도는 써 줘야 한다."

이 멋진 조언은, 서사가 추상의 바다에 표류하는 것을 막고, 서사를 디테일이라는 닻으로 붙들어 매는 일의 중요성을 강조한다. 달에 대해 쓰지 않는다. 유리조각들에 반짝이는 달빛에 대해 쓴다. 결혼식 장면을 쓸 때는 신도석에 빽빽이 앉아 연단 앞의 행복한 커플을 응시하는 좌중을 광각으로 훑지 않는다. 대신 맹렬히 코를 후비고 있는 화동 소녀와 신부 들러리의 구두 굽에 눌어붙은 연분홍색 껌과 스테인드글라스 창과 빛이 만드는 만화경을 클로즈업한다. 숲을 무대로 한 장면에서는 단순히 상록수림의 장관이나 그 속의 어둑함을 두루뭉술 묘사하지 않는다. 목초지 한복판에 누워 있는 사슴뿔과, 땅에 반쯤 묻히고 녹 반점으로 뒤덮인 탄알 구멍투성이 사격연습용 커피 깡통과, 까마귀가 소녀의 주검에서 주워온 금색 머리칼로 만든 둥지로 밀착하고 접근한다.

이 조언은 인간적 세부사항을 강조하는 것이기도 하다. '빅 아이디어'에 빠져서 인간적 명세를 도외시하지 말자. 뱀파이어 종말, 클론의 침입, 마법학교. 어떤 세계를 다루든 그 세계에 개입할 가치를 부여하는 것은 '심장'이다. 심

ⓐ 하이콘셉트
high-concept,
직접적 관계가 없는
아이디어들을 묶어 새
개념을 창조하는 것.

장 쫄깃한 요소가 있어야 한다. 하이콘셉트ⓐ 스토리텔링에 있어서는 특히 그렇다. 내 생각에는 이것이 워크숍에서 많은 교수들이 이른바 장르소설을 금지하는 불분명한 이유 중 하나다. 비운의 행성 이야기의 경우 기상천외와 초자연과 세계관 구축에 골몰한 나머지 이야기의 초점이 인간 실존의 문제들 저편으로 아득히, 망연히 분산되기 쉽다. 우리는 아침 식탁에서 지구 반대편에서 일어나는 참혹한 내전에 대한 기사를 읽으면서도, 병에 남은 땅콩버터를 마지막 한 숟갈까지 긁어먹을 방법을 더 걱정한다. 이게 사람이다. 우리는 경악스러움을 중화할 일상을 원한다. 비범의 평범화.

이것이 조지 손더스가 그의 픽션에서 자주 행하는 기법이다. 그의 단편 <시 오크Sea Oak>를 예로 들어 보자. 소설의 화자는 스트립쇼 나이트클럽에서 일한다. 그는 거친 빈민가의 지저분한 셋집에서 여동생 민과 사촌동생 제이드와 이모 버니와 함께 산다. 버니 이모는 평생을 체인 잡화점의 점원으로 일했다. 버니가 죽는다. 그런데 장례식을 치르자마자 경찰로부터 연락이 온다. 이모의 무덤이 파헤쳐지고 관이 비어 있다는 것이다. 화자가 일을 마치고 집에 와 보니 문이 활짝 열려 있고, 두 여동생이 소파 위에 웅크리고 있고, 흔들의자에 버니의 시체가 기대앉아 있다. 하지만 이야기는 흔한 좀비 이야기로 빠지지 않는다. 버니의 배꼽 잡는 독백이 이를 증명한다.

"어이, 아저씨," 이모가 내게 말한다. "아저씨는 이제부터 고추를
좀 까는 거야. 보여주고 또 보여줘. 여자분께 가서 보여 드려. 보고
싶어 하는 여자가 있으면, 돈을 낼 용의가 있는 여자가 있으면
내가 여자 이마에다 엄지손가락으로 지장을 찍어 놓을 테니까,
지장이 보이면 가서 물어봐. 내가 하루에 다섯은 책임진다.
한 번에 20달러씩. 그럼 하루에 백 달러. 일주일이면 700달러.
그것도 현금 박치기로다가. 세금 없어. 원천 징수 면제. 어때?
이게 이 사업의 매력이지."

　　　이모의 머리는 흙투성이고 이에도 흙이 끼어 있다.
머리는 산발이고, 입술을 축이느라 들락날락하는 혀는 새카맣다.

　　　"야, 제이드," 이모가 말한다. "너는 내일부터 일 나가.
5번가와 리버라 거리 모퉁이에 있는 앤더슨 음반사. 갈 때
잘 차려 입고 가. 좋은 걸로 골라 입어. 다리가 슬쩍 보이는 걸로.
껌은 작작 씹고. 가서 렌을 찾아왔다고 해. 그러면 한 달 후
네가 타온 월급과 고추로 번 돈을 합쳐서 딴 데로 이사가. 안전한
데로. 여기까지가 1막 1장이야. 민, 너는 베이비시터 해.
더하기 담배 끊어. 더하기 요리 배워. 더 이상 깡통 음식 금지야.
우린 잘 먹어야 돼. 최대한 꼴다운 꼴을 갖추려면 그래야 돼.
왜냐, 나는 이제부터 애인을 무수히 만들 거거든. 니들은
몰랐겠지만 사실 나 빌어먹을 처녀로 죽었어. 아이를 낳은 적도
남자를 사귄 적도 없어. 그리로 들어가 본 게 있기를 한가,
나와 본 게 있기를 한가. 하하! 바싹 말라버렸지. 낭비도 이런
낭비가 없어. 하느님이 내 다리 사이에 내려주신 요 귀여운 것

말이야. 어쨌거나 지금부터는 문란하게 살 거야, 이 망할 것들아!
나 이제 영화처럼 살 거야. 근육질 어깨들, 여름 별장, 근사한
여행, 아침엔 내 방에 커다란 꽃병. 젖꼭지가 딱딱해질 때까지
바닷바람을 맞으며 컵에 든 새우요리를 먹을 거다, 이 썩을
것들아. 내 애인은 베란다에서 나를 지켜보는 거야. 넓은 어깨를
번쩍이면서. 나 때문에 잔뜩 달아오른 건 두 말하면 빌어먹을
잔소리고, 이 애송이 쪼다들아! 하하! 내가 농담하는 거 같지?
농담 아니거든? 난 하나도 해본 게 없어! 내 인생은 똥통이었어!
그 빌어먹게 흔한 비행기도 한번 타본 적이 없어. 하지만
그 인생은 그 인생이고 이 인생은 이 인생이야. 내 새로운
인생이야. 이제 나 좀 덮어줘! 담요 가져와. 예뻐지려면 잠을
푹 자야지. 나 여기 있다고 말만 해. 너희들 다 죽어. 더하기
그것들도 다 죽어. 누구에게 말하든 그 인간은 죽어.
염력으로 죽여 버릴 거야. 내가 그 정도는 해. 나는 이제 죽여주게
강하거든. 내겐 힘이 있어!"

~~~~~~~~

이 독백은 웃긴 것 이상이다. 비극적이다. 버니는 죽음에서
부활했다. 사는 것처럼 살아 보지 못했기 때문에. 손더스는
장르소설에 벌떡이는 심장을 심어서 장르를 재창조한다.
그는 버니에게 우리 모두가 공감할 수 있는 애처로운 욕망
을 부여함으로써, 기이함을 정상화한다. 여기에 사실주의
를 적용했더라도 이야기가 이만큼 효과적이었을까? 물론
그렇게 생각하는 사람도 있을 거다. 하지만 때로 판타지는

Making the extraordinary ordinary

우리에게 그 통로가 아니었으면 획득하지 못할 진실을 제공한다. 평소 거울에 비친 우리 모습은 이에 낀 것을 제거하거나 화장품을 바를 때 외에는 별다른 의미가 없다. 하지만 뒤틀린 거울은 우리를 멈춰 세운다. 우리는 그 앞에서 신기한 눈으로 우리 모습을 살핀다. 사물이 새롭게 보이는 방식에 사로잡힌다.

이것이 캐런 러셀을 읽을 때의 내 느낌이다. 러셀의 단편 <세인트 루치아의 늑대소녀들St. Lucy's Home for Girls Raised by Wolves>은 늑대인간 이야기로 보이지만 사실은 사춘기에 관한 이야기다. 우리를 거친 짐승으로, 본능적 욕망에 날뛰는 미치광이로 만드는 호르몬 폭발에 관한 이야기다. 에이미 벤더를 읽을 때도 마찬가지다. 벤더의 단편 <마지팬Marzipan>은 피상적으로는 어느 날 일어나 보니 배에 구멍이 뚫려 있는 남자를 다루지만, 실제로는 비탄에 대해 말한다. 이야기는 이렇게 시작한다. "할아버지가 돌아가시고 일주일 후, 잠에서 깬 아버지의 배에 구멍이 나 있었다. 작은 구멍이 아니었다. 구멍 크기는 축구공만 했고, 등 뒤로 완전히 뻥 뚫려 있었다. 구멍을 통해서 아버지의 뒤편이 훤히 보였다. 아버지는 거대한 문구멍이 되었다." 비탄은 고통스런 부재不在에서 온다. 이야기는 이 메타포를 곧이곧대로 표현한다. 오히려 기이함이 우리의 현실적 고투를 실감나게 보여준다.

십 년도 더 전이다. 대학 학부과정 때 한 워크숍에서 읽은 이야기가 지금도 가끔씩 생각난다. 마술 파이프에 관한 이야기였다. 담배 파이프가 아니라 짤막한 쇠 파이프다. 파이프로 뭔가를 가리키면 그것이 사라진다. 이야기의 화자는 게으른 멍청이다. 이 멍청이가 어느 날 마술 파이프를 우연히 발견하고, 이것이 그의 인생을 바꾼다. 뜻밖에도, 그는 이 파이프를 백악관을 공격하는 데 쓰지 않는다. 놀랍게도, 천적을 형체도 없이 날려버리는 데 쓰지도 않는다. 대신 집 마당에서 개똥을 치우는 데 사용한다. 거실에서 다 마신 맥주 캔과 다 먹은 과자 봉지를 없애는 데 사용한다. 저자는 기이에 집착하지 않는다. 대신 기이를 정상화한다. 그래서 예전에 내게도 머물렀던 한 작고 슬픈 사내에 대한 이야기로 만든다.

켈리 링크도 <원래 이야기Origin Story>에서 비슷한 시도를 한다. 어느 작은 타운의 식당. 여기서 일하는 중년의 웨이트리스들에게는 공중 부양의 능력이 있다. 그런데 그녀들은 이 초능력을 하지정맥류 예방 차원에서 근무 중에 가끔씩 다리를 쉬게 하는 데만 쓴다. 닉 혼비도 <안 그러면 아비규환Otherwise Pandemonium>에서 같은 기법을 발휘한다. 이야기의 화자인 십대 소년은 NBA 우승결정전을 녹화할 요량으로 고물상에서 중고 VCR을 산다. 그런데 녹화한 경기를 빨리감기 하다가 놀라운 점을 발견한다. VCR이 어제의 경기뿐 아니라 오늘의 경기, 내일의 경기, 아직 하지 않은 시합들까지 모두 녹화한 것이다. 미래의 프로그램을 볼 수 있는 VCR인 거다. 빨리감기를 하면 다음 주의 시트콤,

다음 달의 뉴스를 볼 수 있다. 하지만 미리 돌려서 본 미래는 암울하다. 전 지구적으로 정치적 긴장감이 감돌다 급기야 전쟁이 터진다. 그러자 갑자기 화면이 꺼지고 아무것도 나오지 않는다. 세상이 끝난 것이다. 지구 종말을 알게 된 소년은 무엇을 할까? 소년은 이 지식을 여자애와 섹스하는 데 쓴다. 소년은 전부터 마사라는 소녀에게 욕정을 품고 있었다. 소년에 의하면 마사는 "a) 섹시하다. b) 하지만 헤퍼 보이지 않는 방식으로 섹시하다." 둘은 어느 "멍청한 재즈 밴드"에서 만났다. 이 이야기의 핵심은 지구 종말이 아니다. 이야기의 핵심은, 또한 이야기에서 가장 진실하고 사랑스럽고 괴기스러운 부분은, 둘이 어떻게 섹스에 이르게 되느냐다. 소년은 소녀에게 마법의 VCR을 보여준다. 그리고 총각딱지도 떼지 못하고 죽고 싶지는 않다고 말한다. 이 상황에서 "적어도 섹스는 실현 가능한 무언가가 된다."

손더스와 혼비는 다음의 전략도 병행한다. 바로 '일상의 언어를 쓰는 일상의 화자'를 내세우는 거다. "야, 이 인간아."와 "고통받는 천재 스타일 녀석." 따위의 말들이 극단적 소재를 말랑말랑하게 한다. 이야기에 개연성을 부여한다. 그래서 독자가 랍스터롤을 소화하듯 거뜬히 소화하게 한다. 이 방법은 피에 젖은 다이아몬드 단검을 신문 만화란으로 둘둘 감은 효과를 낸다. 일상적 대화체와 세속적 내용이 '그럴듯함'으로 가는 관문으로 작용한다.

물론 세속적 스타일로 승부하는 작가들만 있는 건

아니다. 마크 헬프린과 테아 오브레트^{Téa Obreht}가 구사하는 전략적 스타일을 생각해 보라. 이들의 언어는 찬가처럼 용약한다. 사람을 홀리고, 주문처럼 읽히고, 마법처럼 서정적이다. 이들은 엉뚱함과 기상천외함이 지배하는 동화와 우화를 쓴다. 반면 가브리엘 가르시아 마르케스는 <거대한 날개를 단 늙은이> 같은 엉뚱한 이야기에서조차 — 언어는 지극히 서정적이다 — 환상을 일상화하려는 노력을 보인다. 첫 문단에서 다음과 같은 문장들을 접하면, 대충 견적이 나왔다고 볼 수 있다. "세상은 화요일 이래 슬펐다. 바다와 하늘은 회백색으로 한 덩어리가 되었고, 3월의 밤에 빛 가루처럼 감실대던 모래 해변은 썩은 조개와 뻘의 진창으로 변했다." 배경은 '어느 먼 옛날 어느 먼 나라'다. 가르시아 마르케스가 그곳에 나타난 노인을 묘사하는 방식을 보자. 노인은 하늘에서 뚝 떨어진 것처럼 마당 구석 진창 속에 불쑥 나타난다. 노인은 "독수리 날개"를 단 "넝마주이" 같은 차림이고, "벗겨진 머리에는 허옇게 센 머리가 몇 오라기 겨우 붙어 있다." 우리는 날개 달린 남자 하면 보통 천사를 연상한다. 근육질 몸에 흰색 가운을 입고 금발머리를 휘날리고 눈부신 빛을 역광으로 받는 천사. 하지만 가르시아 마르케스는 우리의 기대를 정면으로 뒤집는다. 이 인물은 천국의 이미지와는 거리가 멀다. 사람들이 노인을 '천사'라고 부르기는 한다. 하지만 그를 노르웨이인 또는 뱃사람, "폭풍에 난파한 외국 선박에서 표류한 선원"쯤으로 생각한다. 무엇보다 노인은 우리의 기대와 달리 추앙받지 않는다. 추앙은커녕 핍박당한다. 그는 어떤 기적도 행하지 않는다. 측은하게 웅크린다. 사람들은 그를 우리에 가두고, 가축에게 하듯 쿡쿡 찔러대고, 그의 날개에서 깃털을 뽑고, 그에게 돌을 던지고, 낙인찍는 쇠도장으로 그의 옆구리를 지진다. 이 방식으로 가르시아 마르케스는 환상에 접근 가능성을 부여한다. 그러는 동시에, 이질적인 것을 배격하는 인간의 성향과 딱지 붙이고 정의 내리고 통제하려는 인간의 욕망을 꼬집는다.

동화와 우화에 끌리는 사람이라면 케이트 번하이머의 단편과 평론을 읽어 봐야 한다. 번하이머가 말하고자 하는 바를 내가 여기에 한 줄로 간추리자면 이렇다. 동화는 마법을 일상화한다. 아기가 돼지로 변하고, 늑대가 듣기 좋은 바리톤으로 말하고, 하늘에서 별이 내려와 세 가지 소원을 들어주는 여인으로 변해도, 캐릭터들은 상황의 비논리와 불합리를 걸고 넘어지지 않는다. 초현실을 현실로 기꺼이 받아들인다. 캐런 러셀이나 케빈 브록마이어나 에이미 벤더나 매트 벨Matt Bell의 이야기에 "이건 말도 안 돼."라고 딴지 거는 사람은 없다.

닐 게이먼의 소설 <오솔길 끝 바다>가 흥미로운 사례를 제공한다. 이 소설의 어른 화자는 내면이 흔들리는 남자다. 그는 자신의 기억에 균열이 있음을 인정한다. 또한 그가 어릴 때 겪은 마법 같은 모험은, 어른의 목소리가 아니라 공상과 책에 빠져 살던 외로운 일곱 살 소년의 목소리로 전달된다. 이 때문에 독자는 평이하게 그려지는 기이를 자연스럽게 받아들이게 된다. 그것이 실제로 있었던 일이든 어린 시절의 거친 꿈이든 그건 그다지 중요하지 않다. 원래 아이에게는 정글짐이 해적선이고, 벽장 속 그림자가 괴물이고, 돼지저금통 뱃속의 동전들이 금화이니까. 상상이 곧 현실이니까.

작가로서 상상을 현실로 만드는 방법은 두 가지다.

기상천외에 굴복한다. 아예 대놓고 엉뚱함으로 나간다. 상상의 고삐를 풀고 망아지 뛰듯 뛰게 한다. 늑대인간들이 기숙학교에 다니고(러셀의 <세인트 루치아의 늑대소녀들>), 검은 오벨리스크가 하늘에서 땅으로 내려온다(브록하이머의 <천장>).

아니면 독자를 설득한다. 마법을 지극히 합리적인 것으로 생각하게 만든다. 나는 내 소설 <레드 문>에서 이 방법을 썼다. 나는 광우병과 폐병 같은 병들을 유발하는 동물성 병원균에 대해 조사해서 사이비 과학을 하나 창조했다. 그럴듯한 호러를 창조하겠다는 희망으로 늑대인간 신화의 물리적 유사물을 만든 거다. 판타지 문학에서 조지 R. R. 마틴과 호각을 이루는 패트릭 로스퍼스는 자신이 설계한 마법 시스템을 설명하는 데 많은 시간과 지면을 투자한다. 마법의 주문과 물약을 지극히 꼼꼼하고 생생하게 그리고 설득력 있게 묘사한다. 그 결과 독자는 마법에 걸리는 게 남의 일이 아니라고 느끼게 된다. 가끔 나는 소재의 기이함과 그것을 자세히 풀어놓아야 할 필요 사이에 모종의 수학적 관계가 있다는 생각마저 든다. 공상과학 소설과 판타지 소설이 대부분 대작 장편인 데는 다 이유가 있는 게 아닐까. 작가들은 아는 거다. 그들의 용과 로봇이 그럴싸하게 보이려면 스토리를 부대 해설로 잔뜩 살찌울 필요가 있다는 것을.

　　<오솔길 끝 바다>를 읽을 때 나는 기이와 논리 사이의 균형을 찾느라 고생했다. 이렇게 말하면 야박하게 들리겠지만, 두 가지 모두 충분해 보이지 않았다. 저자 게이먼은 "검은 물질"에 대해 말한다. "있어야 할 모든 것을 이루지만 우리가 찾아낼 수는 없는 우주의 원료." 그러면서 은근히 양자물리학을 연상시키는 마법을 반복적으로 화제에 올린다. 이는 (주인공이 어린 시절에 만난) 헴스톡 가문 여자들과 그녀들의 초자연적 능력―시간을 짜깁기하고, 에너지를 전달하고, 빅뱅을 기억하는 능력―과 멋지게 부합한다. 그러다 뭔가 더 기이한 것들이 뜬금없이 튀어나온다. 예를 들어 사촌 야벳이 "쥐의 전쟁에 참전하러 떠났다."는 언급이 나올 때가 그렇다. 이런 종류의 어이없음은 옥에 티를 넘어 게이먼이 그때껏 공들여 쌓은 세계관을 허무는 모욕처럼 다가온다. 논리 시스템은 독자와의 계약이다. 그것을 일단 구축하면, 그것을 고수해야 한다. 게이먼이 우왕좌왕하는 순간 마법은 풀려 버린다.

실험 삼아 한 가지를 바꿔 보자. 딱 한 가지만. '_____만 빼고 우리 세상과 똑같은 세상'을 생각해 보자. 예를 들어 점점 증가하는 중력. 또는 그치지 않는 비. 또는 수액이 사랑의 묘약인 마법의 단풍나무. 또는 스톤헨지가 12세기로 들어가는 포털이라면? 또는 죽음을 심드렁한 얼굴에 검정 양복을 입은 요원들이 처리하는 따분한 행정 절차로 설정한다면? 달라진 상황 하나 때문에 제약들이 줄줄이 생긴다. 바로 그거다. *한 가지*가 천 가지를 바꾸게 된다. 이걸 연못에 던진 돌멩이로 생각해 보자. 돌멩이가 만든 물결이 다른 물결을 낳으며 밖으로 퍼져 나간다. 여러분이 이렇게 하면, 즉 한정적 변화를 일으켜 놓고 그 결과를 면밀히 추적하면, 그 상황과 거기 수반하는 논리 시스템을 통해 관중이 기꺼이 불신감을 유보할 가능성을 높일 수 있다. 어떤 작가들은 이 기법으로 명성을 얻었다. 또 어떤 작가들은 이 기법을 출발점으로 삼는다.

팀 오브라이언은 <진짜 전쟁 이야기를 하는 방법>에서 어떻게 하면 독자가 믿게 할 수 있는지 말한다. "해괴한 내용이 사실이고 믿을 만한 평범한 내용이 거짓일 때가 종종 있다. 정말로 믿기 힘든 것을 믿게 하려면 믿을 만한 평범한 것이 필요하다." 전쟁 이야기를 두고 한 말이지만 요정 이야기에도, 귀신 이야기에도, 슈퍼히어로 이야기에도, 탐정 이야기에도 해당된다. 기상천외한 이야기를 쓸 때도 평범한 내용은 불가피하다. 이 점을 염두에 두고 시작하

자. 나만의 주문을 걸고, 나만의 세계를 구축한다. 다만 개연성을 위한 여러 정상화 전략들을 이모저모 신중하게 검토하자. 그러지 않으면 독자는 '어느 먼 옛날 어느 먼 나라'로 쉽게 여러분을 따라가지 않는다.

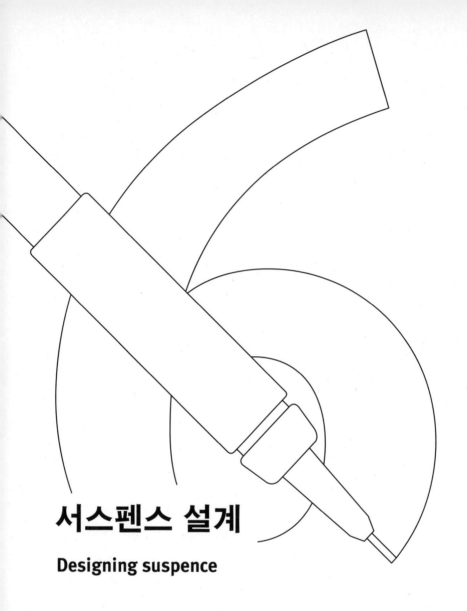

서스펜스 설계

Designing suspence

불타는 전기톱으로 저글링하라

1. 최악의 시나리오

나는 집필을 시작하기 전에 미리 이야기의 지도를 만들고 청사진을 찍고 도안을 그린다. 내가 사전 작업에 대해 말하면 사람들의 반응은 두 가지다. 1. 속상해한다. "글쓰기의 재미를 망치는 일이야!" 2. 당황한다. "이야기를 어떻게 그래프로 그린다는 거지? 비트 시트[@]가 뭔데? 액션이나 감정이 일어날 때가 따로 있고 이유가 따로 있나?"

그렇다. 사람들의 말도 맞다. 어떤 일도 일어나야 할 **필요**는 없다. 그런데도 일들은 계속 일어난다. 세상에 규칙이란 없다. 하지만 엄연한 규칙이 있기도 하다. 세상에는 근본적 진실들이 존재한다. 그것들을 초월하는 실험을 하거나 깡그리 무시하려고 해도, 일단 그것들을 이해하고 거기 숙달한 다음에나 가능하다. 그러니 '법칙들'부터 알자. 그것들을 어기기 전에. 순수문학 작가들은 규정이라면 무턱대고 묵살하는 경향이 짙은데, 내 생각에는 무신경한 동시에 태만한 일이다.

이 점을 잊지 말자. 피카소도 사물을 보는 방식을 산산이 부수고 괴상망측하게 재조합하기 전에는 한때 사실주의 화가였다. 퍼트리샤 스미스Patricia Smith가 실험적인 자유시만 쓰는 게 아니다. 소네트와 목가의 달인이기도 하다. 세스 맥팔레인Seth MacFarlane은 뛰어난 클래식 피아니스트지만 골 때리고 종잡을 수 없는 코미디 발라드도 만든다. 자문해 보자. 나도 그런 작가인가? 레고로 성을 쌓듯 물샐틈없이 딱

딱 들어맞는 글을 쓰다가도 뒤돌아서면 논리비약을 교묘히 이용한 구렁이 담 넘어가는 글도 쓸 수 있는가? 아니면 나는 오로지 '기교의 달인'이기만 한가? 그편이 엉성함을 목적의식으로 포장하기 쉬우니까? "아, 내 소설에서 아무 일도 일어나지 않는 거요? 그건 내가 인간존재의 덧없음을 담아내려 했기 때문이죠." 으음. 글쎄, 행운을 빈다. 그건 이미 사무엘 베케트가 한 거라서.

나로 말하자면, 나는 버려진 나무를 깎아 성난 독수리를 만들면서, **동시에** 튼튼한 흔들의자도 지을 줄 아는 목공의 팬이다.

책과 영화는 공통점이 많다. 다만 대개의 경우 영화의 구조가 더 깔끔하기 때문에, 서사의 표준 비트를 추적하고 이해하는 데 있어서는 때로 스크린이 좋은 공부 재료가 된다. 인간은 모두 기본 설계가 같다. 여기 대퇴골이 있고 저기 간이 붙어 있는 건 똑같다. 그러면서도 우리는 모두 각양각색이다. 다 다르게 멍청하고 다 다르게 미련하다. 해부학적 구성은 같지만, 셰어와 무함마드 알리가 다르듯 사람들은 각자가 천양지차로 다르다. 마찬가지로 영화 대본—소설에 비하면 구조적 측면에서 융통성이 적기는 하다—도 기본 얼개는 같지만 그 결과물은 <프린세스 브라이드>와 <터미네이터>, <광란의 골프장Caddyshack>과 <바람과 함께 사라지다> 만큼이나 다양하다.

캐릭터에게는 상위 목표가 필요하다. 상위 목표가

서사의 흐름을 결정한다. 보물을 찾아라. 빅게임에서 승리하라. 좀비 바이러스의 확산을 막아라. 이걸 모르는 작가도 있냐고? 대개는 알고 있는 것처럼 보여도, 막상 시작하기 전에 결말을 정하라고 하면 대부분 이 말 저 말 하면서 얼버무리거나 공황 상태에 빠진다. 여러분의 화살이 날아가야 할 타깃을 정해야 한다. 모든 단락, 모든 챕터는 그 타깃을 추격해야 한다. 결말을 정했다고 끝나는 것도 아니다. 결말까지 메워야 할 하얀 공백이 무시무시하게 남아 있다.

이쯤에서 염두에 두어야 할 것이 하나 더 있다. 최악의 시나리오도 정해야 한다. 상위 목표를 알고, 캐릭터들의 약점을 안다면, 이제 미적분은 복잡하지 않다.

<레이더스>에서 인디애나 존스가 원하는 것은 무엇인가? 두말할 것 없이 성궤를 찾는 거다. 그게 정부기관원들이 그에게 요청한 것이다. 존스의 중심 목표는 성궤의 획득이다. 그럼, 성궤를 라이벌인 르네 벨로크와 나치에게 빼앗기는 것 외에, 인디애나 존스가 무서워하는 건 무엇인가? 뱀이다. 그에겐 뱀 공포증이 있다. 관객은 이 사실을 영화 초반에 알게 된다. 인디애나 존스가 단발 수상비행기에 올라탔을 때. 그는 좌석 밑에 똬리를 튼 비단뱀을 발견하고 혼비백산한다.

그럼, 인디애나 존스에게 닥칠 수 있는 최악의 시나리오는 무엇일까? 비밀리에 성궤를 보관한 장소가 하필이면 수천 마리 독사들이 득시글대는 방이다. 존스와 그의 친구

살라는 천장을 통해 방으로 들어간다. 로프를 내려서 그걸 타고 어둠 속으로 내려간다. 존스는 손에 든 횃불을 휘둘러 독침을 뱉는 뱀들을 몰아낸다. 그는 식은땀을 흘리고, 훌쩍이고, 공포로 커진 눈을 이리저리 굴린다. 성궤가 금색 빛을 발한다. 그들은 성궤를 석관에서 꺼내 천장의 구멍으로 끌어올린다. 그때, 갖은 고생을 다해 꺼낸 성궤가 눈앞에서 사라진다. 나치가 나타나서 존스를 내려다보며 비웃음을 날린 뒤 그를 성궤가 있던 곳에 가둔다.

존스는 성궤를 잃었다. 목숨마저 잃을 판이다. 그것도 그가 세상 무엇보다 무서워하는 것에 의해서. "뱀. 왜 꼭 뱀이어야 하는데?" 왜기는. 그게 최악의 시나리오니까.

앤젤라 카터도 단편 <피로 물든 방>에서 비슷한 기법을 쓴다. <피로 물든 방>은 몽환적이면서 충격적인 수정주의 동화다. 당장 첫 페이지에서 우리는 우리의 주인공이 두려워하는 것을 알게 된다. 이번에는 뱀이 아니다. 텅 빈 지갑이다. 소녀는 과부 엄마를 남겨두고 "프랑스 제일가는 부자인" 후작과 결혼한다. "초라한 식탁에 늘 들러붙어 있던 가난의 망령"을 몰아내기 위해서. 소녀의 엄마는 걱정스런 마음에 딸에게 다그쳐 묻는다. 이 결혼이 정말로 네가 원하는 거냐고. 딸은 그렇다고 장담하지만, 한편으로는 남편의 얼굴에서 두려움을 느낀다. "그가 정적 속에 내 연주를 듣고 있을 때, 눈빛이란 게 전혀 존재하지 않아 항상 두려움을 주는 그의 눈을 눈꺼풀이 무겁게 덮고 있을 때, 그의 얼굴이 가면처럼 보이곤 한다. 마치 그의 진짜 얼굴 — 그가 나를 만나기 전, 심지어 내가 태어나기도 전의 세상에서 영위했던 인생 전체가 정말로 새겨져 있는 얼굴 — 은 그 가면 아래 숨어 있는 것처럼."

불길한 징조는 그 외에도 많다. 후작의 청혼 반지는 "재수 없는" 보석인 오팔이다. 후작의 성은 그녀가 가는 곳마다 "장례식 백합"으로 가득하다. 후작은 그녀에게 "동맥피처럼 빛나는" 루비를 박은 "초커[@]"를 차게 하고, 첫날 밤 그녀의 입술에 키스하기 전에 루비에 키스한다. (두 사람은 이날 밤 "사랑을 나누지는" 않는다. 그건 확실하다.) 참, 이걸 빼먹었다. 후작은 이 결혼 전에 이미 세 번 결혼한 바 있다. 전 부인들은 짐작컨대 죽었고, 그들의 시신은 발견되지 않았다. 이 모든 징조에도 불구하고, 소녀는 처음에는 남편이 자신을 사랑하고 아낀다는 희망을 품는다. "[쟁쟁한] 미인들이었던 그녀들의 대오에 나를 끼워 주려는 거야." 소녀가 "가난한 과부의 딸인데다 가진 거라고는 최근까지 땋았던 자국이 남아 있는 쥐색 머리와 뼈가 앙상한 엉덩이와 피아니스트의 예민한 손가락밖에 없음에도 불구하고."

소녀의 부귀영화에 대한 탐욕이 그녀를 이 저주받은 결혼으로 이끌었다. 최악의 시나리오는 뻔하다. 소녀는 성의 거미줄 친 복도 끝에서 금기의 방을 발견한다. 방은 고문 기구로 가득하다. 그중에는 '철의 처녀'라는 처형 도구도 있고, 그 안에는 죽은 지 얼마 안 된 전 후작부인의 시

@ 초커
choker, 목에 딱 맞게 두르는 목걸이.

체가 있다.

우리의 화자는 엄마의 경고를 무시했고, 심지어 자신의 직감조차 무시했다. 후작의 관심을 받고 처음에는 특별하고 아름다운 존재가 된 기분이었다. 하지만 차츰 후작이 눈독 들인 건 자신의 순진함과 취약성이었다는 걸 깨닫는다. 그는 그녀를 "아기"라고 부르고, 그녀가 도색 삽화로 가득한 책에 화들짝 놀라는 모습을 맛있게 음미하고, 수십 개의 거울 앞에서 그녀를 발가벗기고 그녀가 거기에 반응해 몸을 떠는 걸 보며 흡족해한다.

처음에 그녀는 후작이 자신의 인생을 구했다고 믿지만, 사실 그 결혼은 파멸로 들어가는 문이었다. 그녀가 이것을 깨닫고 위기에 봉착하면서 이야기는 2막에서 3막으로 넘어간다. 그녀가 피로 물든 방에 들어갔다는 것을 후작이 알게 되고, 그녀는 맹인 피아노 조율사와 함께 후작의 분노를 피해 탈출을 시도한다. 결과적으로 그녀를 구한 건 그녀의 엄마다. 엄마는 말에 올라타고 죽은 남편의 리볼버를 휘두르며 달려와 처녀 시절 호랑이를 골로 보내던 명중률을 자랑하며 후작의 이마에 총알을 박아 넣는다.(엄마의 활약을 암시하는 복선도 첫 페이지에 나온다.)

얼마나 멋진 대칭 구도인가. 도입부에서 화자가 버리고 떠난 사람이 종국에는 화자를 구한다. 시작이 결말을 예측한다. 또한 최악의 시나리오는 시작과 끝의 경첩 역할이다가 아니다. 스토리에 울림과 여운을 준다. 현실에서처럼,

소설에서도 실패를 먼저 경험하지 않고서는 성공의 진가를 알기 어렵다.

다음의 방법으로 연습해 보자. 현실을 시작점으로 삼는다. 내가 무언가를 정말로, 정말로 원했던 순간을 하나 찾는다. 애타게 직장을 구하던 때도 좋고, 미치게 일을 그만 두고 싶었던 때도 좋다. 이혼을 원했을 때도, 청혼했을 때도 좋다. 투병하던 때의 기억도 좋다. 그 순간을 떠올려 보자. 다음에는 거기에 적정 분량의 상상력을 주입한다. 이 캐릭터에게 최악의 시나리오는 무엇일까? (여기서 주의사항, 더는 '내' 입장에서 생각하지 않는다. 이제는 내가 아닌 스토리 속의 누군가를 다룬다.)

예를 들어 어떤 부부가 아이를 간절히 원한다고 치자. 두 사람은 2년을 노력한다. 불굴의 정신으로 침대에 뛰어들고, 식이조절을 하고, 알코올을 딱 끊고, 배란주기에 생활을 맞춘다. 하지만 아무 보람이 없다. 최후의 방법으로 두 사람은 거금을 들여 시험관아기 시술을 받는다. 하지만 슬프게도 그것조차 수포로 돌아간다. 두 사람은 입양을 결심한다.

여기서 최악의 시나리오는? 아이가 악몽이다. 예컨대 러시아에서 영양실조 상태로 학대당하던 아홉 살 남자 아이를 입양한다. 즉 아이는 육체적, 정서적으로 많은 문제를 가지고 있다. 집을 난장판으로 만들고, 누구든 가까이 왔다 하면 물어뜯고, 오줌 테러를 가해 매트리스 다섯

개를 장사지낸다. 부부가 원한 건 단지 아이였다. 아이가 두 사람의 사랑을 완성해 줄 것으로, 그들의 결혼을 완전체로 만들어 줄 것으로 믿었다. 이제 아이가 생겼건만 둘의 관계는 악화일로를 걷는다. 결국 둘은 아이를 파양하기로 결심한다.

이게 만약 단편이라면, 애매모호한 어둠의 여지를 남겨두고 이쯤에서 이야기를 접을 수도 있다. 하지만 그러지 말자. 그건 너무 상투적이다. 또는 지나치게 감상적이다. 떠나는 자동차 뒤창으로 보이는 병적으로 창백하고 마른 아이의 모습을 끝으로 이야기가 종친다고 상상해 보라. 이보다는 나은 버전을 써야 한다. 단편 독자들은 배수구 세척액으로 입가심하고 싶게 만들거나 마천루에서 뛰어내리고 싶게 만드는 결말을 좋아한다.

하지만 장편소설이나 수기나 영화 대본의 경우라면 관중은 보다 기쁘고 보다 다행스런 종결을 바란다. 인디애나 존스는 뱀의 소굴에서 탈출해 성궤를 도로 찾는 게 맞다. <호빗>의 빌보 배긴스는 사나운 용 스마우그를 무찌르고 '외로운 산' 왕국을 난쟁이 족에게 돌려주고 발걸음도 가볍게 고향 샤이어로 돌아오는 게 맞다. <꼴찌 야구단The Bad News Bears>과 <마이티 덕스The Mighty Ducks>도 언제나 스타플레이어의 부상을 극복하고 결국은 아슬아슬하게 득점해서 간발의 차로 이겨야 한다. 한심한 오합지졸이지만 그들에겐 심장이 있으니까!

부부가 결국에는 아이를 계속 키우는 걸로 끝날 수도 있다. (이때 우여곡절과 마음고생이 필요하다. 이는 행복하고 단란한 장래를 다지는 시멘트로 작용한다.)

장편 서사의 경우, 위기의 순간은 거의 언제나 이야기가 2막에서 3막으로 넘어갈 때 온다. 편의상 이 순간을 '바닥을 치는' 순간이라고 부르자. 굳이 원한다면 '영혼의 어두운 밤'이라고 불러도 좋다. 어쨌든 이때 우리의 캐릭터는 포기 일보 직전이다. 그러다 캐릭터들이 최후의 행동을 결단하고 결집하면서 이들은 그네 타듯 마지막 막으로 들어간다. 최악의 시나리오를 알고, 그것을 배치할 적소를 안다면, 여러분은 서사의 별자리에서 가장 빛나는 별 중의 하나를 딴 셈이다. 여기까지 왔으면 이제는 역추적 설계에 들어가면 된다.

스토리는 전투의 연속이라는 말이 있다. 그중 가장 큰 전투가 마지막에 우리를 기다린다. 이렇게 바꿔 생각해도 된다. 가장 큰 실패로 이어지는 일련의 실패들. (이로써 대속이 가능해지고 성공이 인정받는다.)

<죠스>에서 상어가 사람들을 죽이기 시작한다. 브로디 서장은 섬의 안전을 원한다. 첫 번째 실패는? 그는 해안을 폐쇄하려 하지만, 시장은 피서 시즌이라는 이유로 반대한다. 피서객이 없으면 섬의 수입도 없다. 브로디 서장은 할 수 없이 인명구조 감시탑에 올라가 쌍안경으로 바다를 훑는다. 놓치는 사람이 없기만을 바라며. 위험이 감지되면

그 즉시 사람들을 물에서 나오게 할 요량으로. 그는 위험을 감지하고 경고를 보낸다. 모두가 공포로 비명을 지르며 해변으로 엎치락뒤치락 달려 나온다. 그런데 그가 잘못 본 거였다. 상어가 아니다. 지나가는 게르치 떼일 뿐이다. 이제 사람들은 그의 걱정을 과대망상으로 여기기 시작한다. 그는 해수욕객들의 보모 역할을 그만둔다. 그랬더니 무슨 일이? 한 아이가 상어에 죽는다. 그다음엔 무슨 일이? 상어를 잡아 현상금을 타려는 사람들이 배를 타고 바다로 나간다. 그리고 맞다, 그들은 상어를 하나 잡는다. 하지만 아니다. 물린 자국이 일치하지 않는다. 식인 상어는 아직 바다에 있다. 하나의 사건이 다음으로 꼬리를 물고 이어진다. 모든 것이 실패한다. 결국 물 공포증이 있는 브로디 서장이 나설 수밖에 없게 된다. 그는 배를 빌려 직접 상어 사냥에 나선다. (이후에도 원정대는 실패에 실패를 거듭한다.)

영화 대본에서 '비트'는 스토리의 최소 단위, 즉 하나의 액션과 리액션을 뜻한다. 위에서 나는 실패로 연결된 일련의 비트를 나열했다. 다른 곳에서 좀 더 미시적인 예를 찾아보자. 다음은 리디아 데이비스Lydia Davis의 단편 <아우팅The Outing>의 한 대목이다.

길가에서 폭발한 분노, 길에서 말하는 것이 거부되고, 솔숲에서도 이어지는 침묵, 오래된 철교를 건너가면서도 이어지는 침묵, 화해 시도도 물 건너가고, 언쟁을 보도 위에서 끝내는 것도 거부되고, 가파른 흙 제방 위의 성난 고함소리, 덤불 사이에서 들리는 울음.

〰〰〰〰

이것을 단편으로 불러야 할지 시로 불러야할지 모르겠다. 어쨌든 내게는 비트 시트처럼 읽힌다. 골자만 남기고 전부 추려낸 서사. 이것이 단편이기 때문에 (거기다 순수문학 단편이기 때문에) 이야기는 애매모호한 새드 엔딩이다. 자동차 뒤창으로 보이는 러시아 고아의 창백한 얼굴과 동급이다.

스티븐 스필버그의 영화든 리디아 데이비스의 단편이든, 같은 서사 리듬이 적용된다. 액션, 리액션, 액션, 리액션, 액션, 리액션. 이런 시나리오는 대개 특정 사건에 대한 주인공의 실패한 대응으로부터(그리고 이후 발생하는 모든 시련에 대한 실패한 대응으로부터) 분출한다. 이런 방식으로 이야기는 최후의 결전을 향해 치닫는다. 이것이 **부정적 사고**의 힘이다. 이는 불필요한 서사의 파급효과를 단속하는 방법도 된다.

사무라이는 실전을 앞두고 매일 몇 시간씩 싸움에서 일어날 수 있는 갖가지 나쁜 일을 미리 상상했다고 한다. 상대의 속임수와 회피, 칼이 동강나거나 팔다리가 동강나는 경우, 누군가의 헛발질이나 비명이나 후방 공격. 다음에는 각각의 상황을 타개할 방법을 상상한다. 이 수련법은 실전에서 냉정을 유지하는 데 도움이 됐다. 그들은 불리한 지형, 눈 하나를 잃는 사태, 5대1 결투에 어떻게 대처할지 미리 알

왔다. 그런 장애들을 마음속으로 이미 천 번씩 경험했기 때문이다. 최악의 시나리오를 정한 다음, 사무라이 방식—스토리텔링 시련을 헤쳐 나가는 선견지명 방법—을 적용하자.

2. 불타는 전기톱의 춤

가끔씩 정말로 들불처럼 번지는 책들이 나온다. 그 책을 안 읽은 사람이 없고, 모두가 그 책 얘기를 한다. <다빈치코드>, <연을 쫓는 아이>, <파이 이야기>, <그레이의 50가지 그림자>, <와일드> 등이 그런 책들이다. 최근 몇 년 동안은 스티그 라르손의 <용 문신을 한 소녀>가 그랬다. 그때는 공항에도 통로마다 이 책이 수백 권씩 쌓여 있었고, 그 형광노란색 표지가 모두의 손에서 빛을 발했다.

나는 그 인기를 이해하고 싶었다. 어떻게 672쪽이나 되는 책이 그렇게 강박적 읽을거리로 자리매김할 수 있었는지 알고 싶었다. 그래서 후루룩 읽었다. 그리고 다시 읽었다. 두 번째는 펜과 메모패드를 들고 구조의 윤곽을 잡았다. 특히 시련에 주목했다. 감정적, 육체적, 재정적, 가족 관련, 직업 관련 시련. 주인공 미카엘 블롬크비스트는 명예훼손 시비에 휘말리며 저널리스트로서의 명성을 잃고, 소송과 재정 압박에 시달린다. 유부녀와 만난다. 딸과 앙숙이다. 북구의 추운 섬에서 고립감과 험한 날씨와 싸운다. 미로처럼 꼬여 있는 미스터리를 추적 중이다. 생명의 위협을 받는다. 이밖에도 그의 시련은 끝이 없다. 미카엘의 시점은 또 다른 인물 리스베트 살란데르의 관점과 호각을 이룬다. 리스베트에게도 그녀만의 시련이 한가득 딸려 있다. 나중에 두 사람이 동업자이자 연인이 되면서 두 사람의 스토리라인도 서로 얽힌다.

나는 캐릭터들이 직면하는 주요 문제들을 색으로 분류하기 시작했다. 파랑, 검정, 빨강, 초록, 노랑, 분홍, 보라. 그리고 페이지 넘버를 확인했다. 저자는 파란색 문제 하나를 25페이지에서 처음 도입한 뒤, 78, 169, 240, 381 페이지 등등에서 다시 언급하고, 그때마다 조금씩 긴장감을 올리고 복잡성을 더한다. 파란색 문제들은 다른 색 문제들과 서로 엇갈려 반복 배치되며 변화무쌍한 시련의 만화경을 만든다.

나는 이것들을 불타는 전기톱들로 부르기로 했다. 스토리텔링의 성공은 이 톱들을 저글링하는 능력에 달려 있다. 불타는 전기톱들은 손을 거쳐갈 때마다 속도가 붙는다. 불타는 전기톱들이 점점 더 활활 타오르며 미치게 위험해지다가 마침내 불이 꺼진다.

캐릭터가 많을수록 책이 커지고, 불타는 전기톱도 많아진다. 장편소설에는 평균적으로 일곱 개의 전기톱이 있다고 본다. 소설의 종류는 다양하다. 어떤 건 로맨스를 다루고(누군가가 누군가의 꽁무니를 따라다닌다. 데이트나 키스나 연애를 위해.), 어떤 건 직업을 다루고(해고당하거나 승진을 노리거나 파산을 막기 위해 동분서주한다), 어떤 건 가정 문제를 다루고(이혼이 임박했거나 아이가 학교에서 말썽에 휘말린다), 어떤 건 건강 문제를 다룬다(폭식증, 무릎 파열, 암 진단).

나는 소설 쓰기에 네 번 실패하고 나서야 마침내 장편을 이해하게 됐다. 그 원고들이 내 손에서 먼지로 사라진 이유를 일일이 열거하는 건 불가능하다. 다만 내 주요 실책 중 하나를 고백하자면 이렇다. 나는 챕터들을 단편소설처럼 다뤘다. 열다섯 페이지 만에 시련을 시작하고 해결했다. 중간에 팔이 저렸나보다. 아니면 저글링 실력이 형편없었거나. 아니면 나의 불타는 전기톱들의 배터리가 너무 빨리 바닥났거나.

내 독립실행형 챕터들은 책 속에서 가다 서다 하는 정체 분위기를 주었고, 그것이 책의 탄력과 추진력을 깡그리 파괴했다. 아무 소설이나 펼쳐서 확인해 보라. 허버트 조지 웰스의 <모로 박사의 섬>을 예로 들어 보자. 챕터들이 차츰 긴장도를 높여 가다 파국에 이르는 것을 알 수 있다. 1장은 화자가 구명정을 타고 바다를 8일이나 표류하다 굶주림에 다 죽게 된 상태로 끝난다! 2장은 그를 구하러 오는 범선의 갑판에 무엇이 도사리고 있을까에 대한 수수께끼로 끝난다! 3장은 박사와 선장이 언쟁하는 것으로 끝난다! 4장은 박사가 만든 섬뜩한 기형 생명체의 등장으로 끝난다(이는 우리의 화자에게 악몽을 선사한다)! 5장은 선장이 우리의 화자를 배에서 내던지는 것으로 끝난다! TV 드라마로 치면 느낌표가 있는 자리마다 중간 광고가 들어갈 것이다.

지금은 텔레비전의 황금시대다. 내가 한 말이 아니다. 누가 봐도 그렇다. HBO, Showtime, AMC, FX를 비롯한 수많은 채널들이 연속극들을 무수히 방영하고 있다. 드라마는 단막극이 아니다. 시즌 동안 장편소설처럼 하나의 서사(기둥줄거리)가 이어진다. 회를 거듭하면서 이야기들이 하나의 진로를 따라 점증적으로 쌓인다. 드라마 대본을 해부하는 것도 좋은 공부가 된다. '윤곽잡기'를 보다 쉽게 익히는 방법이다. 내가 <용 문신을 한 소녀>를 해부한 것에 상응하는 연습이 된다. 내가 자주 하는 것이 있다. <소프라노스 The Sopranos>, <더 와이어The Wire>, <왕좌의 게임>, <매드맨Mad Men>, <브레이킹 배드Breaking Bad>, <오렌지 이즈 더 뉴 블랙 Orange Is the New Black> 같은 드라마를 시청한 다음에 해당 회의 대본을 읽으며 형광펜으로 긋고 포스트잇을 붙여 가며 쇼러너들이 시련을 운영하는 방법을 자세히 뜯어본다. 막 단위로, 에피소드 단위로, 시즌 단위로 분석한다.

장차 쓸 책의 도안들을 스케치할 때도, 원고의 초안을 수정할 때도 같은 방법을 적용하자. 불타는 전기톱들을 하나하나 가려내자. 여러분의 손과 책장이 그것들을 바쁘게, 쉼 없이, 애간장 녹게 돌려야 한다.

3. 지도 제작

때로 나는 나를 분석한다. 내 소설 중 하나에 대한 건축학적 연구 여행에 여러분을 초대한다. 내 소설 <데드 랜드>는 '루이스 & 클라크 원정대[ⓐ]' 영웅 신화를 세계 종말 이후를 배경으로 재해석한 소설이다. 슈퍼 독감 바이러스와 핵전쟁으로 세계는 초토화되고 껍질만 남는다. 세인트루이스의 폐허에 '피난처'라는 요새가 형성된다. 피난처는 스스로를 미국의 마지막 아웃포스트로, 성조기에 마지막 남은 별로 간주한다. 이곳의 압제적 지도자들은 공포감 조장을 통해 시민을 통제하지만 반란의 기운이 꿈틀거린다. 어느 날, 요새 밖 불모지에서 한 명의 라이더가 홀연히 나타난다. (이 라이더는 일종의 새커거위아[ⓑ]다.) 그는 물과 문명과 약속의 땅 서부의 소식을 전한다. 루이스 메리웨더와 미나 클라크가 이끄는 반란군 무리는 새로운 국가의 건설을 꿈꾸며 서부로 향한다.

 나는 늘 '어항' 시나리오에 관심이 많았다. 스티븐 킹이 이 방식을 즐겨 쓴다. <언더 더 돔>, <미스트>, <랭고리얼>, <리타 헤이워드와 쇼생크 탈출>, <그린 마일> 등이 그렇다. 마을이 한순간 투명 돔에 덮이고, 미지의 생명체들을 품은 안개가 세상을 걸쭉하게 채우고, 철창문이 쾅 닫히고 열쇠가 돌아간다. 캐릭터들은 그 안에 갇히고, 압박과 좌절이 고조되고, 상황의 스트레스로 인해 특정 요소들이 증폭한다. 욕정, 사랑, 용기, 살의, 의리, 종교적 광신 등. 이들이 일제히 끓어오르다가 한데 충돌한다. 이 상황은 하나의 거대하고 사나운 사회적 실험이다.

 <데드 랜드>의 '피난처'도 일종의 어항이다. 피난처

ⓐ 루이스&클라크 원정대 Lewis and Clark Expedition, 미합중국 초기 제퍼슨 대통령이 파견한 서부 탐험대.

ⓑ 새커거위아 Sacagawea, 루이스&클라크 탐험대의 안내자로 활약한 인디언 여성.

는 쇼생크 같은 감옥이다. 캐릭터들이 태어나고, 또 탈출해야 하는 곳. 존재의 한계를 극복하고, 각자 개체로, 그리고 함께 하나의 나라로 성장하기 위해서.

나는 탐험 스토리도 좋아한다. <로드>, <호빗>, <어둠의 심연>, <더 브레이브True Grit> 등. 그런데 탐험기는 잘 쓰기가 몹시 어렵다. 직선 구조 때문이다. 캐릭터를 이곳에서 저곳으로 이동시켜야 하고, 중간에 다양한 장애물을 깔아야 한다. 자칫하면 결과물이 단편적 사건들의 나열 같은 인상을 갖기 쉽다. 각자 있으나마나하고, 합쳐도 이야기에 추력을 주지 못하는 일회성 에피소드들의 연결.

<데드 랜드>에서 나는 내가 좋아하는 위의 두 가지 내러티브 디자인을 혼합해서, 복잡하면서 동시에 새로운 뭔가를 창조하고자 했다. 내 캐릭터들 중 일부는 피난처를 떠나 탐험에 나서서 A지점에서 B지점으로 이동한다. 나는 피난처와 서부행 여정 사이를 빠른 템포로 왔다 갔다 하는 방법으로 (그리고 독자를 기다리게 해놓고 챕터를 끝내는 방법으로) 서스펜스를 높였고, 두 가지 상반된 세상을 지배하는 공포와 희망을 대비시켰다. 독자가 피난처에서 보내는 시간이 많을수록, 필사의 탈출이 왜 필요했는지 더 깊게 이해하게 된다.

이렇게 두 가지 이야기를 하나로 꿰맨 서사 구조 때문에 상위 목표도 두 가지다. 이는 최악의 시나리오도 두 가지라는 뜻이다. 루이스 & 클라크 원정대는 서부를 가로질러

태평양 해안에 도달하고(구체적 목적지), 그 과정에서 예전 연방주들의 재통일을 꾀한다(추상적 희망). 원정대는 오리건 주에 도착해서 떠오르는 암흑을 목도한다. 원정대는 그곳을 세상을 구할 곳으로 기대했다. 그런데 실상은 반대였다. 그곳은 그나마 얼마 남지 않는 세상마저 집어삼키려 한다. 그뿐만이 아니다. 원정대는 내부의 배신자들로 인해 와해된다. 통합은, 두 가지 차원에서 모두, 작살나고 만다. 모든 게 틀어졌다.

그렇다면 피난처의 상황은? 주민의 동요가 심화되고, 행정당국은 전체주의 압제에 대한 반발을 가혹하게 처벌한다. 지하수 취수 설비는 줄줄이 고장나고 물이 떨어져 간다. 두 젊은 연인(이들의 관계는 비밀이다)은 시장을 타도하고 변화를 이루려 갖은 애를 쓴다. 마음 아프지만 작가로서 나는 어쩔 수 없이 연인 중 한 명을 죽이고 저항 세력을 깨야 했다. 시장이 이긴 것처럼 보이게 해야 했다. 최악의 시나리오. 악당의 궁극적 패배를 위해서는 그래야 했다.

불타는 전기톱들은 이게 다가 아니다. 떼로 나온다. 시도 때도 없이 방사능 유출의 위험을 뿌린다. (방사능에 피폭될 위험뿐 아니라 돌연변이 발생 위험까지 다양하게 뿌린다.) 열기도 문제다. (열기 문제는 물 부족 사태와 겹쳐 피난처 주민과 루이스 & 클라크 원정대 양편에 심각한 영향을 미친다.) 사랑이 싹트기도 하지만 사랑이 상실되기도 한다. 일부는 좌절과 싸우고, 또 다른 일부는 격노와 싸운다. 가족 간의 유대가 시험대에 오르고, 우정이 기만당한다. 거기다 새커거위아 캐릭터는 엄청난 비밀을 숨기고 있다. 나는 이 비밀을 찔끔찔끔 흘린다. 이 비밀은 머나먼 서부에서 이들을 기다리는 경악스런 진실과 닿아 있다. 피난처에서부터 적병 한 명이 원정대를 뒤따라온다. 다행히 적병은 중간에 줄을 갈아탄 것 같다. 하지만 그를 정말로 믿을 수 있는지는 아직 의문으로 남아 있다. 루이스는 중독 증세에 허덕이고, 클라크는 자신이 루이스의 병든 모친을 죽였다는 죄책감에 시달린다. 루이스를 설득해서 함께 떠나기 위해서는 어쩔 수 없었다. (이 비밀도 물론 끝내 밝혀지게 되어 있다.) 전기톱들은 이외에도 더 있다. 나는 이 위험요소들 모두를 계속 돌린다. 긴장과 갈등을 번갈아 엇갈리게 꼰다. 독자의 주의를 어떤 하나에 쏠리게 하는 동시에 다른 것을 궁금해하게 만든다.

　　이 작업은 지독하게 영악한 조작을 요한다. 지금까지 나는 내 소설을 예로 삼아 최악의 시나리오들과 시련 저글링을 분석적으로 소개했다. 총알이 쏟아지는 소설과 만화와 영화 대본의 험준한 지형에서 교전 작전을 짜는 것은 쉽지 않다. 하지만 따지고 보면 내 제안은 이렇게 압축된다. 독자의 머리를 열받게 하는 최선의 방법은 나쁜 소식을 배달하되, 감질나는 배달이 되도록 배달 작전을 전략적으로 짜는 것이다.

뒤돌아보지 마라

Don't look back

지난 사연의 필요와 불필요

나는 한번도 일기를 쓴 적이 없다. 옛날 앨범을 들여다보는 일도 없다. 내가 우리 애들을 찍은 비디오가 수백 시간 분량이나 되지만 그중 단 1분 어치도 다시 본 적은 없다. 자동차 여행을 떠날 때면 나는 집 안을 몇 번씩 돌며 계속 심문한다. "이건?" "그건?" "저건?" 잊은 것이 없는지 확인하고 또 확인한다. 그래야 집을 나선 지 한 시간 후에, 이미 고속도로에 접어들 대로 접어든 다음에 차머리를 돌리는 일이 없다.

ⓐ 지난 사연 backstory, 배경설명 또는 회상장면.

　　돌아보는 걸 싫어해서 그런지 나는 지난 사연ⓐ을 좀처럼 참지 못한다.

　　초보 작가일 때는 원칙에 충실하자. 문을 발로 부수기 전에 무술 실력을 먼저 키우라는 사부님의 말씀을 명심하자. 그래야 아작난 발목을 부여잡고 가늘게 신음하며 바닥을 기는 불상사가 없다. 나는 학생들이 이야기에 지난 사연을 얼마나 넣어야 될지 물으면 이렇게 대답한다. "아예 안 넣는 건 어때요?"

　　아예 빼는 것이 좋은 출발이다. 지난 사연이 불필요할 때가 정말 많기 때문이다. 독자는 캐릭터의 현재 행동을 관찰함으로써 그의 과거를 직감한다. 이런 가정을 해 보자. 어느 집에서 십대들로 가득한 파티가 열리고 있다. 파티 주최자는 아직도 모교의 운동선수 재킷을 입고 다니는 50세의 남자다. 우리는 남자의 염색한 머리와 미백한 치아를 보면서, 그리고 남자가 딸뻘 여학생에게 옆걸음으로 다가가 됐다는데도 굳이 댄스플로어로 잡아끄는 모습을 보면서,

누가 따로 일러주지 않아도 각자 알아서 감을 잡는다. 남자는 술을 너무 마셔서 피자 배달원에게 줄 돈도 제대로 세지 못한다. 급기야 축축하게 풀린 눈으로 한 우람한 젊은이의 어깨에 팔을 두르더니, 눈만큼 풀린 혀로 왕년에 주 선수권 대회에 나갔던 이야기를 해 주겠다고 우긴다. 이 남자가 나이만 들었지 정신은 아직 사춘기를 벗어나지 못한 사람이라는 것을 작가가 굳이 우리 귀에 대고 말해 줄 필요가 있을까? 이 남자는 한때 고교 풋볼 팀 주장으로 학교를 주름잡는 킹카였고, 결국 풋볼 특기생으로 청운의 꿈을 품고 대학에 갔지만 큰 연못의 작은 고기 신세를 견디다 못해 결국 2학년 때 중퇴하고 고향으로 돌아와 중고차 대리점을 하는 아빠 밑에서 일하게 됐으며, 지금은 이렇게 십대들에게 공짜 맥주를 제공하며 좋았던 시절을 되새김질하는 것이 인생의 유일한 낙이라는 것을, 작가가 굳이 우리에게 설명해 줄 필요가 있을까? 그런 설명을 다 하는 작가는 이 남자와 다를 바 없다. 그런 작가는 20년 묵은 유치한 라커룸 농담을 혼자 하고 혼자 떠나가라 웃는 사람이다. 남자의 슬프고 못난 현재를 뻔히 아는 독자에게 그의 찬란한 과거를 돌아봐 줄 것을 강요하는 사람이다.

이것은 두 가지 이유로 잘못된 수다. 첫째, 작가의 설명 충동은 독자를 모욕한다. 그건 독자의 일을 뺏는 것이다. 이야기를 읽는 재미 중 하나는 추론이다. 여백을 채우며 서사에 참여하는 것, 공동 작가가 되는 것. 독자는 그 재

미에 책을 읽는다. 초보 작가로서 여러분은 아직 쓰기보다
는 읽기에 익숙한 사람들이다. 그렇다보니 자꾸 불확실성
에 굴복한다. 독자일 때 버릇처럼 하던 추론을 작가일 때도
계속하면서 자꾸 단언하고 자꾸 해석하게 된다.

　　"아마 여러분이 제일 먼저 알고 싶은 건 내가 어디
서 태어났는지, 어린 시절은 어떻게 개판으로 보냈으며, 엄
마 아빠는 어쩌다 나를 낳게 됐고, 내가 태어나기 전에는
무슨 일들이 있었는지 따위일 거다. 데이비드 코퍼필드 풍
의 개소리들 말이다……." 어디서 많이 들어 본 말 같지 않
나? 맞다, J. D. 샐린저의 <호밀밭의 파수꾼>에 나오는 구
절이다. 이 문장이 어떻게 끝나는지를 잊지 말기 바란다.
"……하지만 솔직히 나는 그딴 얘기들을 별로 주절대고 싶
지 않다. 우선은 내가 지겹다."

　　둘째, 이야기는 전진 운동이다. 지난 사연에 치우치
는 것은 사실상 후진 기어를 넣는 것과 같다. 이야기가 더
이상 앞으로 돌진하지 못한다. 뒤로 미끄러질 뿐이다.

　　소설 창작 수강자라면 한번쯤 이야기의 A－B－D－
C－E 구조에 대해 들어봤을 거다. 행위Action, 배경Background,
전개Development, 갈등Conflict, 결말Ending의 약자다. 우선 흡인
력 있는 액션으로 이야기를 연다. 이를 테면 먹물 바주카포
를 장착하고 잠수함을 탄 회색곰과 싸우는 거대한 오징어
라든지. 그런 다음 잠시 시간을 뒤로 돌려 애초에 이 난리
가 벌어진 맥락을 짚어 준 다음, 다시 엔진 회전수를 높인

다. 나도 잘 아는 공식이다. 자주 그리고 효과적으로 쓰이는 공식이다. 내가 지적하고 싶은 문제는 작가들이 B에 박혀 헤어나지 못할 때가 많다는 점이다.

때로 독자가 극적 현재dramatic present를 까먹을 때까지 지난 사연이 끝없이 이어지는 경우가 있다. 애초에 과거가 현재가 됐어야 하지 않을까? 이 경우 작가는 주객이 전도됐을 가능성을 받아들여야 한다. 그야말로 히스토리가 스토리인 거다. 내가 워크숍에서 접했던 글을 예로 들어 보자. 빌딩 옥상에 서 있는 여자를 묘사한 내용이었다. 여자는 담배를 피우며 밤 도시를 바라보며 엄마를 생각한다. 이 내용이 두 페이지 동안 이어진다. 그러다 이야기가 슬그머니 과거로 미끄러져 여자의 파란만장한 어린 시절을 유람한다. 이야기는 끝날 무렵에야 옥상으로 돌아온다. 문제는, 여기서 현재는 지난 사연을 두른 액자에 불과하고, 지난 사연이 액자에 비해 겁나게 재미있을 뿐 아니라 전체 열네 페이지 중 아홉 페이지를 차지했다는 점이다.

작가는 때로 독자에게 끝없이 과거를 상기시켜야 한다는 강박에 빠진다. 이는 A − B의 소용돌이에 갇힌 경우다. 캐릭터가 아침 식탁에서 차를 마시고 있다. 여자는 찻잔에 금이 간 것을 발견한다. 금 간 틈으로 차가 새어 나와 여자의 손목을 뜨겁게 감으며 흘러내린다. 그러면서 현재는 몇 년 전 과거의 한 순간으로 녹아든다. 그녀의 남편이 그녀의 주의를 끌기 위해 식기세척기의 문을 세게 닫았고,

그 바람에 세척기 안에 있던 유리그릇이 반이나 박살났다. 그러다 다음 장면으로 넘어간다. 여자는 이제 샤워 중이다. 욕실이 수증기로 차오르면서 여자는 처음으로 그와 다급히 사랑을 나누던 때를 떠올린다. 캔자스 주 로렌스의 햄튼 인 호텔 수영장에서. 나는 이런 방식을 스쿠비두[@] 트릭이라고 부른다. 화면이 구불대고 하프 뜯는 소리가 세 번 나면서 장면이 과거로 시간 이동을 한다. 이런 방식은 인위적인 느낌을 준다. 그뿐 아니다. 서사를 계속 벌컥벌컥 되감기하면 별로 좋을 게 없다. 대개는 이야기가 갑갑하게 답보하고, 걸핏하면 자기 배꼽을 내려다보며 사색과 추억에 빠지는 캐릭터만 낳을 뿐이다.

[@] 스쿠비두
Scooby-Doo,
애니메이션 시리즈.

　　백번 양보해서, 만약 지난 사연을 포기할 수 없다면 삼인칭 시점보다 일인칭 시점으로 쓰는 게 좋다. 일인칭 화자는 자유 연상에 보다 유리하고, 툭하면 주제에서 벗어나도 용서받기 쉽다. 인간 마음의 배선 체계가 원래 그러니까. 사람은 원래 횡설수설하고, 쉽게 산만해지고, 툭하면 시작한 이야기에서 빙글빙글 멀어지니까. 삼인칭 시점으로 쓸 때는, 제한적 삼인칭 시점으로 서사가 해당 캐릭터의 심리 회로에 딱 붙어 따라가지 않는 한, 작가가 전지적 화자가 되어 버리고, 그러면 지난 사연이 가식적이고 억지스러워진다.

　　물론, 지난 사연을 서사에 흘려 넣으면서도 이야기의 탄력을 망치지 않는 방법도 있다. 그중 하나가 지난 사연을 문장의 서술부에 끼워 넣는 방법이다. 예를 들어 캐릭터가 고압적인 엄마를 미워한다고 치자. 그녀는 엄마에게서 벗어나기 위해 할 수 있는 모든 것을 했다. 수천 마일 떨어진 곳으로 이사하고, 엄마에게 물려받은 우크라이나 억양을 없애기 위해 목소리를 바꾸고, 심지어 친구들에게 엄마는 오래 전 암으로 돌아가셨다고 말한다. 하지만 여전히 엄마를 떠오르게 하는 것들에 시달린다. 엄마를 닮아 툭 튀어나온 무릎, 빈약한 턱, 약한 손톱 등. 그리고 한 대목에 이런 내용을 넣는다. "그녀는 운전할 때 엎드리다시피 핸들에 몸을 바싹 붙이고 핸들 테두리 위로 밖을 째리면서 사방을 둘러싼 차들을 향해 욕설을 웅얼댔다. 얼간이가 모는 흰색 트럭, 바보천치가 운전하는 미니밴. 그녀는 자신에게 이렇게 또는 저렇게 부당한 세상 전체에 분개했다. 그녀는, 그녀의 엄마가 분홍색 캐딜락을 몰고 시골길과 자갈 깔린 동네길을 누비며 공짜 화장을 바라고 문을 열어 주는 여편네들에게 알록달록 떡칠용 메리케이 화장품을 팔러 다닐 때처럼, 손가락 마디가 하얘지도록 핸들을 움켜쥐고 오만상을 지었다." 지난 사연이 (여자의 운전 방식에 색을 입히는) 부사구 역할을 한다. 그리고 다음 문장에서 우리는 깔끔하게 현재로 돌아온다. 깔끔하게 돌아와 계속해서 고속도로를 달린다.

　　이것이 애니 프루가 <벌거숭이 소The Half-Skinned Steer>에서 쓴 방법이다. 늙어 꼬장만 남은 메로라는 남자가 동생의 장례식에 참석하기 위해 캐딜락을 몰고 와이오밍으로 향한다. (그의 동생은 에뮤의 발톱에 찢겨 죽었다.) 콧수염을 기른 경관이 그의 차를 세운다. 경관은 노인에게 진정하고 과속하지 말라고 한다. "이런 웃기는 순찰 나부랭이를 봤나. [메로가] 속도위반 딱지를, 경관의 한심한 글씨를 내려다보며 말했다. 하지만 콧수염은 이미 차들 사이로 쌩하니 사라진 후였다. 먼 옛날 메로가 아버지의 목장 도로를 쌩하니 벗어나던 그때처럼." 부사구 자리의 내용을 통해 우리는 메로가 오래 전 고향을 도망치듯 떠났다는 것을 알게 된다. 그래서 메로가 그때로부터 얼마나 달라졌는지, 지금의 귀향길이 그에게 얼마나 어렵고 당혹스러운 여정인지 이해하게 된다.

줌파 라히리의 단편 <일시적인 문제>의 한 대목을 보자. "그녀는 회색 추리닝 바지와 흰색 스니커즈 운동화 위에 짙은 감색 포플린 레인코트를 입었다. 서른셋의 나이에 그녀는 한때 결코 되지 않겠다고 맹세했던 딱 그런 타입의 여자가 되어 있었다." 여기에도 회상장면이 짧게 삽입되어 있다. 이번에도 부사구처럼 들어가 있다. 이 짧은 플래시백은 이야기의 배후에 있는 진실을 삽화처럼 보여준다. 인생은 주인공 부부가 생각한 대로 풀리지 않았다는 것. 두 사람은 서로와 그리고 그들의 현재와도 사이가 좋지 못하다는 것.

아껴서 쓰면, 그리고 전략적으로 쓰면, 지난 사연은 글에 추진력이 될 수도 있다. 내장형 장면을 잘 활용하자.

광고시간이나 중간휴식 시간처럼 챕터를 바꿀 때도 이왕이면 극적인 순간에, 분위기가 한껏 고조된 순간에 끊는 게 좋다. 누구나 아는 거다. 다음에 무슨 일이 일어날지 궁금해하며 독자가 여백을 만나게 하자. 궁금증을 즉각 해소시켜 주기보다 시간을 뛰어넘고 정보를 보류하는 방법으로 서스펜스를 고조시키는 게 좋다.

버트라는 캐릭터가 있다고 치자. 버트는 커피숍을 운영한다. 그런데 어느 날 한 소녀가 거리에서 커피숍으로 들어온다. 소녀는 노숙자처럼 보인다. 옷은 주워 입은 것처럼 헐었고, 땟국이 흐르는 백팩은 터질 것 같다. 소녀는 계산대 앞에 줄을 서지만 자신의 차례가 와도 덜덜 떨며 그냥 서 있기만 한다. 버트가 말한다. "무엇을 원하니? 핫초콜릿?" 하지만 소녀는 음료를 사러 거기 온 것이 아니다. 버트가 자신의 생부라고 말하러 온 거다. 장면 종료.

이렇게 가정하자. 이 소설에서 독자는 여러 시점을 따라간다. 새로운 챕터로 넘어갈 때마다 관점도 바뀐다. 따라서 독자는 이후 커피숍에서 무슨 일이 일어났을지 궁금해 죽겠는 상태로 남겨지게 된다. 이야기가 다시 버트 시점으로 돌아왔을 때, 그는 만삭의 아내와 집에 있다. 둘의 결혼은 바야흐로 파탄 직전이다. 그것도 하필 첫째 아이가 태어날 때가 다 된 지금. 이제 그는 아내에게 커피숍에 온 소녀에 대해 말해야 한다. 유전자 검사를 해 봐야 확실히 알겠지만, 소녀의 사연만 들어도 빼박이다. 소녀의 엄마는

10년 전 그의 불장난 상대였던 마약 중독자다. 장면은 긴장감으로 터질 듯하다. 독자는 아직도 커피숍에서 무슨 일이 있었는지 모른다. 이 때문에 긴장이 더욱 팽팽하게 흐른다. 이쯤 되면 지난 사연을 풀 때가 됐다. 커피숍에서 버트는 소녀에게 웃음을 터뜨리며 그게 요새 유행하는 농담이냐고, 공짜 간식을 얻어내는 신종 방법이냐고 묻는다. 그러자 소녀는 울기 시작한다. 그제야 버트는 소녀의 눈도 자신과 똑같은 청록색이라는 것을 본다. 그는 계산대 밖으로 나가 과자와 레모네이드를 들고 소녀와 빈 테이블로 간다. 그리고 20분 동안 소녀와 숨죽여 대화를 나눈다. 그리고 소녀의 말이 사실이면 소녀를 책임지겠다고 약속한다. 아내와의 장면에 샌드위치처럼 끼어 있는 지난 사연이 장면에 압박감을 더한다.

윌리엄 가이William Gay는 단편 <도배장이The Paperhanger>에서 지난 사연을 아주 오싹하게 써먹었다. 이야기는 이런 문장으로 시작한다. "백주대낮에 의사의 어린 딸이 감쪽같이 사라졌다. 천지개벽과도 같은 일이었다. 시간을 영원히 그때와 지금으로, 그 이전과 이후로 나누는 엄청난 사건이었다." 소녀가 어떻게 사라졌는지 독자는 알지 못한다. 이야기가 결말에 이를 때까지. 가이는 결말에 가서야 당시 의사의 집에서 일하고 있었던 도배공이 팔을 뻗어 소녀의 목을 부러뜨린 다음, 소녀를 자신의 연장통에 우겨넣고 떠났다는 것을 알려 준다. 정보의 핵심을 향해 나머지를 조각하듯 야금야금 깎아내는 방법으로 가이는 소름끼치는 서스펜스를 창조한다. 독자는 빠진 퍼즐 조각을 찾아 이야기의 전말을 이 잡듯 뒤진다. 그러면서도 알아내는 것이 싫다. 마침내 지난 사연이 제공된다. 범행 전 도배공과 아이 엄마 사이에 불쾌한 대화가 있었다는 사실도 드러난다. 이 소름끼치는 결말은 픽션의 역사에서 타의 추종을 불허하는 음독 효과를 낸다. 독자는 몰라도 좋았을 독을 마시고 만 것이다.

켄트 하루프의 소설 <축복>이 또 다른 예를 제공한다. 등장인물 중 한 명인 롭 라일은 마을에 새로 부임한 목사다. 먼젓번 일자리는 동성애자로 커밍아웃한 동료 목사를 지지하다가 잃었다. 그는 홀트 마을의 교회에서도 자신의 소신을 숨기지 않는다. "라일이 그날의 설교로 무엇을 달성하려고 했는지는 분명치 않았다. 하지만 어쨌든 설교가 반도 끝나기 전에 일부 신자들이, 특히 남자들이 아내와 아이들을 채근해서 자리에서 일어나 목사를 노려본 뒤 교회를 나가기 시작했다." 독자는 아직 뭐가 문제인지 알지 못한다. 여기서 이야기가 시간을 거슬러 올라가 예배를 시작부터 되밟기 때문이다. 예배 환영 인사, 첫 찬송, 성경 봉독, 찬양. 그리고 마침내, 무서운 예감과 함께, 설교가 시작된다. 라일은 예수의 산상수훈을 논하는 것으로 설교를 시작한다. 그러다 예수의 가르침에 의문을 제기하며 반전反戰이라는 정치적으로 민감한 논제를 꺼낸다. 그가 설교를 마칠 무렵에는 교회가 텅 비다시피 한다. 이 연대순의 재배열

— 일단 앞으로 건너뛰었다가 뒤로 미끄러지는 것 — 은 글에 모종의 추동력을 창출한다. 덕분에 해당 장면에 이게 아니었으면 없었을 에너지가 생겼다.

나도 안다. 여러분은 나와 동의하지 않으며, 기막히게 멋들어진 지난 사연의 사례를 만 개도 더 들이댈 수 있다는 것을. 그중에는 앤드레아 바렛의 <조팝나물의 거동The Behavior of Hawkweeds>에서 어긋난 남녀 관계의 충격적 진상이 밝혀지는 부분과, 에드워드 P. 존스의 <알려진 세계The Known World>에서 앞뒤를 오가며 일어나는 줄다리기식 전개도 있을 거다. 픽사 애니메이션 <업Up>의 초반 4분짜리 몽타주 시퀀스는 또 얼마나 멋진가. 하지만 내가 요란하고 성급한 선언의 대가라는 것을 알아주기 바란다. 학생들에게도 나는 모 아니면 도다. "이렇게 해." "그건 절대 하지 마." 내겐 소원이 있다. 내 학생들이 일주일 후, 또는 한 달 후, 또는 일 년 후 컴퓨터 앞에 앉아서 이야기를 쓸 때, 그리고 그들이 내가 말한 규칙 중 하나를 위반할 때, 갑자기 화면이 갈라지면서 내 얼굴이 튀어나와 이렇게 외치는 거다. "하지 말라니깐!!!!!" 마이크로소프트 워드의 오타 자동 수정 기능의 공격적 버전이라고 생각해도 좋다. 어법에 맞지 않는 문장에 생기는 구불구불한 초록색 밑줄이 야유를 보내는 관중으로 바뀌었을 뿐이다. 물론 솔직히 말해서, 솜씨만 좋다면야 무엇을 해도 상관없다. 윌리엄 가이는 지난 사연을 써도 된다. 윌리엄 트레버는 장면 한중간에서 시점을 어겨도 된다. 앨리스 먼로는 수십 년에 걸쳐 일어나는 일을 단편으로 써도 무방하다. 이들이 거기 따르는 위험에 무지해서가 아니다. 이들의 글은 너무나 훌륭해서 위반을 초월하기 때문이다.

다른 말로 하면 이렇다. 효과가 있을 때 외에는 절대로 지난 사연을 사용하지 않는다.

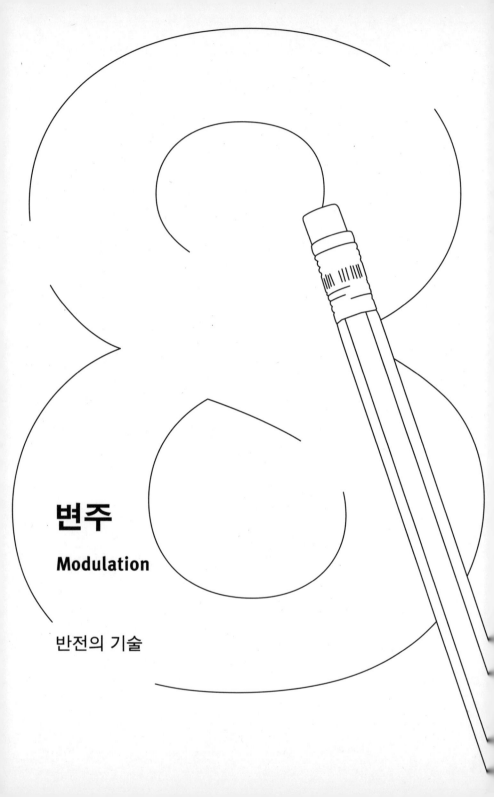

변주

Modulation

반전의 기술

나는 소설을 문신과 비슷하게 생각한다. 두 가지 모두 잉크를 찍기에 앞서 그걸로 무엇을 할지 꽤 오랫동안 생각해야 한다. 그렇지 않으면, 행여 술기운에 급하게 일을 벌이면, 요세미티 샘[a]이 엉덩짝에 새겨지는 따위의 불상사가 벌어진다. 나는 키보드를 잡기 전에 보통 꼬박 일 년 동안 브레인스토밍 과정을 거친다. 우리 집의 먼젓번 소유자가 아마추어 사진작가였고, 지금 내 책상이 있는 쪽방을 암실로 썼다. 이사 와서 보니 이 암실이 아이디어를 뛰놀게 하는 운동장으로, 악몽 제조 공장으로 제격이었다. 그래서 그렇게 쓰기로 했다. 나는 동시에 다섯 가지 스토리 콘셉트를 가지고 놀면서 각각에게 암실의 일정 공간을 할당한다. 그 공간에다, 신문과 잡지에서 찢은 기사들, 내가 사람들을 면담한 내용, 사진, 그림 등 스토리에 도움이나 영감이 될 만한 것이 있으면 무엇이든 덕지덕지 붙인다. 그리고 매일 아침, 키보드를 두들기러 앉기 전에, 암실의 붉은 불빛 아래 커피를 홀짝이며 몇 가지 생각을 더 갈겨쓰는 시간을 짧게 가진다.

나는 우리 집 애들이 쓰는 아동용 이젤에서 기다란 종이 한 장을 뜯어내서, 그걸 벽에 붙이고 캐릭터들을 스케치한다. 말 그대로 스케치한다. 그림으로 그릴 때도 많다. 햇빛이 없는데도 가늘게 뜬 눈. 깃펜처럼 날카로운 코. 가슴까지 내려오는 이끼 낀 수염. 그런 다음, 캐릭터들의 상세 이력을 만들어 낸다. 캐릭터를 위키피디아에 등재하듯 자

[a] 요세미티 샘 Yosemite Sam, 루니툰즈 만화 캐릭터 중 하나.

세하게 구성한다. 내 캐릭터들이 원하는 게 무엇인지를 생각할 때가 제대로 흥미진진해지는 때다. 일단 그들이 **원하는 것**을 알면, 그 욕망의 앞에 어떤 장애물을 놓을지가 나오기 때문이다. 그리고 그것이 바로 플롯의 첫 용틀임이다.

실 한 오라기가 종이 전체로 퍼져 나간다. 이야기 가닥이다. 이렇게 다음 가닥으로, 그다음 가닥으로 이어진다. 각각의 캐릭터에 하나씩. 내가 총체적 서술ensemble narra-tive을 좋아하는 성향이 있어서 이 가닥들은 종종 서로 얽힌다. 당연히 모든 건 연필로 쓴다. 쓰는 동안 많은 것들이 수시로 바뀌기 때문이다. 그다음 나는 일명 '서스펜스-오-미터suspense-o-meter'를 그리기 시작한다. 모양은 심전도 그래프, 또는 지진파 그래프와 비슷하다.

서스펜스-오-미터는 서사의 마루와 골, 사건의 성쇠를 기록한다. 고용량 액션 시퀀스들과 저용량 휴지기들. 이야기에는 둘 다 필요하다. 이 그래프를 그려놓으면, 한 걸음 물러나 이야기를 전체적으로 조망할 수 있게 된다. 만약 명상적인 장면(예를 들어 숲속의 산책)에 이어서 인물들이(예를 들어 저녁을 먹으며) 뭔가를 논의하는 장면이 나온다면 이야기가 늘어지고 있는 걸 쉽게 알아볼 수 있다. 반대로 액션 시퀀스 네 개가 꼬리를 물고 연달아 나온다면(예를 들어 헬리콥터 폭발, 자동차 폭발, 기차 폭발, 코끼리 폭발), 이들을 분산시키는 게 좋다. 그러지 않으면 독자가 현란한 불꽃놀이에 무감각해질 거다. 그럼 나는 장면들을 이리저리 옮긴다. 감정의 전체 편성을 생각하며 장면들을 전략적으로 배치한다.

심전도, 지진계, 서스펜스-오-미터, 사운드보드. 뭐라고 불러도 좋다. 이 장치들의 목적은 결국 하나다. 독자의 감정이입을 최대한 유도하기 위한 배열과 변조, 팽창과 수축, 스타일과 콘텐츠의 변형. 한 마디로 균형 잡기다.

나는 좋아하는 걸 대는 데 서툴다. 좋아하는 게 너무나 많아서다. 좋아하는 음식을 물으면 내 입에서 스테이크, 피자, 팬케이크, 치킨 티카 마살라, 컬버의 디럭스 버터 버거, 요 앞 타이 음식점의 57번 요리 중 어떤 것을 골라야 할지 모르겠다. 좋아하는 영화를 물으면, 그때의 기분에 따라 답이 <대부>가 될 수도 있고, <제국의 역습>이 될 수도 있다. <록키>가 될 수도 있고, <록키 4>가 될 수도 있다. <죠스>가 될 가능성도 농후하다. (<죠스>는 원작 소설보다 영화가 나은 흔치 않은 경우 중 하나다.) 이 영화만 조목조목 분석해도 웬만한 창작론 하나가 나온다. 나는 <죠스> 하나만 가지고 어떤 창작반도 가르칠 수 있고, 스토리텔링 기술에 대한 모든 것을 말할 수 있다. 안심하시라. 그 장광설을 지금 늘어놓을 마음은 없다. 이 영화에서 내가 특히 좋아하는 장면만 후다닥 짚고 넘어가겠다.

바다에서 긴 하루를 보낸 후 남자들 — 퀸트 선장(로버트 쇼), 브로디 서장(로이 샤이더), 후퍼 박사(리처드 드레이퍼스) — 은 배 아래에 모인다. 이들은 어슴푸레한 불빛 속에서 위스키를 마시며 각자 몸에 있는 상처에 얽힌 사연들을 푼다. 어떤 건 곰치에게 물린 것이고, 다른 건 환도상어에게 당한 것이다. 샌프란시스코의 술집에서 벌어진 팔씨름 시합 중에 생긴 상처도 등장한다. 그러자 후버가 자기 가슴 상처를 가리키며 메리 엘렌 모팻이 가슴을 찢어놓았다고 한다. 좌중에 폭소가 터진다. 남자들은 탁자를 두들기고, 위스키를 더 따르고, 다시 건배한다. 그러다 브로디가 묻는다. "그 흉터는 뭐죠?"

브로디는 퀸트의 팔뚝에 있는 상처를 가리킨다. 한때는 문신이었던 상처. 퀸트가 손으로 상처를 덮는다. 질문을 덮듯이. "지웠소."

하지만 두 사람은 얘기를 조르고, 퀸트는 영화 역사상 가장 위대한 독백 중 하나를 시작한다. 퀸트는 자신이 예전에 비운의 미군 전함 인디애나폴리스 함[ⓐ]의 승선원이었음을 밝힌다.

[ⓐ] 인디애나폴리스 함 USS Indianapolis, 1945년 히로시마 투하용 원자폭탄의 재료를 비밀리에 나르던 순양함. 임무 수행 후 필리핀 인근에서 일본 잠수함의 어뢰에 맞아 침몰했다. 구조가 늦어지는 바람에 상어의 공격 등으로 조난자의 반수 이상이 숨졌다.

~~~~~~~

일본 잠수함이 우리 옆구리에다 어뢰 두 개를 명중시켰소, 서장. 우린 막 폭탄 배달을 마치고 티니안 섬에서 레이테 섬으로 돌아오던 길이었지. 히로시마 폭탄. 침몰에 걸린 시간은 단 12분. 1,100명이 바다에 가라앉았어. 30분 만에 첫 번째 상어가 보였는데, 끝내줬어. 4미터는 됐거든. 물속에 있는 상어 길이를 어떻게 아냐고, 서장? 등지느러미에서 꼬리까지를 보면 답이 나와. 우리가 알지 못한 건 따로 있었어. 우리의 폭탄 배달 미션이 더럽게 극비였다는 거. 어떤 조난신호도 가지 않았어. 심지어 도착해야 할 군함이 오지 않는데도 도착지에서 일주일이나 조치가 없었어. 동트기 무섭게 상어들이 슬슬 몰려들더군, 서장. 우리는 여러 그룹으로 갈라져 바싹 떼 지어 표류했어. 알지? 옛날 전투 대형처럼 말이야. 왜 가끔 달력에서 보잖아. 워털루 전투 같은 거. 무슨 작전이었냐 하면, 상어가 가장 가까운 사람에게 접근하잖아? 그럼 그 사람이 있는 대로 주먹을 휘두르고 발버둥을 치면서 소리를 질러 대는 거야. 생난리를 치면 가끔은 상어가 그냥 가거든. 물론 가끔은 그냥 가지 않지. 가끔은 상어가 나를 정면으로 쳐다봐. 눈을 똑바로 쳐다봐. 여러분도 그건 알 거요. 상어 눈은…… 생명이 없는 눈이야. 그냥 검은 눈. 인형 눈처럼. 놈이 덤벼들 때도 눈은 살아 있는 것 같지가 않아. 그러다 먹이를 물어뜯을 때에야 그 검은 눈깔이 허옇게 뒤집혀. 그다음엔— 그다음엔 아, 그 끔찍한 비명소리. 그리고 바다가 시뻘겋게 변하지. 아무리 발버둥을 쳐봤자, 아무리 아우성을 쳐봤자 놈들은 계속 와서 사람을 찢어 놓지.

~~~~~~~~

독백은 계속된다. 퀸트는 바다에 표류하던 날들과, 죽어 간 수백 명과, 끝없이 모여들던 상어 떼와, 상어 이빨에 두 동 강난 채 팽이처럼 까닥거리던 시체와, 마침내 시작된 구조 작업에 대해 풀어놓는다. 퀸트의 독백 장면Quint's speech을 유튜브에서 한번 찾아보기 바란다. 더 좋은 건, 아예 날을 잡고 팝콘을 한 사발 튀겨 놓고 영화를 처음부터 보는 거다. 그래야 제대로 느낄 수 있다. 로버트 쇼의 불쾌하게 걸쭉한 발성과 목소리가 효과를 더한다. 물이 뱃전에 철썩이는 소리와 배가 삐걱대며 흔들리는 소리가 불길한 바이올린 소리에 묻히는 것도 짜릿한 효과를 낸다. 하지만 이 장면을 정말로 살린 건 따로 있다. 바로 타이밍이다. 이 장면은 왁자하게 웃는 즐거운 얼굴들의 장면과 나란히 놓였다. 우리는 공포에 취약하다. 공포가 닥치는 걸 알지 못하기 때문이다. 스티븐 스필버그는 이런 반전의 묘를 아는 사람이다. 그는 관객을 간지럼 태우다가 다음 순간 복부를 제대로 가격한다.

호러 영화에서 항상 섹스 씬 다음에 배에 쇠스랑이 꽂히거나 마체테 칼에 머리가 날아가는 장면이 나오는 것도 같은 이유다. 성적 흥분이 우리를 더욱 취약하게, 허를 찔리기 좋게 만들고, 예기치 못한 한방을 더욱 뜻밖의 것으로 만들기 때문이다. 다음의 문장이 찌릿한 이유도 같다. "우리 어머니는 내가 먼저 사람들에게 손을 내밀고 친절하게 대하면 결국에는 사람들도 나를 좋아하게 된다고 믿는 분이셨다. 하지만 이 인생 철학은 내게는 통하지 않았다. 나는 문둥이였기 때문이다." 개리슨 케일러Garrison Keillor의 단편소설 <문둥이 버디Buddy the Leper>의 첫 문장이다. 케일러는 상투적인 오프닝으로 독자를 방심하게 만들고 '문둥이'로 기습한다. '문둥이'라는 단어는 볼풀로 떨어지는 트랩도어와 같은 역할을 한다.

최근에 미니애폴리스의 거스리 극장에서 아일랜드 극작가 숀 오케이시의 연극 <주노와 공작Juno and the Paycock>을 관람한 적이 있다. 보통은 연극 관람 전에 미리 정보를 검색하는 편인데, 이때는 여행 중이었기 때문에 제목 외에는 연극에 대해 정말 아무것도 모른 채로 극장에 들어갔다. 공연이 시작된 후 연극이 1920년대 아일랜드 내전 때의 더블린을 배경으로 한다는 것을 알았다. 주인공 가족은 좁아터진 빈민 아파트에 네 명이 산다. 벽은 부슬부슬 갈라지고 물이 샌 자국으로 가득하고 가구는 철사로 묶어 고정해놓았다. 가족은 찢어지게 가난하다. 밥 먹고 나면 당장 다음 끼니를 걱정해야 할 정도다. 상선 선원이었던 이력 때문에 '선장'으로 불리는 아버지 잭 보일은 돈 한 푼 벌지 않으면서 집에 생기는 푼돈마저 동네 술집에서 탕진하는 주정뱅이다. 암울한 현실을 다루지만 연극 분위기는 의외로 무겁지 않았다. 나는 1막 내내 신나게 웃었다. 잭은 아내와 입씨름하고, 친구와 대거리하고, 행여 일자리가 나면 술 먹고 빈둥대는 일을 못할까봐 "이놈의 다리가 말썽이라, 이놈의 다리가 말썽이라."라고 발뺌하면서 관객을 웃긴다. 그는 사랑스러운 패배자다. 이 아무짝에도 쓸모없는 인간에게 어느 날 먼 친척이 뜻밖의 유산을 남겼다는 소식이 전해진다. 환호하며 춤춘다. 가족이 가난에서 벗어날 기회다.

하지만 기회는 날아간다. 잭의 엽기적 낭비행각에

다 변호사의 농간으로 가족은 오히려 빚더미에 앉고 파산한다. 돈이 들어오기도 전에 외상으로 산 가구는 압류된다. 변호사는 잭의 딸을 임신시켜 놓고 외국으로 줄행랑친다. 잭의 아들은 밀고자로 찍혀 IRA아일랜드공화국군에 의해 살해당한다. 잭의 아내는 남편을 버린다. 연극은 이렇게 끝난다. 혼자 남겨진 잭이 만취해서 아무도 없는 아파트 바닥에 널브러져 있는 모습. 흐릿한 스포트라이트가 완전한 정적 속에 한참처럼 느껴지는 잠깐 동안 잭에게 머문다. 완전한 정적. 우리가 시끌벅적하게 웃어댔던 지난 세 시간을 생각하면 참으로 휑뎅그렁하게 느껴지는 정적. 연극은 관객에게 오래 잊히지 않을 이미지 하나를 던져 주며 이렇게 끝난다. 중간휴식 때만 해도 나는 이 연극이 내 속을 이렇게 후벼 팔 줄 상상도 못했다.

　　나는 몇 년 전 미국세계작가대회AWP에서도 비슷한 경험을 했다. 율라 비스Eula Biss가 <시간과 거리 극복Time and Distance Overcome>을 낭독하는 것을 들을 때였다. 그때까지 나는 그런 작가도, 그런 작품도 들어 본 적이 없었다. 그랬기 때문에 내가 그날 그렇게 온전히 무너질 수 있었던 게 아닐까. 나는 낭독회에서 무슨 내용을 듣게 될지, 내게 무엇이 닥칠지 전혀 알지 못했다가 완전히 허를 찔렸다. 비스는 청중을 재우는 단조로운 목소리로 읽어 내려갔다. "애초에 전화를 있게 한 아이디어―. 평균 30미터 간격으로 전신주를 세우고 그것들이 떠받치는 하나의 거대한 전선

망으로 온 나라의 모든 가정을 연결하겠다는 생각. 이 발상이 사람 목소리를 전선에 실어 전송할 수 있다는 생각보다 오히려 더 엽기적으로 들리던 시절이었다." 책 내용은 역사 강의에 가까워 보였다. 전화의 출현과 전화 상용화에 필요한 인프라와 신기술이 직면한 저항에 관한 내용. 나는 디스커버리 채널에서 일각고래에 관한 특집 다큐를 볼 때와 비슷한 정도의 미미한 흥미를 가지고 낭독을 들었다.

10분 후, 비스가 읽기를 멈췄다. 그녀는 길게 쉬었다. 우연한 멈춤이 아니었다. 그 에세이를 읽는 누구라도 멈췄다 갈 수밖에 없는 지점이었다. 지렛목 역할을 하는 시각적 휴지점break point였다. 이 지점을 기점으로 모든 것이 기울어졌다. 에세이가 갑자기 어두워졌다. "1898년, 미시시피 주 레이크 코모란트에서 흑인 남자가 전신주에 목이 매달려 죽었다. 캔자스 주 위어시티에서도. 미시시피 주 부룩헤이븐에서도. 오클라호마 주 털사에서도. 털사에서 목이 달린 남자의 시신은 총알구멍으로 벌집이 되어 있었다. 일리노이 주 댄빌에서는 칼로 목이 베인 흑인 남자의 시체가 전신주에 매달렸다. 버지니아 주 루이스버그에서도 흑인 남자 둘이 전신주에 목매달려 죽었다. 텍사스 주 헴스테드에서도 두 명이 죽었다. 한 명은 법정에서 폭도에게 끌려나왔고, 다른 한 명은 감옥에서 끌려나와 목이 달렸다." 비스의 덤덤한 목소리가 잔학 행위의 명단을 계속 읽었다. 전신주라는 평범하고 일상적인 사물이 별안간 재정의되었다. 돌연 비상한 힘을 부여받았다.

낭독회가 끝나갈 무렵 청중은 찬물을 맞은 분위기였다. 나는 망연자실한 얼굴로 주위를 둘러보았다. 고개를 저으며 눈물을 참는 사람이 많았다. 만약 에세이가 처음부터 어둠 속으로 뛰어들었더라면 비스가 청중에게 이런 효과를 내지는 못했을 거다. 이것이 작가가 노린 대조효과다.

어슐러 K. 르 귄도 그녀의 단편 <오멜라스를 떠나는 사람들>에서 같은 전략을 쓴다. 이야기는 어느 목가적인 도시에 대한 장황한 설명으로 시작한다. 오멜라스는 바닷가에 "눈부시게 우뚝 서 있다." 거리에는 음악이 흐르고 ―"징과 탬버린이 햇살 속에 일렁인다."― 사람들은 거기에 맞춰 춤춘다. "광활한 물가 목초지에는" 벌거숭이 소년 소녀들이 "갈기를 [……] 은색, 금색, 초록색 리본으로 땋은" 말들과 나란히 달린다. 모두가 더할 나위 없이 행복하다. 꽃과 술과 잔치로 넘쳐난다. 이야기의 절반이 도시의 풍요로움과 행복을 묘사하는 데 할애된다. 그러다 이야기의 중간에 질문이 하나 던져진다. "믿어져요?"

대답은 "아니요."다. 우리는 믿지 않는다. 이런 축제가, 이렇게 지상낙원 같은 도시가, 넌더리날 정도의 즐거움이 거저 존재한다는 것이 믿기지 않는다. 드디어 르 귄이 우리에게 이 유토피아의 무서운 비밀을 말해 줄 때까지는.

오멜라스의 아름다운 공공건물 중 하나의 지하에, 어쩌면 너른

개인주택 중 하나의 지하실에, 방이 하나 있다. 하나 있는
문은 잠겨 있고, 창문은 없다. 판자가 갈라진 틈으로 먼지투성이
빛이 희미하게 스며들 뿐이다. 그나마도 밖에서 곧장
들어오는 빛이 아니라 지하실 건너편 어딘가 거미줄 쳐진
창문에서 들어오는 빛이다. 이 작은 방의 한쪽 구석에 대걸레
두 개가 녹슨 양동이 옆에 서 있다. 뻣뻣하게 엉겨 있는
걸레에서 지독한 냄새가 난다. 바닥은 더께가 앉았고, 손을
대보면 지하실 바닥이 으레 그렇듯 축축하다. 방은 길이가
세 발짝, 넓이가 두 발짝쯤 된다. 방이라기보다 청소도구
벽장이나 버려진 공구실에 가까운 크기다. 이 좁은 방 안에
아이 하나가 쪼그려 앉아 있다. 남자애인지 여자애인지도
알 수 없다. 여섯 살쯤 되어 보이지만 사실은 거의 열 살이다.
정신박약아다. 태어날 때부터 결함이 있었을 수도 있고,
또는 공포와 영양실조와 방치로 인해 정박아가 됐을 수도
있다. 아이는 코를 파고, 이따금 발가락과 사타구니를 꼬물꼬물
만지작거린다. 아이는 양동이와 대걸레가 있는 구석의
반대편 구석에 웅크리고 있다. 아이는 대걸레를 무서워한다.
대걸레가 소름끼치게 무섭다. 눈을 질끈 감지만, 대걸레들이
여전히 거기 있다는 것을 안다. 그리고 문은 잠겨 있다.
여기에는 아무도 오지 않는다.

————

아이는 자신의 배설물로 칠갑을 한 채 온몸이 짓물러 있다.
아이는 전에는 밤마다 울부짖었다. 하지만 이제는 낑낑대

며 가냘픈 소리로 울 뿐이다. 굶주림 때문에 옆구리에는 갈
비뼈가 훤히 드러나 있고, 배만 뿔룩 튀어나와 있다. 아이
는 햇살과 엄마의 얼굴을 기억하지 못한다.

　　그렇다. 이 행복한 도시에는 끔찍한 묵계가 있었다.
도시의 행복은 아무 죄 없는 어린아이의 고통과 그걸 아는
모두의 묵인의 대가였다. 이제 우리는 믿는다. 우리는 어둠
이 있기에 빛을 믿는다. 우리는 악을 보기에 선을 믿는다.
이것이 인생의 균형이다. 우리가 쓰는 이야기도 이 비슷한
것을 요한다. 거듭되는 반전들, 톤과 콘텐츠의 변조. 때로
는 부드럽게, 때로는 삐걱거리며. 그래야 사람들이 믿는다.
그래야 사람들의 마음이 동한다. 그래야 사람들을 웃기고,
숨 막히게 하고, 흐느껴 울게 할 수 있다.

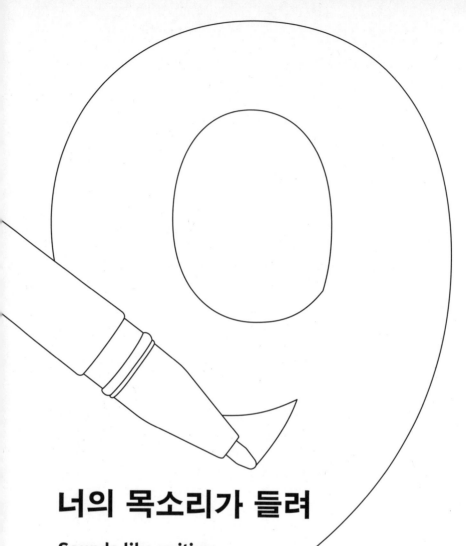

너의 목소리가 들려

Sounds like writing

상황을 모사하는 문체

'방콕족'이 아니라면 누구나 외출을 한다. 오페라 공연에도 가고 록 콘서트에도 간다. 핫도그 가게에 갈 때도 있고 미슐랭 스타 프렌치 레스토랑에 갈 때도 있다. 가을철에는 로데오 경기를 보러 가고, 여름철에는 야구장에 가고, 영하의 겨울에는 스키 대회에 간다. 여러 가지 옷으로 옷장을 채우고 때에 맞게 입는다. 블랙타이, 나비넥타이, 넥타이, 방한모, 야구모자, 카우보이모자. 샌들, 카우보이 부츠, 라이더 부츠, 오팔처럼 광나는 윙팁 구두. 문장들도 이렇게 때와 장소에 따라 달라져야 한다. 이제 스타일style, 문체에 대해 주의 깊게 살펴볼 때가 왔다.

　　뮤지션은 내가 하는 말을 금방 이해한다. 조니 캐시를 플레이리스트에 올리고 <파이브 피트 하이 앤드 라이징 Five Feet High and Rising>을 선택해 보자. 캐시는 박력 있게 기타를 튕기며 대수롭지 않게 던지는 질문으로 노래를 시작한다. "물이 얼마나 찼죠, 엄마?" 대답이 이어진다. "2피트인데 계속 높아져." 홍수가 져서 흙탕물 점점 차올라 밀과 귀리를 덮고, 벌통에 들어차고, 닭들을 버드나무 위로 쫓아내고, 겁에 질린 소들의 무릎에 이른다. 캐시가 "물이 얼마나 찼죠, 엄마?"라는 질문을 던질 때마다 물은 꾸역꾸역 차오른다. 2피트에서 3피트, 4피트, 5피트. 이에 따라 곡의 템포가 급해지며 위기감이 고조된다. 피치(음높이)와 볼륨(음량)도 같이 상승하며 여기에 가세한다. 기타 소리와 캐시의 목소리가 한 단계씩 높아진다. 마치 음이 가구 위로,

다음에는 지붕 위로 기어오르는 느낌을 주며 듣는 사람의 불안감을 높인다. 스타일이 콘텐츠를 모사한다.

지미 헨드릭스는 1969년 우드스톡 페스티벌에서 미국 국가를 연주했다. 그는 반전反戰이라는 정치 선언을 위해서, 모두에게 친숙한 이 노래의 스타일을 완전히 비틀었다. 헨드릭스가 무대에 오르고 그의 전기기타가 전율하며 울부짖기 시작한다. 처음엔 익숙한 선율이 느껴진다. 아직은 알아들을 만하다. 그러다 몇 분 후 불협화음이 장내를 접수한다. 오른손을 심장에 올리는 대신 청중은 두 손으로 귀를 틀어막고 싶어진다. 톱날이 뼈를 마디마디 썰고, 갈퀴가 콘크리트 바닥을 박박 긁어대는 듯한 소리를 조금이라도 막고 싶다. 이 스타일은 1969년 당시 젊은 세대의 혁명적 시대정신, 아메리칸 드림이 악몽으로 변했다는 울부짖음을 표현한 것이었다.

우리는 펜과 종이로 같은 일을 할 수 있다. 제임스 볼드윈은 단편 <소니의 블루스Sonny's Blues>에서 나름의 음악을 연주한다. 마지막 장면에서 화자는 작은 재즈클럽의 무대에 오른 동생 소니를 묘사한다.

───────

소니가 피아노 근처에도 가지 못한 지 일 년도 넘었다. 거기다 소니의 인생도 엉망진창이었다. 지금 그의 앞에 버티고 있는 인생도 딱히 나아질 거란 보장이 없었다. 소니와 피아노 모두 버벅댔고, 이렇게 시작했다가, 겁을 집어먹고, 멈췄다;

다음엔 저렇게 시작했다가, 허둥대고, 시간을 끌다가, 도로 시작했다; 얼핏 방향을 찾은 듯 싶더니, 다시 쭐더니, 얼어붙었다. 소니는 내가 한번도 보지 못했던 얼굴을 하고 있었다. 모든 것이 얼굴 밖으로 타버리고, 그와 동시에, 평소 숨겨져 있던 것들은 얼굴 속으로 타들어가는 얼굴, 무대에 선 소니의 속에서 일어나는 싸움의 불길과 분노가 모든 것을 태우고 있었다.

〰〰〰〰〰

자꾸 멈칫대며 끊어지는 리듬을 보라. "버벅댔고, 이렇게 시작했다가, 겁을 집어먹고, 멈췄다." 음악적으로 설계된 문장이다. 하지만 듣기 좋은 음악은 아니다. 피아노 건반을 더듬거리는 소니의 손가락이나 어설픈 음악처럼 설계된 문장이다. 쉼표는 4분 쉼표고, 세미콜론은 2분 쉼표고, 마침표는 온쉼표다. 독자도 함께 답답하게 덜컹댄다.

그러다 소니가 자신의 소리를 찾아가고, 음악에 몰입하고, 피아노와 밴드와 하나 되기 시작하면서 문장들도 탁 트이기 시작한다. 그리고 이 순간 화자 ─ 헤로인 독자이자 블루스 뮤지션인 동생 소니의 인생을 이해하지도, 가까이해 본 적도 없었던 무뚝뚝한 수학 선생 형 ─ 는 비로소 동생의 삶을 이해한다. 화자의 목소리, 다시 말해 이야기의 목소리가 음악 주위로 굽이쳐 흐른다. 형제 사이에 공유된 비밀처럼.

〰〰〰〰〰

무언가가 일어나기 시작했다. 크리올이 고삐를 놓았다. 이 흑인 남자는 드럼에 대고 건조하고 낮게 뭔가 지독한 소리를 했고, 크리올이 대꾸했고, 드럼이 받아쳤다. 그러자 호른이 우겼다. 달콤하고 높게, 어쩌면 약간 무심하게. 크리올이 들으며 이따금 말을 보탰다. 건조하게, 세차게, 아름답고 잔잔하게, 지긋하게. 그러다 그들 모두 다시 하나로 합쳐들었고, 소니는 다시 패밀리의 일부가 되었다. 소니의 얼굴을 보면 알 수 있었다. 소니는 바로 거기서, 자신의 손가락들 바로 아래서, 빌어먹을 신품 피아노를 발견한 듯했다. 소니는 그걸 극복하지 못하는 듯했다. 그러자, 한동안 그들도, 소니와 함께한다는 것만으로도 좋아서, 소니처럼 새 피아노들을 즐거운 일로 치부하기로 한 듯했다.

그러자 크리올이 앞에 나서서 그들에게 그들이 연주하는 건 블루스라는 점을 상기시켰다. 그는 그들 모두의 속에 있는 무언가를 건드렸고, 동시에 내 안의 무언가도 건드렸다. 음악이 팽팽해지고 깊어졌다. 긴장감이 공기를 때리기 시작했다. 크리올이 우리에게 블루스란 무엇인지 늘어놓기 시작했다. 블루스는 결코 새로운 것이 아니었다. 그런데 그와 그의 밴드가 그것을 새롭게 만들고 있었다. 몰락과 파괴와 광기와 죽음의 위험을 무릅쓰고, 우리로 하여금 듣게 만들 새로운 방법들을 찾기 위해서. 우리가 어떻게 고통받고, 우리가 어떻게 기뻐하고, 우리가 어떻게 승리하는지의 이야기는 전혀 새로울 게 없지만, 그럼에도 항상 전해져야 하기 때문에. 그것 말고는 다른 할 이야기가 없다, 그것이 이 모든 어둠 속에서 우리가 가진 유일한 빛이기 때문에.

문장들은 불완전한 압운과 반복으로 가득하다. 동격의 구와 절들이 켜켜이 쌓인다. 서로 엎치락뒤치락 내질렀다 잠잠해졌다 하는 악기들처럼. 중간 중간 짧은 나열들이 등장한다. 손가락이 빠르게 훑는 음들의 덩어리처럼. 커다란 문장들이 있는가 하면 그 옆에 작은 문장들이 있다. 누군가 트롬본을 불 때 다른 누군가는 탬버린을 흔드는 것처럼. 구두법이 갈수록 불안정해진다. 마지막 줄에서는 쉼표가 마침표를 대체한다. 브라스 호른이 더듬대며 폭발하듯이.

볼드윈은 위대한 산문 스타일리스트 중 한 명이다. 애니 딜라드Annie Dillard도 그렇다. 딜라드도 회고록 <어느 미국인의 어린 시절An American Childhood>에서 소리를 다루는 기술을 보여준다. 딜라드가 자신의 아버지에 대해 쓴 대목을 보자.

~~~~~~~~~

뉴올리언스는 아버지가 사랑한 음악의 근원지였다. 그것은 딕시랜드 재즈였다. 오 딕시랜드. 뉴올리언스에서는 남자들이 [딕시 재즈를] 공중에 불고 발로 두드린다. 허슬과 스냅의 음악. 아버지가 고향 피츠버그에서 [낮에는] 가족 회사에서 일하고 [밤에는] 맨 어바웃 타운@으로 살던 시절의 활기와 닮은 음악; 아버지가 대학 졸업 후 몇 년간 뉴욕에서 맨 어바웃 타운으로 살던 시절 발로 박자 맞추던 음악. 낮에는 가족 회사에서 일하고 밤에는 저티 싱글턴ⓑ과 함께 52번가에 있는 지미 라이언의 클럽에 드나들던 그 시절.

@ 맨 어바웃 타운 man-about-town, 사교와 문화생활을 즐기는 한량.

ⓑ 저티 싱글턴 Zutty Singleton, 1898~1975.

[저티 싱글턴.] 아버지뿐 아니라 하우스밴드의 나머지 모두와 친구 먹었던 천재 흑인 드러머. [거기엔] 그에게 가장 잘 맞는 종류의 딕시랜드가 있었다. 그들은 지미 라이언 클럽에서 그걸 연주했고, 피 위 러셀[a]과 에디 컨던[b]도 그걸 연주했다. 뉴올리언스 딕시랜드 재즈는 강을 따라 북진하면서 다소 느긋해졌고, 시카고와 뉴욕에 머무르면서 매끄러워졌다.
~~~~~~~~~

이 단락의 서정성lyricism이 발을 구르며 박수를 치고 싶게 만든다. 첫줄은 흡사 선언처럼 들린다. 딜라드 부친의 재즈에 대한 애정이 술처럼 문장들을 취하게 한다. 아니나 다를까 문장들이 블루스 스타일의 리프[c]로 반짝이고, 반복어구로 딱딱 끊어진다. 그리고 하프비트 세미콜론들. 그리고 자체적으로 소리를 담은 단어들. **불다**, **두드리다**, **허슬**, **스냅**, **튕기다**, **박자 맞추다**, **차지다**, **매끄럽다**. 딜라드의 회고록은 모든 문장이 노래한다. 블라디미르 나보코프처럼 딜라드의 문장도 좀처럼 가라앉는 법이 없다. 항상 최대 음량으로, 체조선수의 유연성을 가지고 글을 쓴다. 여기 볼만한 단락이 또 하나 있다. 이번 글에서는 딜라드가 본인의 어린 시절 취미 활동의 한 순간을 담았다. 나도 한때 매진했던 취미 활동이라 반가웠다. 도로의 차들에 눈뭉치 던지기. 딜라드의 이야기에서는 차 한 대가 멈춰 선다. 그리고 한 남자가 내린다. 그리고 아이들을 쫓아온다.

[a] 피 위 러셀
Pee Wee Russell,
1906~1969, 미국
재즈클라리넷 연주자.

[b] 에디 컨던
Eddie Condon,
1905~1973, 미국
재즈기타 연주자.

[c] 리프
riff,
반복 악절.

그 남자는 마이키와 나를 따라 노란 집을 돌아 뒤뜰 오솔길로 올라왔다. 우리가 눈 감고도 아는 길이었다. [우리는] 야트막한 나무 밑으로, 둑 위로, 산울타리를 뚫고, 눈 덮인 계단을 내려가, 식료품점의 배달차량용 진입로를 가로질러 달렸다. 우리는 또 다른 산울타리의 틈새로 미친 듯 뛰어들었고 어느 지저분한 뒷마당으로 들어가서 그 집의 뒤 베란다를 돌아 다닥다닥 붙어 있는 집들 사이로 내달려 에저튼 대로로 나갔다; 우리는 애저튼 대로를 건너 골목으로 뛰어들었고 우리 골목으로 빠져서 장작더미를 타고 홀 가족의 앞마당으로 미끄러져 내려갔다; 남자는 계속 우리를 쫓아왔다. 우리는 로이드 거리를 달려 올라가 미로 같은 뒷마당들을 요리조리 통과해 윌라드와 랭의 가파른 언덕 꼭대기로 향했다.

남자는 말뚝 울타리를 넘고, 가시 울타리를 뚫고, 집들 사이로, 쓰레기통들을 돌아서, 그리고 거리들을 가로질러서 우리를 소리 없이 추격했다.

딜라드는 세미콜론을 이용한다. 문장이 완전히 끝나는 걸 원치 않기 때문이다. 그녀의 구두법은 악보 못지않게 소리 지향적이다. 'and'의 연속적 사용 — 접속어다용법polysyndeton 이라는 수사적 트릭 — 이 음악적 효과를 더한다. 돌아서 around, 위로up, 밑으로under, 뚫고through, 아래로down, 가로질러 across, 사이로between의 사용도 마찬가지다. 전치사들이 줄줄 이 이어지며 독자를 숨 가쁘게 몰아간다. 동네를 휘젓고 내

달리는 사람들이 마치 우리인 것처럼 느껴진다. 이런 방식으로 글에 탄력가속도가 붙는다.

폴 그린그래스 감독의 영화를 볼 때도 이와 비슷한 긴박감을 느낄 수 있다. 그린그래스는 <플라이트 93>, <블러디 선데이>, <본 얼티메이텀>, <본 슈프리머시>, <캡틴 필립스>를 연출한 사람으로, 핸드헬드 촬영으로 유명하다. '흔들리는 카메라shaky cam' 효과는 다큐멘터리 뺨치는 현실감을 유발한다. 관객은 본인이 영화 속 인물이 된 것처럼 폭탄에 혼비백산하고, 물에 후두둑 맞고, 계단을 텅텅대며 오르내린다. 그린그래스의 영화는 밀실공포증도 유발한다. 특유의 고옥탄가 소재(하이재킹, 폭격, 도주 중인 슈퍼스파이)와 맞물려 우리의 신경을 있는 대로 곤두서게 한다. 이런 그린그래스가 영국 시대극 드라마 <다운튼 애비Downton Abbey>의 한 회를 연출한다고 상상해 보라. 물론 그의 스타일은 이 드라마에 전혀 어울리지 않는다. 극중 백작 저택의 하인들이 우지 기관단총을 든 하녀장 휴즈 부인Mrs. Hughes의 진두지휘 아래 무장봉기해서 저택과 영지를 장악할 결심을 하지 않는 한.

딜라드는 독자를 숨 막히게 한다. 그린그래스는 관객에게 공황상태와 울렁증을 준다. 비슷한 스타일 선택이 앤서니 도어Anthony Doerr의 단편 <헌터의 아내The Hunter's Wife>의 도입부에서는 흐름을 준다. 주인공 헌터는 생전 처음 몬태나 주 밖으로 여행을 떠난다. 그는 비행기에서 잠이 깬다.

깨고 나서도 "몇 시간 전에 본 광경을 떨치지 못한다. [비행기가] 장밋빛 뭉게구름을 뚫고 올라갈 때 집과 헛간들이 눈 쌓인 골짜기 속에 점처럼 작아지던 모습. 저 아래 두루마리처럼 펼쳐지던 12월의 전원 풍경 — 눈 때문에 줄무늬가 생긴 밤색과 검은색 언덕들, 여기저기서 번쩍이는 얼어붙은 호수들, 땋은 머리처럼 어슴푸레 빛나며 협곡 바닥을 기어가는 기다란 강 — 이 여전히 눈에 어른거렸다." 도어가 쓴 **두루마리**라는 단어에 주목하라. 비행기 창으로 밖을 내다보는 기분을 이처럼 실감나게 표현하는 단어도 없다. 실제로 그의 문장들은 마치 풍경처럼 펼쳐진다.

이제 같은 대목에 비행기 대신 기차에 타고 있는 인물을 대입해 보자. 그러면 현저히 다른 결과물이 나왔을 거다. 문장들이 짧고 직설적이었을 거다. 질주하는 기차의 **칙-폭 칙-폭** 하는 리듬에 맞추기 위해서. 비행기 창밖으로는 모든 것이 점진적으로 미끄러져 지나간다. 반면 철도 여행을 할 때는 농장과 떡갈나무 고목과 교차로에서 신호대기하는 트럭을 그저 언뜻 언뜻 볼 수 있을 뿐이다. 따라서 문장들도 조각조각 끊어져야 제격이다. 그래야 연달아 쏜 살같이 지나가는 순간정지 이미지들에 어울린다.

마이클 셰이본은 2012년 작 <텔레그래프 애비뉴 Telegraph Avenue>에서 도어의 두루마리 펼치기와 비슷한 테크닉을 사용한다. 책의 중간쯤에 열두 페이지 넘게 이어지는 끝내주게 긴 문장이 나온다. 눈부신 언어적 위업이라 하지 않을 수 없다. 음악으로 치면 손가락이 보이지 않을 정도로 현란하게 연주되는 리프다. 작가의 키보드가 연기를 내뿜다가 너무 오래 너무 심하게 두들겨댄 기타처럼 반으로 쪼개지지 않았으면 다행이다. 언뜻 보기에는 스타일이 콘텐츠를 모사하는 전형적인 예처럼 보인다. 독자는 이 문장을 타고 앵무새를 따라다니게 된다. 앵무새는 집들을 빙빙 돌다가 나뭇가지들과 창턱들에 잽싸게 앉았다가 다시 잽싸게 달아나기를 반복하면서 소설 속 캐릭터들을 하나하나 찾아다닌다. 이야기의 배경인 북부 캘리포니아의 이스트 베이 애비뉴처럼, 캐릭터들도 힘겨운 과도기를 겪는 중이다. 하지만 문장이 길어도 너무 길다. 아무리 좋은 것도 지나치면 좋지 않다.

셰이본은 거하게 쓴다. 그의 문장들은 풀어내도 너무 심하게 풀어낸다. 그의 거대한 플롯은 요약을 불허한다. 그의 소설을 읽을 때면 나는 이런 느낌이 든다. 샌프란시스코 현대미술관에서 모퉁이를 돌았더니 거대하게 뻗어나간, 물감이 낭자한, 잭슨 폴록의 <루시퍼>가 눈앞에 닥쳤을 때 같은 느낌. 비틀즈의 <페퍼 상사의 론리 하츠 클럽 밴드Sgt. Pepper's Lonely Hearts Club Band>의 볼륨을 높일 때의 느낌, 혼이 빠지고 최면에 걸리고 가위에 눌리는 느낌. 셰이본은 끝내주는 스타일리스트다. 그의 문장들은 폭주한다. 그가 쏟아내는 문장들은 날뛰는 황소 위에서 마체테 칼로 저글링하고 요들송을 부르면서 3회전 공중제비를 수행하는 것과 맞먹는다. 그러다 마침내 마침표에 도달했을 때는 박수갈채를 보내고 싶을 때도 많다. 하지만 솔직히 <텔레그래프 애비뉴>를 읽을 때는 현란한 연주에서 튀는 불꽃 때문에 눈이 피로하고 신경이 쓰라리다.

셰이본의 다른 소설 <캐벌리어와 클레이의 놀라운 모험>을 읽을 때는 그런 일이 없었다. 살인사건 추리물과 가상 역사물을 합쳐 놓은 그의 또 다른 소설 <유대인 경찰 연합>을 읽을 때도 그런 일이 없었다. 그때는 그의 과격주의 스타일이 그의 과격한 스토리들과 잘 어울렸다. **획!**과 **퍽!** 같은 의성어들이 만화책에 잘 어울리듯이. 하지만 <텔레그래프 애비뉴>의 주제는 셰이본의 초창기를 연상시키는 주제다. <텔레그래프 애비뉴>는 그의 1995년 작 <원더 보이스The Wonder Boys>와 같은 부류다. 솔직히 나는 <원더 보이스>의 차분한 서정성과 고요한 대목들이 그립다. 예를 들어, "각자의 다양하고 만부득이한 사정들로 인해 몸조차 가누기 어려워진 두 사람(그래디와 그의 장인)이 잠시 서로에게 기대고 부두의 빈 의자들과 그 너머 누렇게 벌거벗은 언덕들 위로 낮게 걸린 해를 내다보는" 장면. 이 구절을 <텔레그래프 애비뉴>의 '무조건 볼륨을 높여라' 작풍과 비교해 보자. "7년마다 찾아오는 광란의 발정기, 흡사 폰 파[a]를 이겨내는 스팍[b]처럼, 그웬은 평생 연마한 자기 억제 기술을 발휘해서, 임신 기간 동안 환장하던 음식을 모두 멀리하고 매주 에스트로겐과 프로게스테론의 사나운 파도와

[a] 폰 파
pon farr,
TV 시리즈 <스타 트렉>에 나오는 외계 종족 벌칸 족의 번식기.

[b] 스팍
Spock,
우주탐사선 엔터프라이즈 호의 과학 장교이며 인간과 벌칸족의 혼혈이다.

싸우며 이들 성호르몬의 돌풍에 뚫리지 않으려 용을 썼다."

<텔레그래프 애비뉴>에 나오는 문제의 열두 페이지 짜리 문장은 이렇게 시작된다.[a]

———

만약 슬픔이 패턴 망실에 따른 결과라면, 앵무새는 지금 비통해하면서도 그나마 아기 신발이 마룻바닥을 후두두 탁탁 치는 소리에서 위안을 구하고 있었다. 롤랜도는 아기용 에어조던 운동화 뒤꿈치로 빌리 코뱀[b]처럼 마룻바닥을 맹렬히 두들겨대며 인간 자루걸레가 되어 텅 빈 거실을 체스판 삼아 '기사의 일주'[c]를 하며 등으로 온 방을 쓸고 다녔는데, 그러는 내내 갈색 눈으로 앵무새의 붉은 꼬리깃털과 까만 구슬 눈을 멍하니 좇았다. 롤랜도의 엄마가 코차이스 존스의 유산 관리인으로부터 집을 비우라는 지시를 받았을 때 막상 새에 대한 처리, 제거, 또는 최종 양도에 대한 지시는 없었다. 원래도 대단치 않았던 코차이스 존스의 재산은 60년 넘는 어리석은 세월 동안 서서히 바닥났고, 남은 것 중 대부분은 레코드판에 묶여 있고, 나머지는 70년대 빈티지 레저슈트들(아이샤가 세어 봤더니 스물두 벌이었다), 치명적인 하몬드 오르간, X자형 금속 받침대가 달린 야마하 키보드……

———

이 문장은 앵무새가 날아서 달아날 때까지 계속되고, 이후 새를 따라 동네 풍경을 담은 '두루마리'가 펼쳐지기 시작한다.

[a]
번역문에서는 불가피하게 몇 문장으로 끊었음.

[b] 빌리 코뱀
Billy Cobham,
미국 재즈 뮤지션.

[c] 기사의 일주
Knight's Tour,
체스 말 중 기사가 체스 판의 모든 칸을 지나가게 하는 게임.

루더는 오후의 하늘을 배경으로 탈출을 감행하는 도망자 앵무새의 이국적인 옆모습을 보았다. [새는] 텔레그래프 애비뉴의 빗변을 따라 형세를 살피는 한편 빛과 냄새와 각도를 분석한 정보를 모아서 유칼립투스 언덕들을 향해 방향을 잡나 싶더니, 공포를 감지한 몸뚱이를 동쪽으로 틀어 스모크하우스 햄버거 판매대 위를 맴도는 죽음의 구름을 비껴갔다. 이 급작스런 방향 선회가 새를 버려진 장난감들의 거리 위로, 꽃 속에 잠긴 갈색 단층집 위로 몰고 가고……

문장은 이후에도 계속 이어진다. 하지만 이 정도만 봐도 앵무새의 비행에 따라 문장이 펼쳐지고 있다는 것을 알 수 있다. 효과는? 글쎄.

스토리텔러로서 우리의 궁극적 목표는 독자를 정신없이 빠져들게 하는 것이다. 예쁜 문장들은 오직 이 목표에 바쳐졌을 때만 존재 이유를 가진다. 그런 문장들은 주문이 되어 독자를 뜬눈으로 꿈꾸게 하고, 다른 세계들의 존재를 믿게 하고, 잉크와 종이로 된 책을 뼈와 살로 된 사람을 좋아하듯 좋아하게 만든다. 만약 문장이 너무 과시적이거나 미사여구로 넘쳐나거나 작가의 목소리가 너무 크면, 독자는 자신이 이야기를 읽고 있다는 것을 의식하게 되고, 그것을 자각하는 순간 꿈은 흩어져 버린다. 언어가 우리에게 보이지 않는 마법을 걸게 놔두는 대신, 셰이본은 스스로 마법사임을 선포한다. 그의 문장들은 글감이 아니라 작가에게 스포트라이트를 비춘다.

만화책 독자는 슈퍼맨의 스판덱스로 덮인 근육과 강철판을 한방에 뚫고 총알을 사뿐히 앞지르는 그의 능력에 열광한다. 그것이 클라크 켄트의 굼뜬 행동거지와 그가 <데일리 플래닛>에 출근할 때 입는 샌님 스타일 버튼다운 셔츠와 대비되기 때문에 더 열광한다. 만약 셰이본이 그의 현란한 만연체 스타일을 조금 죽이고 열두 페이지짜리 문장을 좀 더 작은 대목들로 분리했더라면 나도 거기서 같은 감동을 받았을지 모른다. 멀리 갈 것도 없다. 당장 <텔레그래프 애비뉴>의 시작부분에도 썩 괜찮은 대목이 나온다. "백인 소년은 맨발로 스케이트보드에 올라타서 흑인 소년의 어깨에 손을 짚었고, 흑인 소년은 앞에서 고정 기어 자전거의 페달을 밟았다. 둘은 그렇게 함께 달렸다. 플랫랜드의 한복판, 8월의 어둑한 아침. 타이어가 쉭쉭 굴러가는 소리. 스케이트보드 바퀴가 아스팔트에 닿아 오돌토돌 구르는 소리. 여름철의 버클리 시는 아홉 가지 재스민 향기와 수고양이가 찍찍 뿌린 오줌 냄새가 섞인 특유의 할머니 냄새를 풍겼다." 바로 이거다. 이런 글을 더 달란 말이다.

도어는 셰이본보다 한 수 위의 통제력을 보여준다. 도어는 우리가 현란한 특수 효과에 싫증낼 거란 걸 안다. 그래서 문장의 장식을 줄여서 여백을 더하고, 언어의 수축과 팽창을 통해 페이지가 숨을 쉬는 듯한 리듬감을 냈다. 또한 "이제 날이 어두워졌다." 같은 한정된 문장의 뒤에 시각적, 청각적으로 푸짐한 문장을 덧붙이는 방법을 썼다. "비행기가 시카고로 접근했다. 비행기가 공항을 향해 미끄러져 내려가자 도시의 전광이 만드는 거대한 은하가 부딪칠 듯 아찔하게 다가왔다. 가로등 불빛, 자동차 헤드라이트, 불 밝힌 빌딩 더미들, 아이스링크들, 신호등에서 좌회전하는 트럭, 창고건물 옥상에 누덕누덕 남은 눈들과 멀리 언덕 꼭대기에서 깜박이는 안테나들. 마침내 활주로의 푸른색 조명등이 다가와 갈수록 좁아지는 평행선을 만들었다. 그리고 그들은 내려앉았다."

　　도어는 셰이본이 열두 페이지에 걸쳐 우리의 진을 빼며 이룬 것을 단 몇 줄 만에 해낸다. 비행기가 하늘에서 벗어나 가라앉는다. 땅이 다가올 때는 비행기가 뜰 때보다 이미지들이 더 빠르게 우리를 때린다. 따라서 문장이 더 짧게 끊어지고, 급해진다. 거의 패닉 상태가 된다. 주인공 헌터의 감정과 비슷해진다. (헌터는 이때까지 한번도 몬태나를 벗어나 본 적이 없고, 사이가 소원해진 아내를 만나러 시카고에 왔다.) 물론 비행기는 바퀴가 아스팔트에 닿은 후에도 한동안 활주로를 굴러 내려가지만, 도어는 여기서 단락을 맺는다. "그리고 그들은 내려앉았다." 쿵! 소리가 날 것만 같은 액션의 단호한 종료. (진부한 시적 표현들 다음에 이어진) 단순명료함. 그리고 대조 효과를 극대화한 문장들의 배치. 이는 비행기의 이륙이나 상륙 같은 액션에만 쓰이지 않는다. 헌터의 감정을 말하고 있다. 물리적 상황만

이 아닌 감정적 상황을 말하는 거다. 문장의 스타일이 해당 순간의 분위기를 잡아내는 데 얼마나 중요한지를 보여주는 사례다.

섹스 장면을 쓸 때도 마찬가지다. 이때 작가의 목적은 독자에게 성적 흥분을 선사하는 것일 테고, 그렇다면 끈적끈적하게 관능적인 언어를 쓰고 싶지 않을까? 그래야 문장들이 마빈 게이의 노래처럼 들린다. 에이드리언 마테이카의 시 <알 그린 이해하기Understanding Al Green>에서 한 줄을 빌려와 표현하자면, 그래야 문장들이 "실크가 입는 실크처럼" 감미로워진다. 그런데 섹스 장면이라고 다 같지 않다. 코믹한 섹스도 있고, 거북한 섹스도 있다. 만약 노리는 것이 그런 분위기라면, 만약 여러분의 캐릭터가 여자의 향기보다는 현미경과 교과서와 친한 여드름투성이 갈비씨 안경잡이 숫총각 십대라면? 그런 경우는 산통 깨는 단어들이 산재한 자꾸 멈칫대는 문장들이 제격이다.

도나 타트는 소설 <황금방울새>에서 진중하고, 자제력 있고, 심지어 지나치게 원칙적인 과거 시제 시점을 구사한다. 그런데 아래의 장면에서는 언어가 달라진다. 독자도 작중 화자와 같은 기분—약물에 취하고 알코올에 젖어 정신이 흐리멍덩하고 오락가락하는 상태—을 느끼게 하려고 작가가 기술을 건다. 내내 탄탄하면서도 전통적이었던 타트의 스타일이 이 장면에서 허물어진다. 구두점들이 있는 둥 없는 둥하고, 문장들이 조증에 걸린 것처럼 정신

사나워진다.

⸻⸻⸻

사람들은 왜 그런 거에 그렇게 열을 낼까? 나는 수트케이스
안에 있는 옷들을 남김없이 꺼내 입고(셔츠 두 개, 스웨터,
여벌 바지들, 양말 두 켤레), 의자에 앉아 미니바에서 꺼내
온 코카콜라를 홀짝이며 — 아직 약기운이 있었지만 떨어져 가는
중이었다 — 생생한 백일몽들을 들락거렸다. 원석 다이아몬드,
번쩍이는 검은색 벌레들, 특히나 생생했던 환상은 흠뻑 젖은
앤디가, 젖은 테니스 운동화를 절벅대면서, 뒤에 물줄기를 질질
달고 방에 들어오는 꿈이었다. 앤디는 뭔가 이건 아니다
싶고 뭔가 섬뜩하고 뭔가 좀 맛이 간 느낌이었다 웬일이야 시오?

　　　별일 아냐, 넌?

　　　별일 없지 야 너랑 키츠 결혼한다며 아빠한테 들었어

　　　그래

　　　그래 잘됐다, 그런데 우린 못 가, 아빠가 요트클럽에서
무슨 행사가 있대

　　　야 그거 섭하네

　　　그리고 다음 순간 앤디와 내가 함께 무거운
수트케이스들을 들고 어디론가 가는데 우리가 배를 타고
운하를 가는데 앤디가 절대 안 돼 나는 저 배 못 타
그러니까 내가 그래 이해해 라고 하고, 그래서 내가 요트를 나사
하나하나 다 분해해서, 분해한 조각들을 내 수트케이스에
쓸어 담아서, 우리가 그걸 돛까지 포함해서 다 육로로 날랐다,

우리 계획은 이랬다, 우리는 운하를 따라가기만 하면 된다
그러면 운하가 우리가 원하는 목적지에 데려다 주거나 아니면
우리가 출발한 데로 도로 데려다줄 거다 하지만 그건
내 생각만큼 간단하지 않았다, 요트를 분해하는 거, 이게
테이블이나 의자를 해체하는 것과 달라서 조각들이 짐 가방에
들어가기에는 너무 크고 거기다 기깔나게 큰 프로펠러까지
있어서 그걸 내가 내 옷들과 쑤셔 넣으려고 용을 쓰는데 앤디는
따분했는지 옆으로 빠져서 누군가 모양새가 내 맘에 들지
않는 사람과 체스를 두면서, 음, 계획을 미리 세우지 못하면 상황
닥치는 대로 해결할 수밖에 없어, 라고 했다.

~~~~~~~~

페이지가 향정신성 약물 — 약물에 취한 화자의 갈팡질팡
공황 상태 — 에 완전히 젖어 버렸다. 대문자 사용 원칙은
자취를 감췄다. 여러 캐릭터의 목소리들이 와글와글 섞이
고, 한데 뭉개진다. 문장들이 숨차게 이어지고, 문체는 길
길이 뛰고, 마약에 찌들어 있다. 읽는 사람의 눈이 어지럽고
심장이 벌렁거린다.

　　　여러분도 이렇게 해야 한다. 이게 여러분이 할 일이
다. 캐릭터가 약에 취해 있을 때만이 아니다. 캐릭터가 비
탄에 빠져 있거나, 겁에 질려 있거나, 수줍어하거나 성적으
로 흥분했을 때도 그 상태를 문체로 보여줘야 한다. 캐릭터
가 비행기에 타고 있을 때나 재즈클럽에 있을 때만 해당하
는 얘기가 아니다. 캐릭터가 눈사태를 만났을 때도, 자동차

추격 중이나 총싸움 중일 때도, 언더그라운드 섹스 클럽에 있을 때도 그것이 문체에 반영돼야 한다. 인물이 있는 곳과 처한 상황이 문장의 어조로 나타나야 한다. 문체가 경험을 모사하고, 문체와 경험이 상호보완적으로 부합해야 한다. 독자도 캐릭터가 느끼는 것을 느끼게 해야 한다.

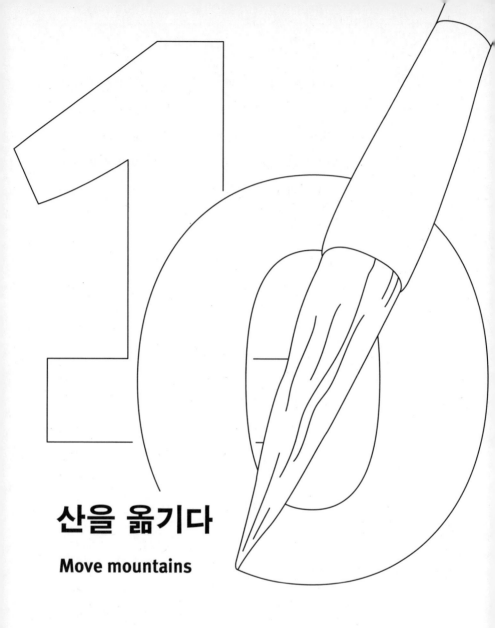

산을 옮기다

Move mountains

세팅의 활성화

1.

사람들은 늘 내게 묻는다. 왜 오리건 주에 대한 이야기를 쓰냐고. 황당한 질문이다. 오리건은 내가 자란 곳이다. 나는 다른 어디보다 그곳에서 가장 오래 살았다. 따라서 내게는 많은 면에서 다이내믹하고 파란만장한 환경이며, 드라마의 무대로 딱인 곳이다. 캐스케이드 산맥이 오리건 주를 반으로 가르는데, 동쪽은 건조한 고원지대이고 바다로 이어지는 서쪽은 다우림과 초원이다. 산맥은 정치적 경계이기도 하다. 카우보이 말 달리는 시골지역은 자유주의의 첨병 포틀랜드와 첨예하게 반목한다. 또한 오리건 주는 히스패닉 인구와 캘리포니아의 부유한 은퇴자들이 동시에 유입되는 문화적 도가니다. 오리건에 대해 말하자면 끝이 없다. 메탐페타민[a]과 스노모빌의 본산이며 독수리가 하늘을 선회하고 방울뱀이 현관 아래에 똬리를 트는 곳. 하지만 이쯤 해 두자. 나머지는 소설을 위해 아껴 두겠다. 내가 왜 오리건 이야기를 쓰냐고? 내가 오리건에 대해 쓰지 않으면 무엇을 쓰겠는가.

장소는 중요하다. 이걸 잊어버린 듯한 사람들이 너무나 많다. 대부분의 시간을 실내나 온라인에서 보내다 보니 정작 자신의 환경과는 연락이 끊겼나? 도시마다 동일한 체인점들이 동일한 네온과 콘크리트의 풍경을 만들기 때문에? 그래서 여기가 다 저기 같고, 저기가 다 여기 같아서?

어느 작가가 내게 이런 말을 했다. "나는 공간적 배

[a] 메탐페타민 일명 필로폰, 줄여서 메스(meth)로 부른다.

경이 어디여도 상관없는 그런 이야기를 쓰고 싶어요."

내 대답은 "흐음."이었다. 그건 내 캐릭터가 누구여도 상관없는 그런 캐릭터였으면 좋겠어요, 라고 말하는 것과 같다. 마거릿 대처여도 좋고, 삐삐 롱스타킹이어도 좋다는 소리다. 또는 내 이야기가 언제 일어난 일이든 상관없다는 말과 같다. 천 년 전 과거여도 좋고, 천 년 후 미래여도 좋다는 소리다. 말도 안 된다. 추상주의는 재수 없다. 좋은 글쓰기는 상세각론과 자초지종에 달려 있다.

주머니들을 덕지덕지 꿰매 붙인 하늘색 목욕가운을 매일 그리고 종일 입고 지내며 움직일 때마다 담배 라이터와 나사못과 구슬을 쟁그랑대는 캐릭터여야만 가능한 이야기가 있다. 그런가 하면, 라디오에서 비치보이스 노래가 울려 퍼지고, 자동차들이 화이트월 타이어whitewall tires를 뽐내고, 올백머리 사내들이 흰색 티셔츠 소매에 담뱃갑을 말아 넣고 다니던 시대에만 일어날 수 있는 이야기도 있다. 같은 논리가 장소에도 해당된다. 장소도 이야기를 결정한다.

브래디 우달Brady Udall — 내 은사이자 <외로운 일부다처주의자The Lonely Polygamist>의 저자 — 이 이런 경고를 한 적 있다. 독자 팬레터의 75퍼센트는, 그 도시에는 고기 도축 공장이 없다, 그 거리의 소화전은 초록색이 아니다, 엠파이어가와 7번가의 교차로에는 늙은 떡갈나무 따위 없다는 등의 비판적 지적을 담고 있다. 틀린 말이 아니다. 내가 일리노이, 위스콘신, 아이오와, 미네소타처럼 짧게 짧게 거쳐 갔던 지역들에 대해 좀처럼 쓰지 않는 이유가 여기에 있다. 그곳들에 대해서는 충분히 모르기 때문이다.

한 장소를 제대로 아는 일은 오랜 시간을 요한다. 위치와 지리를 말하는 게 아니다. 그곳의 역사, 문화, 정치, 설화를 말하는 거다. 그곳의 숲에 빅풋[a]이나 호다그[b]가 돌아다니는가? 그 지역의 명물은 엘비스 프레슬리인가, 폴 버니언[c]인가? 지평선을 초록으로 물들이는 오로라를 볼 수 있는가? 화학물질 유출로 몸살을 앓는 하천에 불이 붙어서 사흘간 불탔던 적이 있는가? 매년 8월에 열기구 축제가 열리는가? 거기 사람들은 'roof'나 'bagel'을 어떻게 발음하는가? 한 장소를 안다는 건, 셰릴 스트레이드가 퍼시픽 크레스트 트레일Pacific Crest Trail을 아는 것처럼, 가르시아 마르케스가 마콘도[d]를 알았던 것처럼, 호손[e]이 뉴잉글랜드를, 포크너[f]가 요크나파토파 카운티를 아는 정도로 아는 것을 말한다.

사람들에게 본인이 사는 지역의 흥미로운 점을 말해 달라고 하면, 흔히 이런 대답이 돌아온다. "별거 없어요." 출신지가 거대 메트로폴리스나 유명 관광지가 아니면 소설의 무대로 고려할 가치조차 없다고 생각하는 사람들이 많다. 하지만 유심히 들여다보라. 특이사항을 나열하는 걸로 시작하자. 가령 아이오와 주의 작은 타운에 산다고 치자. 바람이 바뀌면 20마일 북쪽에 있는 도축장에서 불어오던 냄새. 5년 전 고등학교 건너편 집에서 일어난 살인사건.

[a] 빅풋
Bigfoot,
북아메리카
로키산맥에 산다고
전해지는 설인.

[b] 호다그
hodag,
위스콘신 주 민담에
등장하는 미확인 괴수.

[c] 폴 버니언
Paul Bunyan,
미국 전래동화에
등장하는 거인 사냥꾼.

[d] 마콘도
Macondo,
마르케스의 소설
〈백 년 동안의 고독〉의
배경인 남아메리카의
가상 도시.

[e] 호손
Nathaniel Hawthorne,
1804~1864.

[f] 포크너
William Faulkner,
1897~1962.

축구장 밑에 묻혀 있는 방사성 폐기물. 봄마다 하늘을 뚫고 내려와 청소기처럼 땅을 빨아들이는 토네이도. 멀리 볼 것도 없이 지난여름의 홍수. 마을이 물에 잠겨서 사람들이 카누를 타고 큰길을 내려갔던 일. 구름이 산맥처럼 늘어서던 광경. 옥수수 밭에서 흘러나가 강들을 죄다 망쳐놓는 비료. 또는, 엄청난 성공을 거두고 세계 순회공연을 다니면서도 아직도 타운 밖 주말 농장에 사는 블루그래스 음악 밴드?

여러분의 뒷마당에 대해 써 보자. 내게 익숙한 곳부터 판다. 내 캐릭터들이 공연할 무대를 창조해 보자.

소설의 첫 페이지를 여는 독자는 낯선 세계에서 눈꺼풀을 떨며 깨어나는 혼수상태의 환자와 비슷하다. **여기는 어디? 지금은 언제? 나는 누구?** 작가에게는 재빨리 그리고 효과적으로 독자를 이야기 안에 안착시켜 줄 의무가 있다.

같은 이유로 작가라면 소설을 대화로 시작하는 것을 피해야 한다. 나도 안다, 나도 안다. 대화로 시작하지만 끝내주는 소설들이 수없이 많다는 거. 그래도 대화 오프닝은 실수라는 내 생각에는 변함이 없다. 한 가지 예외를 제외하고. "아빠는 저렇게 도끼를 들고 어디를 가는 거예요?"로 시작하는 E. B. 화이트의 <샬롯의 거미줄>. 이 경우는 괜찮다. 작가가 즉시 여백을 채우기 때문이다. 화이트는 곧바로 세 명의 캐릭터를 설정한다. 그중 한 명은 시작부터 시선을 사로잡는 행동을 보인다.

작가가 할 일은 바로 이것이다. 여백을 채우는 것.

텅 빈 캔버스를 상상해 보자. 이제는 지평선에서 펑 솟아올라 서서히 오후의 각도로 기울어지는 태양을 상상한다. 다음에는 백 그루 남짓한 나무들이 먼 숲으로 비죽비죽 이어진다. 옥수수 밭이 고랑을 넘어 펼쳐지고, 콤바인 한 대가 털털거리며 밭을 가로지른다. 콤바인의 운전석에는 목젖이 자기 주먹만 한 십대 소년이 앉아 있다. 멜빵바지 작업복을 입은 소년은 휴대폰으로 통화 중이다. 한눈에도 소년은 밭이 아닌 딴 데에 정신이 팔려 있다. 콤바인이 점점 오른쪽으로 꺾어지고, 콤바인 아래에서 들리는 자갈 으깨지는 소리로 미루어볼 때 콤바인의 엔진이 과도하게 돌고 있다. 콤바인이 너무 많은 옥수수를 너무 급하게 베고 있다. "정말이지?" 소년이 고성에 가까운 소리로 말한다. "정말이지? 확실하지?"

　　소년은 누구와 무슨 말을 하고 있는 걸까? 여자친구와 통화하는 중이고, 여자친구가 마침내 소년과 자갈밭에서 섹스할 마음을 먹은 걸까? 또는, 그보다는, 아버지와 통화하는 중이고, 아버지가 부동산 개발업자를 만난 후 농장을 택지 개발지로 팔아 버릴 결심을 한 걸까? 분명한 건이 미스터리가 독자를 앞으로 견인하는 역할을 한다는 것이다. 이때쯤 독자는 이미 이야기 속 세계와 인물에 빠져들어 있기 때문이다.

　　그런데 만약 소설의 첫줄이 대뜸 "정말이지? 확실하지?"라는 질문으로 시작했다면? 이 경우 이 질문은 아무 의

미 없는 문장이었을 거다. 근거 없고 성별도 나이도 없는, 그저 여백을 가로질러 울리는 공허한 목소리에 불과했을 거다. 불쌍한 독자는 영문도 모른 채 이 질문을 단기기억 안에 눌러 담고 내용이 더 진행될 때까지, 그래서 드디어 이 질문에 전후맥락이 생길 때까지 지고 가야 한다. 이야기 초반에 독자를 이렇게 고생시켜서 작가에게 좋을 게 하나 없다. 우리가 현실 세계에서 벗어나는 것, 주변의 수많은 집중 방해 요소들을 무릅쓰고 페이지 안의 세계로 들어가는 것은 그 자체로 이미 쉬운 일이 아니다. 이때 장소, 즉 공간적 배경은 우리가 들어가는 상상의 세계를 공고히 하고, 캐릭터들을 이야기 안에 단단히 붙들어 매는 역할을 한다.

2.

독자에게 포괄적 서술을 하는 건 금물이다. 독자가 새로운 공간에 들어가면 그 공간을 보여주되, 특정 렌즈를 통해서 보여준다. 이야기 속 캐릭터의 관점으로, 그리고 분위기에 맞는 필터를 씌워서.

이런 장면을 생각해 보자. 누군가 현관문을 열고 베란다로 나간다. "보라색으로 죽어가는 하늘을 배경으로 집들이 어둡게 서 있었다. 어느 두 개도 같지 않지만 획일적으로 추한, 죽은피처럼 적갈색의 평퍼짐한 흉물들. 40년 전에는 부자 동네였기 때문에 그의 어머니는 지금도 여기에 아파트를 얻어 살면 그게 곧 부유층이라고 굳게 믿었다. 집

집마다 때를 띠처럼 둘렀고, 안에는 거의 예외 없이 꼬질꼬질한 아이가 앉아 있었다."

플래너리 오코너의 단편 <오르다 보면 모두 한곳에 모이기 마련>에 등장하는 대목이다. 세팅은 주인공 줄리안의 견해로 오염되어 있다. 줄리안은 성질 더러운 인간이다. 불만과 시기로 가득하고, 내적으로 불안정하고, 독기 있는 인물이다. 대개의 인물들은 해지는 광경 앞에서 감상적이 된다. 산 뒤에서 타는 광륜. 하늘을 방사상으로 가르는 분홍색과 자주색 광선. 하지만 줄리안에게 석양의 하늘은 "죽어가는" 하늘이고, 그 아래 동네도 마찬가지다. 집들은 추하고 더럽고 "죽은피 색"이다. 꼬질꼬질한 아이들은 마당에서 놀지 않고 그냥 앉아 있다. 마치 그들의 부패한 환경에 망연자실한 것처럼.

줄리안은 자신이 유년시절을 보낸 집, 그의 어머니가 아들을 자랑스럽게 키운 곳을 증오한다. 이 점은 인물을 성격 지을 뿐 아니라 갈등 서사에 기여한다. 그의 어머니는 정장 장갑을 끼고 다니고, 비싼 모자를 자랑하고, 줄리안의 조부가 "대지주"였고 줄리안의 고조부가 주지사였다는 것을 떠벌이며 다닌다. 그녀는 아직도 자신들이 "특별한 사람들"이라는 계급의식에 젖어 산다. 이 관념이 주변 사람들에 대한 그녀의 매우 남다른 인식을 지배한다. 한편 줄리안은 자신의 환경을 경멸하고, 자신의 어머니를 경멸한다. 우리는 이 긴장 상황의 결과로 무슨 일이 일어나리라는 것을 예감한다.

오코너는 장소에 인물을 투사하는 데 대가다. 그의 사례를 하나 더 언급하지 않을 수 없다. 이번 것은 <가식적 검둥이Artificial Nigger>의 한 단락이다.

~~~~~~

미스터 헤드가 눈을 떴을 때 방은 달빛으로 가득했다. 그는 일어나 앉아 은색으로 물든 마룻바닥을 굽어보았다. 다음에는 베갯잇을 보았다. 은실로 짠 양단을 보는 듯했다. 잠시 후 달의 반쪽이 1.5미터 떨어진 면도용 거울에 맺혀 있는 것이 보였다. 달은 마치 그의 입장 허가를 기다리듯 거기 잠시 멈춰 있었다. 달이 앞으로 굴러와 빛을 뿌리자 모든 것이 위엄을 갖췄다. 벽에 붙여놓은 수직의자는 명령을 받들 듯 등을 더욱 꼿꼿하게 펴는 모양새였고, 의자 등받이에 걸쳐놓은 미스터 헤드의 바지는 어느 지체 높은 인물이 하인에게 방금 던져 준 의복마냥 귀족적 분위기마저 풍겼다.

~~~~~~

주인공 미스터 헤드는 이름값을 한다. 위의 묘사가 말해 주듯 그는 자만심 가득한big-headed 인물이다. 그는 세상을 자기 위주로 생각한다. 그의 자아도취가 나무 바닥을 은으로 바꾼다. 그의 상상 속에서 베개 커버가 화려한 양단으로 변한다. 달은 그의 입장 허락을 기다린다. 의자는 귀족의 옷을 받든 하인 같다. 이 단락에는 이 모든 것이 그의 허상에 불과하다는 힌트도 있다. 그의 면도용 거울은 침대에서 불과 1.5미터 떨어져 있다. 비좁은 숙소를 암시하는 이런 디테일이 없다면 우리는 정말로 미스터 헤드를 왕족으로 착각할 수도 있다. 곧이어 우리는 그의 알람시계가 망가졌고, 엎어 놓은 양동이 위에 놓여 있다는 것도 알게 된다. 이렇게 세팅이 폭로하는 주인공의 과대망상적 자의식이 나중에 이야기에 파국을 부른다.

동명 소설을 원작으로 한 데이비드 핀처의 영화 <파이트 클럽>도 비슷한 기법을 쓴다. 극중 에드워드 노튼이 연기한 인물은 자기 아파트에 있는 것들을 카탈로그의 제품을 보듯이 본다. 가격, 제조번호, 제품 명세. 음양 무늬 커피테이블, 클립스케 가정용 사무가구, 호베트레케 실내 운동용 자전거, 무표백 친환경 용지로 만든 리즐람파 와이어 전등 등등. 그가 자신을 대변한다고 믿는 이케아 제품들. 모든 것은 공장에서 대량 생산한 것들이고, 다른 수십만, 수백만 명도 소유한 것들이다. 어느 것도 고유하지 않다. 어느 것에도 사연이 없다. 그의 아파트에는 영혼이 없다. 그가 냉장고를 열자 아니나 다를까 슈퍼마켓에서 파는 소스들 외에는 아무것도 없다. 그의 인생은 껍데기뿐이다. 실체가 없다. 그가 극적인 캐릭터 변화를 겪으면서 그의 세팅도 거기에 따른다. 그는 자신의 아파트를 폭파시키고, 지린내가 코를 찌르고 벽이 썩어 들어가는 짐승 소굴 같은 곳으로 이사한다. 그는 낡고 습한 빅토리아풍 저택에서 정말로 살아 있는 야생의 존재, 피 흘리고 굶주린 짐승이 된다. 세팅을 통해 독자는 안정적 무대를 얻고, 인물의 성격을 들여다보고, 인물의 감정선을 따라간다.

3.

작가가 이야기 도입부에서 독자의 방향 감각을 잡아주면 그걸로 땡이 아니다. 이야기 내내 그렇게 해야 한다. 우리가 새로운 세팅으로 점프할 때마다(캐릭터가 비행기에 탑승한다든지, 라커룸에 들어간다든지, 맨홀 구멍으로 떨어진다든지) 우리는 그 즉시 안정된 착지점을 요한다.

독자에게 뉴멕시코의 사막을, 광산 캠프를, 허물어진 매음굴을, 벽지가 벗겨지고 레이스 커튼이 흔들리는 침실을, 인물들이 뒤엉겨 있는 놋쇠 침대를 보여주라. 하지만 주야장천 망원경 시점으로 하지 말고, 광각과 접사 사이를 오가야 한다. 그래야 생동감과 삼차원 입체감이 생긴다. 그래야 장소와 공간 사이의 지속적 교섭으로 박진감이 생긴다.

그러나 단순한 무대전개staging만으로는 충분치 않다. "테이블이 있었다. 램프가 있었다. 소파가 있었다. 돼지가 뱀을 먹는 그림이 있었다." 같은 줄줄이 알사탕 같은 묘사도 우리에게 방향 감각을 줄 수 있지만, 그건 수동적 구성이다. 능동적 구성을 하자. 활기를 띠게 하자.

내 소설 <데드 랜드>의 상당 부분은 대재앙 이후의 세인트루이스 시를 배경으로 한다. 나중에 원정대가 생명을 찾아 방사능에 노출된 황야로 떠나지만, 원정이 시작되기 전까지는 독자들에게 '피난처'라는 지명에 어울리는 폐쇄적 성역의 느낌을 주어야 했고, 아울러 세상이 변했다는 인상을 주어야 했다. 나는 초안에서는 위키피디아처럼 그곳의 지리학적, 사회학적 설명을 늘어놓았다. 약간의 흥미는 있었지만, 생동감이나 추진력이 없었다. 그래서 나는 로봇 부엉이를 추가했다.

<데드 랜드>의 중심인물 중 한 명인 루이스는 학자이자 발명가이자 일종의 마법사다. 로봇 부엉이는 루이스가 고안한 여러 장치 중 하나고, 내가 어렸을 때 좋아한 1981년 영화 <타이탄 족의 멸망>에 대한 작은 오마주다. 로봇 부엉이는 녹화기이자 영사기인 눈으로 세상을 찍으며 루이스의 스파이로 활약한다.

~~~~~~~

새가 담장 위에 앉는다. 새는 죄수가 실려 나가고 군중이 흩어지는 광경을 지켜본다. 그러다 삐걱삐걱 날개 소리를 내며 멀리 날아간다. 부엉이 모양의 새다. 동시에 이 세상 어느 새와도 닮지 않았다. 금속으로 만들어졌고, 크기가 남자 주먹보다 조금 클까말까 하다.

밤의 침범과 싸우기 위해 피난처를 빙 둘러 횃불이 타오른다. 부엉이가 담장에서 날아오를 때 청동 깃털이 불빛을 받아 번쩍인다. 새는 텃밭들 위로, 마구간 위로, 굴뚝과 용광로와 가마에서 꼬물꼬물 피어오르는 연기 위로, 덜컹대고 비틀대며 출구들에서 쏟아져 나가는 수레들 위로,

개들과 몸뚱이들로 붐비는 구불구불한 거리 위로 난다. 바람에 재와 마른 풀이 날아올라 먼지 회오리들을 만들고, 새는 그것들을 부수며 날아간다.

피난처 중심부에 마천루와 고층건물들이 바늘처럼 돋아 있다. 올드타운이라고 부르는 곳이다. 이제 기계 부엉이는 빌딩들의 협곡으로 쏜살같이 내려간다. 일부 빌딩에는 아직도 창문이 붙어 있지만 대개는 그냥 뻥뻥 뚫려 있어서 거대하게 썩어 가는 벌집처럼 보인다. 그 벌집들 안에 사람들이 갈색 유충들처럼 웅크리고 있다.

부엉이의 날개가 윙 소리를 낸다. 새의 가슴 안에서 기어가 찰칵대고 똑딱이는 소리가 난다. 부엉이가 볕이 드는 곳을 보느냐 그늘진 곳을 응시하느냐에 따라 새의 유리 눈 안에서 조리개가 수축했다 팽창했다 한다.

~~~~~~~

이 내용은 한 페이지 반 동안 이어진다. 로봇 부엉이가 계속 도시를 누비며 질주하고, 우리는 공중을 선회하는 새의 시점으로 시민들을 정탐한다. 사람들은 새가 지나갈 때마다 화들짝 놀란다. 벌겋게 단 경첩을 말 오줌이 든 들통에 넣어 식히는 대장장이. 누군가의 입에서 썩은 이를 뽑아내는 치과의사, 발코니에 할 일 없이 앉아 있는 할머니. 로봇 부엉이는 낯선 세상을 보여줄 뿐 아니라 활성화한다.

이제 이 기괴하고 우스꽝스런 시퀀스를 <위대한 개츠비>와 비교하는 만행을 저질러 보려 한다. 내 작품이 F.

스콧 피츠제럴드의 작품과 같은 반열에 있다고 생각해서
가 아니라, 피츠제럴드가 아래 대목에서 같은 기술을 보다
고상하고 조용하게 이용했기 때문이다.

~~~~~~~~

우리는 천장이 높은 복도를 지나 밝은 장밋빛 공간으로 들어갔다.
양쪽에 있는 프랑스식 창문들이 저택 본채와 아슬아슬하게
연결해 놓은 공간이었다. 창들은 조금씩 열려 있었고, 바깥의
새파란 잔디를 배경으로 하얗게 빛났다. 생생한 잔디는 집
안으로도 들어올 기세였다. 산들바람이 방으로 불어와 커튼들이
하얀 깃발처럼 나부꼈다. 이쪽 커튼은 안으로 펄럭이고
반대편 커튼은 밖으로 펄럭였다. 커튼들이 당의를 입힌
웨딩케이크 같은 천장까지 휘감겨 올라갔다가 포도주색
러그 위에 물결처럼 나부끼며 바람이 바다색을 바꾸듯
러그에 그늘을 만들었다.

　　　　그 방에서 완전히 정지해 있는 유일한 사물은 거대한
소파뿐이었다. 두 명의 젊은 여성이 풍선에 올라앉듯 소파
위에 떠 있었다. 둘 다 흰색 드레스를 입었고, 그들의 드레스도
물결치고 펄럭였다. 흡사 집 주위를 짧게 비행하다 방금
바람에 다시 실려 들어온 모습이었다. 나는 바람이 커튼을
때리고 휘젓는 소리와 벽에 붙은 그림이 삐걱대는 소리를 들으며
한동안 그대로 넋 놓고 서 있었다. 그러다 탕 소리에 정신이
들었다. 톰 뷰캐넌이 뒤창을 닫는 소리였다. 그러자 갇힌 바람이
방 전체에서 일제히 죽었고, 커튼과 러그와 두 젊은 여성도

바람 빠진 풍선처럼 천천히 바닥으로 가라앉았다.

끝내준다! 나는 거실 묘사를 애정하는 사람이 아니다. 그러나 이 경우는 예외다. (닉이 방에 걸어 들어온 것만 빼면) 이 장면에서는 아무 일도 일어나지 않는다. 아무 일도 일어나지 않을 때는 이야기가 정체된다. 그런데 이 경우는, 피츠제럴드가 모든 것을 살아 움직이게 만듦으로써 소강상태를 방지한다. 일의 대부분은 바람이 한다. 바람은 피츠제럴드의 로봇 부엉이다. 바람이 불어 들어오고, 커튼을 휘감고, 러그를 물결치게 하고, 그림들을 신음하게 한다. "집 안으로도 들어올 기세인" 잔디부터 쾅 하고 닫히는 창문까지, 모든 것이 운동감으로 가득하다. 공간이 너무나 물리적으로 움직여서 하나의 캐릭터처럼 느껴질 정도다.

만나기 쉽지 않은 경우다. 대체로 공간은 정서적으로 움직인다. 최악의 경우를 말해 볼까. 캐릭터가 창밖을 본다. [……] 캐릭터는 정원에서 자라는 팬지를 생각한다. 캐릭터는 정지하고, 풍경이 움직인다. 모종의 깨달음이 얻어진다. 외부는 내면의 하인이다. 그러다 풍경이 계시가 된다. 너무나 가식적이다!

나도 안다. 그런데도 이게 먹힌다. 나도 한 적 있다. 여러분에게 이런 글을 쓰지 말라는 말이 아니다. 다만, 보다 몰입도 높은 이야기를 위해서 배우들이 자리할 무대를 활성화할 방법들을 더욱 다양하게 강구하자는 뜻이다. 한 남자가 주머니에 손을 찔러 넣은 채 자기 집 부엌을 둘러보며 어머니를 살해한 데 대해 어떠한 후회도 없다는 긴 독백을 주저리주저리 읊는 연극을 보고 싶은 사람은 없다. 발을 움직이고, 손을 풀어주자. 서랍을 열고, 칼을 뽑아들고, 양파라도 썰게 하자. 통한의 눈물은 아니지만 남자에게 주먹으로 눈물을 닦게 하자. 그러다 눈을 따갑게 하는 양파를 개수대에다 확 쏟아버리게 하자. 글을 쓸 때 뇌로만 쓰지 말고 내장으로도 쓰자.

4.

세팅은 분위기와 주제에 맞아야 한다. 노먼 매클린의 자전적 소설 <흐르는 강물처럼>에 멋진 예가 있다. "결국은 모든 것이 하나로 합쳐지고, 거기를 강이 가로질러 흐른다. 강은 대홍수로 생겨나와 태곳적부터 바위 위를 흐른다. [……] 강은 내게 혼령처럼 붙어 다닌다." 이 소설에서는 시작부터 끝까지 시종일관 물과 종교와 가족이 함께 뒤엉겨 흐른다. 그러나 캐릭터들이 애디론댁 의자에 느긋하게 기대앉아 대자연을 바라보고 있지 않다는 데 주목할 필요가 있다. 이들은 철벅대고 강을 누비며 플라잉 낚시를 하고, 급류와 싸우고 서로와 부대끼며 많은 시간을 보낸다.

매클린이 여기서 보여준 근육과 마음의 조합은 코맥 매카시의 <모두 다 예쁜 말들>의 대목에 깊은 영향을 미쳤다.

말들도 약아서 길에 깔린 그림자들을 밟고 걸었다. 고사리에서
김이 피어올랐다. 곧이어 그들은 길가에 무리지어 자란
촐라 선인장을 지나갔다. 폭풍우에 날려 온 작은 새들이 선인장에
꽂혀 있었다. 회색의 이름 없는 새들이, 벽에 붙어 자라는
나무처럼, 날아가던 모양 그대로 꽂혀 있거나, 깃털을 흘리며
죽죽 늘어져 있었다. 아직 숨이 붙어 있는 것들도 있었다.
그것들은 말들이 지나가자 가시에 박힌 채 버둥대고 머리를 들어
울부짖었지만, 기병들은 그냥 지나갔다. 태양이 하늘 높이
떠오르자 일대는 새로운 색을 입었다. 아카시아와 팔로베르데
덤불은 초록색 불덩이가 되었다. 길가를 뒤덮으며 퍼지는
풀도 초록색으로 이글대고, 오코티요 관목에는 불꽃처럼 빨간
꽃이 피었다. 비가 전기처럼 내려 땅에 온통 전기회로를
깔아 놓은 듯했다.

이 대목의 세팅은 여행자들이 횡단하고 견뎌야 할 극복 대
상이다. 날씨가 살인적으로 덥다. 고사리에서 김이 나고,
태양이 머리 위에 걸려 있고, 아카시아가 "초록색 불덩이"
라는 말에서 그걸 알 수 있다. 모든 것이 위협으로 다가온
다. 이들이 지나가기 전 폭풍우가 이곳을 휩쓸었고, 그때
강풍이 새들을 선인장에 내던져 산 채로 가시에 꿰어 죽였
다. 공기에도 전기가 흐르는 듯 뭔가 타닥대며 감전의 공포
를 준다. 하지만 세팅은 장애물의 역할만 아니라 복선의 역
할도 한다. 다음 모퉁이 너머에서 기병대를 기다리고 있는

것을 무시무시하게 예보한다. 약탈자 무리들이 이 중대에 속한 소년을 먹잇감으로 삼고 서서히 접근해 온다.

영화 <텍사스 전기톱 대학살>에서도 비슷한 일이 일어난다. 젊은 남녀 커플이 인적 끊긴 낯선 장소를 헤매다 낡고 음침한 농가를 만난다. 이들이 현관으로 올라갈 때 카메라는 뒤로 빠진다. 마치 접근을 꺼리듯이. 남자가 현관문을 두드린다. 응답을 기다리는 남자의 구두에 뭔가가 걸린다. 뿌리가 시커멓게 썩은 치아다. "너한테 줄 게 있어." 남자가 치아를 주워 여자의 손에 떨어뜨린다. 기겁한 여자는 버럭 화를 내며 그 자리를 떠난다. 남자도 거기를 후딱 떠났어야 한다. 하지만 당연히 남자는 그러지 않는다. 남자는 다시 문을 두드린다. 이번에는 때려 부수듯 쾅쾅 친다. 그의 주먹질에 문이 열린다. 앵글이 바뀐다. 관객은 이제 집 내부에서 남자를 내다본다. 컴컴한 내부가 햇빛 가득한 바깥과 극명하게 대조되고, 그것이 관객을 더더욱 불안하게 만든다. 여기는 한낮에도 한밤중처럼 느껴지는 곳이다. 남자는 문지방에서 머뭇거린다. 남자가 외쳐 부른다. "저기요!" 또 부른다. "집에 누구 없어요?" 관객의 관점이 남자의 관점으로 돌아왔을 때, 복도 끝에 불이 켜진 문이 보인다. 붉은색 벽에 두개골들과 뿔들이 잔뜩 걸려 있다. 죽음을 전시한 핏빛 박물관이다. 세팅은 우리에게 경고한다. 이 장소에서 나쁜 일들이 일어날 예정이다. 그때 돼지 울음소리 비슷한 소리가 들린다. 그 소리가 남자를 안으로 끌어들인다. 남자는 급히 들어가다 바닥의 뭔가에 걸려 넘어진다. 그리고 거기에 — 두개골들의 붉은 벽 앞에 — 레더페이스Leatherface가 나타난다. 레더페이스는 고기망치로 남자의 관자놀이를 후려치고, 남자를 끌고 시야에서 사라진다. 이어서 심장이 멎을 듯한 쾅! 소리와 함께 금속 문이 닫힌다. 이 장면은 영화 역사에서 가장 무서운 장면 중 하나로 꼽힌다. 이 압도적 무서움의 비결은 다분히 세팅의 운영 방식에 있다. 무대가 우리를 붙들어 매고, 무대전개가 우리를 끌어들인다.

나는 글을 쓸 때 장면을 후다닥 스케치했다가 나중에 다시 꺼내 빈 곳을 채우곤 한다. 밑그림이 순전히 대화일 때도 있다.

"안녕."

"너도 안녕."

"우리 얘기 좀 해."

"좋아."

"너한테 할 말이 있어."

"좋아."

"늦어지고 있어."

"뭐가?"

"그게."

"아."

"그래서 테스트 했어. 양성으로 나와."

"양성이라고? 내 말은, 확실하냐고?"

"응."

"우와."

일단 이렇게 해놓고, 여기에 추가할 제스처를 생각한다. 남자가 스테이크에 칼질을 한다. 칼날이 접시를 긁는 날카로운 소리가 난다. 여자가 스스로를 껴안는 것처럼 팔짱을 낀다. 여기에 무대전개가 빠질 수 없다. 나는 세트를 지어서 캐릭터들이 그것과 의미 있는 교류를 하게 한다.

예를 들어 보자. 해가 하늘에 낮게 떠 있어서 격자창으로 햇빛이 넘칠 듯 흘러든다. 두 남녀 위에 창살 그림자가 검게 드리우고, 이것이 갑작스런 감금과 구속의 느낌을 자아낸다. 또는 남녀 중 한 명을 창 앞에 배치한다. 여자가 창가에 서 있다고 치자. 남자는 해 때문에 여자를 보려면 눈을 가늘게 떠야 한다. 만약 여자가 일부러 창가로 이동한 거라면 이것은 여자의 성격을 반영한다. (여자는 본인의 상처받은 표정을 남자가 보는 걸 원치 않는다.) 만약 여자가 우연히 창가로 간 거라면 이것은 분위기를 반영한다. 남자를 정서적으로도, 시각적으로도 당혹스럽게 만든다. 이 제스처를 "그래서 테스트 했어. 양성으로 나와." 바로 다음에 넣으면 좋을 것 같다. 다음에는 이어지는 남자의 대답을 제스처 삽입으로 쪼개는 거다. "양성이라고?" 여기서 끊고, 남자가 손을 들어 눈을 가리게 한다. 그러면 "내 말은, 확실하냐고?"라고 말하기 전에 비트가 하나 더 추가된다. 만약 리놀륨 바닥이 들뜨고, 포마이카 탁자의 가장자리가 벗겨져 있다면? 이건 이 순간의 곤두선 감정을 대변하는 동시에 남자의 성격을 엿보게 한다. (남자는 집을 잘 건사하는 타입이 아니고, 따라서 아기를 잘 건사할 타입도 아니다.) 장면을 더 이어갈 수도 있고, 이쯤에서 접을 수도 있다. 새장 속 앵무새를 등장시키면 어떨까? 새는 창살을 덜컥덜컥 흔들고 깍깍대며 욕설을 내뱉는다. 이 설정은 이 순간에 험악하고 혼란스런 느낌을 가중한다. 또는, 만약 앵무새가 남자에게는 귀여움을 받고 여자에게는 미움을 받는, 언제나 두 사람 사이에 끼어드는 존재라면? 긴장감 고조를 위한 설정의 종류는 무궁무진하다. 삑삑거리는 찻주전자, 갑자기 울리는 전화. 카펫의 얼룩. 라디오에서 흘러나오는 소리. 한창 리모델링 중인 부엌. 배경이 부엌이 아니어도 좋다. 레스토랑이라면? 공원이라면? 로데오 경기장이나 독립기념일 퍼레이드라면? 병원 대기실? 생물학 시험 후에 모두 떠나버린 대학 강의실?

나는 미술관에서는 정물화를 제일 좋아한다. 하지만 책을 읽을 때는 나를 사로잡아 끌고 들어갈, 살아 움직이는 풍경을 원한다. 작가들이여, 랜턴 불빛이 귀신 춤을 추는 동굴에 독자를 넣고 공포에 떨게 하자. 허세 쩌는 과시욕에 찬 교외 주택가를 보여주면서 동시에 거기 갇힌 갑갑함까지 주자. 눈보라 치는 언덕을 만들고, 거기에 길 잃은 여행자들을 보내자. 저수지를 만들 때도 그냥 저수지 말고, 갈수록 깊어져서, 나중에는 닻도 내릴 수 없을 만큼 깊어져서 결국 잠수부를 투입해 시신을 수습해야 하는 저수지를 파자. 네온 불빛이 휘황한 유흥지구를 만들고, 엄마의 스테이션 왜건을 훔쳐 타고 나온 십대들을 그리로 보내자. 세팅은 여러분의 이야기에서 가장 맥빠진 성분이 될 수도 있지만, 가장 활기차고 기능적인 성분이 될 수도 있다.

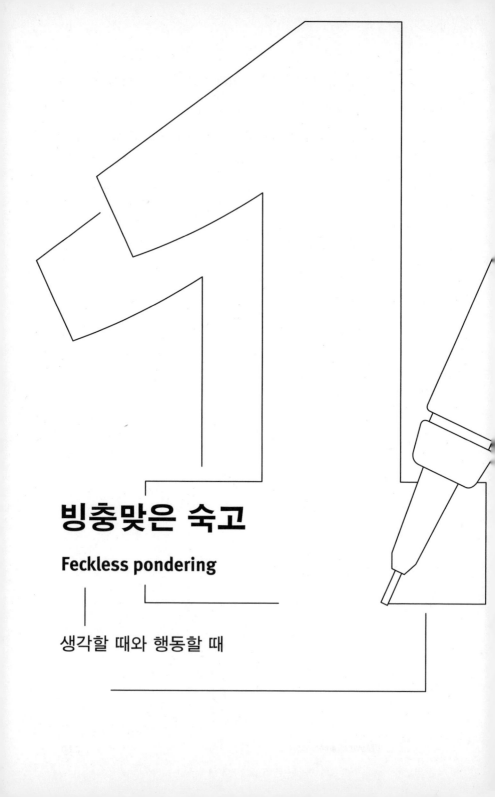

빙충맞은 숙고

Feckless pondering

생각할 때와 행동할 때

워크숍에서 한 학생이 편의점 강도 사건을 소재로 한 이야기를 제출했다. 범인이 머리에 총을 겨누자 점원은 현금등록기에서 돈을 꺼내며 삶과 죽음을 생각한다. 이대로 총에 맞아 죽으면 하와이 백사장을 맨발로 걷는 꿈은 물 건너간다. 학위를 끝내는 것도, 그래서 수의사가 되는 꿈도 물거품이 된다. 마라톤 참가도, 심해 낚시도 못 해 보고 세상 하직이다. 이 순간 그는 할머니의 품이 그립다. 할머니가 만든 초콜릿 칩 쿠키가 먹고 싶다. 그는 살고 싶다.

이때 워크숍 강사는 전설의 남부 작가 배리 한나였다. 한나는 글을 쓴 학생에게 이 총기 강도 대목을 큰소리로 읽어 보라고 했다. 그러다 그는 갑자기 자기 가방에서 권총을 꺼내들었다. 그는 총을 학생의 얼굴에 들이댔다. 그리고 물었다. "지금 무슨 생각이 드나?"

이 워크숍 일화는 실화가 아니다. 문학계에 전해 오는 배리 한나 시리즈 중 한 편이다. 이 일화만도 여러 가지 버전으로 존재한다. 하지만 실화였으면 좋겠다. 잠시 실화로 가정하자. 많은 작가들이 고질적으로 보이는, 액션 시퀀스에 쓸데없이 정서적 호들갑을 끼얹어 산통을 깨는 성향을 제대로 고발하는 일화니까.

절체절명의 순간에 학생은 무슨 생각이 들었을까? 생각은 쥐뿔. 학생은 아무 생각도 나지 않는다. 세상이 가루가 돼 총구의 까만 구멍으로 빨려 들어간다. 허벅지를 뜨듯하게 적시는 오줌이 느껴지고, 자기 입에서 새어나오는 홀쩍임이 들린다면 모를까, 머릿속은 아무 생각 없이 새하얘진다. 나중에, 권총이 다시 권총집에 들어가고 위험이 지나간 후에, 그때야 비로소 그는 안도감에 울 수 있다. 그때야 비로소 꽃향기도 맡을 수 있고, 할머니의 초콜릿 칩 쿠키를 먹으며 살아 있음에 감사할 수 있다. 총부리가 머리에 닿아 있는 지금 이순간은 아니다. 지금은 액션이 모든 걸 말하게 하자.

또 다른 워크숍 이야기가 있다. 이번 이야기는 실화다. 실화라서 재미는 좀 덜하다. 내가 대학원에 다닐 때였다. 동료 학생이 제출한 단편에 "빙충맞은 숙고feckless pondering"라는 표현이 있었다. 대학원생들이란 두 얼굴의 괴물들이다. 가끔은 친절하고 협조적이지만, 대개는 시샘과 앙심의 화신들이다. 이때는 잔인한 후자의 경우였다. 우리는 돼지갈비 한 조각을 놓고 싸우는 열다섯 마리의 굶주린 개떼가 되어 최소 15분 동안 "빙충맞은 숙고"라는 표현의 해괴망측함을 헐뜯었다. 문학사를 통틀어 가장 황당한 단어 조합이라는 게 개떼의 중론이었다. 이후 "빙충맞은 숙고"는 우리 집단이 애용하는 태그라인이 되었다. 우리는 이 말을 맘에 들지 않는 이야기들의 여백에 갈겨썼다. 그리고 워크숍에서 누군가의 캐릭터가 액션을 하다 말고 로댕에 빙의해서 '생각하는 사람'이 될 때마다 이 욕을 꺼내 썼다.

캐릭터가 생각하는 것, 그 자체는 아무 문제가 없다. 액션이 없는 대목도 있을 수 있다. 다만 이런 휴지기가 전략적으로 사용되었을 때에 한해서다. 순수문학 작가들은 작품에 사유를 너무 많이 넣는 경향이 있다. 픽션에 인물의 내면을 과잉 주입하면 독자의 몰입을 방해한다. 반대로 장르 작가들은 액션을 선호하고 내면을 등한시하는 경향이 있다. 전자는 지나치게 무거워서 속이 거북하고, 후자는 소화는 빠른데 제대로 먹은 느낌이 없다. 이 스펙트럼의 한 끝에 제프리 유제니디스의 <결혼 플롯>이 있다면, 다른 끝에는 댄 브라운의 <인페르노>가 있다.

내 친구가 해안경비대 훈련 얘기를 해 준 적이 있다. 지옥주간Hell Week의 잠수 훈련 때였다. 친구가 수영장 바닥에 앉아 있고, 교관이 친구의 입에서 호흡기를 떼어내 다른 장비에 묶었다. 훈련병은 상황에 동요하지 않고 침착하게 숨을 참으며 호흡기의 매듭을 푼 다음 수영장의 이쪽 끝에서 저쪽 끝까지 기어가야 했다. 친구는 이 테스트에 성공하지 못했다. 친구가 허겁지겁 수면으로 올라가 컥컥대고 물을 토하며 경련이 난 팔다리와 염소살균제 때문에 따가운 눈을 호소하자, 교관이 그의 옆구리를 걷어차며 이렇게 말했다. "조용히 앓아, 이 자식아."

가끔은 나도 책에다 주먹을 먹이면서 같은 말을 하고 싶을 때가 있다. 걸핏하면 제 생각을 쏟아내는 캐릭터를 만났을 때. 일단 그런 캐릭터는 자폐적 자기응시에 빠진 투덜이 같은 인상을 준다. 하지만 나의 궁극적 불만은 순전히 기계역학적인 이유에 있다. 그런 캐릭터는 스토리의 기어에 끈적한 접착제를 발라 끝없이 이야기의 발목을 잡고 늘어지며 전진을 막는다. 그건 자리마다 찬물을 끼얹는 인간과 동급이다.

서사를 지형학적으로 따져 보자. 봉우리들(자동차가 충돌하고, 커플이 싸우고, 폭풍이 전력을 끊을 때)이 골짜기들과 균형을 이루어야 한다. 그래야 이야기가 아이오와가 아니라 콜로라도를 닮게 된다.

일반적으로 가장 뾰족한 봉우리 중 하나는 시작 부분에 등장한다. 작가는 독자의 목을 움켜잡고 토끼 굴로 끌어내리고 싶다. 얼른 독자를 사로잡아 혼을 빼놓고 싶다. 리처드 랭의 <에인절 베이비Angel Baby> 같은 스릴러물의 경우, 마약왕의 아내가 티후아나ⓐ 근거지에서 탈출을 시도한다. 스티븐 킹의 <그것> 같은 호러 소설에서는, 광대 페니와이즈가 하수도에서 얼굴을 슬쩍 내밀고 소년에게 풍선을 건네는 척하다가 소년이 손을 뻗는 순간 소년의 팔을 낚아챈다. 조지 R. R. 마틴의 <왕좌의 게임> 같은 판타지 소설에서는 미지의 존재가 장벽 북쪽의 숲에 출몰하며 토벌대를 사냥한다.

이런 도입부들은 독자의 아드레날린을 치솟게 하고 페이지터닝 욕구를 자극해서 독자에게 계속 읽을 추진력을 준다. 또한 전형적으로 이때 적대적 힘, 즉 서사의 중심 시련이 제시된다. 이 과정에서 독자는 습격, 사고, 납치 등이 초래할 일을 눈치챈다. 뇌의 지성이 내장의 육감을 따라간다.

ⓐ 티후아나
멕시코의 4대 마약 카르텔 중 하나로 꼽히는 밀매 조직이 활동하는 국경도시.

로렌 그로프의 단편 <섬세한 식용 새들Delicate Edible Birds>은 기이하고 강렬하고 흥미진진한 세트피스로 시작한다. 한 무리의 종군기자들이 지프차에 올라타고 루치라는 사진기자를 기다린다. 때는 1940년, 파리가 나치독일에 점령당한 직후다. 루치는 파리로 행군해 들어오는 독일군의 모습을 찍으러 갔다. 마침내 그가 나타난다. 그는 미친 듯 자전거 페달을 밟으며 "가가가가!"라고 외친다. 그의 뒤로 독일군이 떼 지어 쫓아온다. 날개에 스와스티카를 그린 전투기들이 머리 위에서 포효하고, 오토바이를 탄 군인들이 권총을 빼들고 달려온다.

　　이들은 가까스로 탈출에 성공한다. 그제야 비로소 루치는 일행에게 자신이 찍은 사진에 대해 말한다. 장차 그를 유명하게 할 바로 그 사진, 다리를 직각으로 뻗는 특유의 보법으로 개선문을 지나는 나치 군대를 찍은 사진. 이 시점에서 그는 자기 바지에 난 총알구멍을 발견하고 즉시 배수로에 대고 토한다. 기자 무리는 이제 프랑스 시골로 내려와 잡목림 안에 몸을 숨긴다. 이 평화로운 순간을 틈타 독자는 이들이 프랑스에서 무엇을 하고 있는지, 선동적 여성 기자 베른이 어떻게 이들 무리에 끼게 되었는지 알게 된다. 베른은 결국 이들을 구하기도 하고 망치기도 하는 인물이다. 이들이 계획을 세우고 다시 움직이기 전에 등장하는 이 휴지기는 이야기에 감정적 힘을 실어 주고 숨 돌릴 기회를 제공한다.

영화 대본의 경우 대개 25페이지쯤에서 첫 번째 구성점plot point이 등장한다. 구성점을 다른 말로 '도어웨이 모멘트doorway moment'라고 하는데, 이야기의 도발적 사건에 대응해서 주인공이 행동을 결정하는 시점을 말한다. 다시 말해 변화의 흐름, 극의 방향이 정해지는 시작점이다. <스타워즈>에서 루크 스카이워커는 제국이 보낸 스톰트루퍼 부대의 공격으로 수분 농장이 불타고 그의 큰아버지와 큰어머니가 죽자, 오비완과 함께 사막행성 타투인을 탈출해 반란연합에 합류하기로 결심한다. <다이하드>의 주인공 존 매클레인 형사는 화재경보를 울리는 방법으로 경찰에게는 빌딩에서 수상한 일이 벌어지고 있다는 것을 알리고, 테러범들에게는 빌딩 안에 인질 말고 다른 사람이 있다는 것을 알린다. 톨킨의 <반지 원정대>에서는 프로도가 리벤델에서 열린 회의에서 절대반지를 모르도르의 운명의 산으로 가져가는 막중한 임무를 맡기로 한다. <매트릭스>에서는 네오가 붉은 알약을 먹고 안락한 가상현실 속의 삶을 포기하고 진짜 현실을 마주하기로 한다. 이렇게 극의 흐름을 결정짓는 순간들을 '도어웨이 모멘트'라고 부른다. 일단 결정이 내려지면 캐릭터의 등 뒤에서 문이 닫히기 때문이다. 이제 돌아갈 길은 없다.

베른과 동료 기자들에게 돌아갈 길은 없다. 파리를 탈출한 후 그들은 프랑스 전역의 모든 도시에서 통신이 두절됐다는 것을 알게 된다. 프랑스 정부도 국외로 도피중이다. 잠을 잘 곳도 없다. 먹을 것도 마실 물도 없다. 그들은 도망치기보다 버티기로 결심한다. 그들은 한 농장을 발견하고 음식과 피신처를 요청한다. 농장 주인이 베른에게 눈독 들이는 나치 동조자라는 것을 알았을 때는 이미 늦은 후였다.

이런 전환점들은 그냥 생기지 않는다. 도발적 사건과 도어웨이 모멘트 사이에는, 태풍 전의 고요처럼, 대개 캐릭터들이 휴지기를 갖는 장면이 온다. 두 봉우리 사이에 필연적으로 생기는 골짜기다. 그로프의 <섬세한 식용 새들>의 경우에도 이 휴지기에 나치 침공이라는 물리적 위험과, 로맨틱하게 얽힌 관계들과, 종군기자들의 성공에 대한 야망이 제시된다. 이 장면 덕분에, 나중에 농장주가 베른이 자신과 동침하지 않으면 모두를 나치에 넘겨 버리겠다고 협박할 때 독자는 그 상황이 이들에게 얼마나 진퇴양난의 위기인지 이해하게 된다. 범죄 코미디 영화 <오션스 일레븐>에도 동급의 장면이 있다. 바로 캐릭터들이 라스베이거스 벨라지오 카지노를 털 방법을 모의하는 장면이다. 대규모 한탕을 위해 모인 전문털이범들이 거실에 둘러앉아 있고, 두목이자 설계자인 조지 클루니가 카지노 금고에 보관된 금액과 거기 닿기 위해 타개해야 할 난관들을 읊는다. 보안 카메라들, 레이저 동작감시 경보장치, 돌격소총으로 무장한 경비들, 전화번호부 두께의 강철 도어―. 난관은 많다. 하지만 어쨌거나 도둑놈들은 모두 한탕에 동참한다.

이런 장면들은 나중에 올 결정적 상황에 밑밥을 까

는, 즉 위험요소들을 배치하는 일을 한다. 이 장면이 없다면 독자는 캐릭터들이 내리는 결정, 다시 말해 그들이 걸어 들어가는 문에 대해 마음을 졸일 일도 없다. 이 장면은 필수적이고 교육적이다. 아수라장과 아수라장 사이에 나름의 자리를 차지하고 있을 자격이 충분하다. 현실에서도 우리는 나무 우거진 산책로나 물가에 놓은 의자에서 힘든 하루를 정리한다. 소동에 맞선 휴식이다.

이야기가 진행하면서 액션도 고조되기 마련이다. 상어의 습격이 심해지고, 자동차 추격이 많아지고, 총격전과 유령 출몰과 조마조마한 경기가 잦아진다. 작가는 자신의 이야기에 액션의 분량이 얼마나 되는지, 몇 페이지를 차지하고 있는지 살펴보고, 거기 상응하는 양의 휴지기를 배치해 액션에 테를 둘러 줘야 한다. 물리적 비트들을 펼쳐놓았다면 감정적 비트들도 펼쳐놓아야 한다. 장면으로 들어갈 때는, 그 상황의 위험요소들은 무엇인가? 장면이 넘어갈 때는, 방금 일어난 액션이 초래할 결과는 무엇인가? 이렇게 하면 격투전과 총격전 시퀀스들에 스펙터클 이상의 울림을 주고, 나아가 서사의 어조와 정서를 다양화할 수 있다.

조지 오웰의 <코끼리를 쏘다>에서 물리적 비트와 정서적 비트의 품격 있는 균형을 발견할 수 있다. 오웰은 제국주의 영국이 버마를 지배할 당시 버마에서 몇 년간 경찰로 근무한 적이 있다. <코끼리를 쏘다>는 그때의 경험을 쓴 단편 에세이다. 오웰은 버마 현지인들이 유럽인에게 드러내는 적대적 행동들― 시장에서 유럽 여자들의 옷에 구장나무 즙을 뱉는 사람들, 축구장에서 일부러 그의 발을 걸어 넘어뜨리는 남자, 길모퉁이에 서서 유럽인들에게 야유를 보내는 것밖에는 하는 일이 없어 보이는 불교 승려들―을 묘사하는 것으로 이야기를 시작한다. 이 대목 다음에는 "이 모든 것이 나를 당혹스럽고 역정 나게 했다."로 시작하는 긴 정서적 대목이 나온다. 이런 시소 효과가 내내 이어진다. 화자는 우리를 탈출해 시내에서 난동을 부리는 코끼리의 뒤를 따라가다가 마침내 논에서 유유히 풀을 뜯고 있는 코끼리를 발견한다. 이 과정을 담은 장황한 서사 시퀀스 다음에 오웰은 다시 내면으로 후퇴해서 자신이 코끼리를 죽이지 말아야 할 온갖 이유를 숙고한다. 코끼리는 "거대하고 값비싼 기계다." 코끼리의 "발정은 이미 끝나 있었다." 무엇보다 가장 단순한 이유는 이거였다. "나는 녀석을 쏘고 싶은 마음이 전혀 없었다." 그런데 이런 감정이 주위에 몰려든 버마인 구경꾼들 때문에 복잡하게 꼬인다. 버마인들은 그가 코끼리를 죽이기를 숨죽이고 기다린다. 그는 "거부할 수 없게 자신을 몰아세우는 2천 명의 의지에" 부담을 느낀다. 그는 끝내 군중의 기대에 부응해 코끼리를 죽이기로 결심하고, 이 도어웨이는 죽어 가는 코끼리를 극히 노골적으로 묘사한 대목으로 이어진다. 코끼리의 축 처지는 몸, 힘없이 떨어지는 머리, 총알을 발사할 때마다 들리는 "길게 헐떡이는" 숨소리.

이렇게 물리적 시퀀스와 정서적 시퀀스를 왔다 갔다 하자. 윌리엄 키트릿지William Kittredge도 누누이 말했다. "일단 이야기를 한다. 거기에 대해 생각한다. 이야기를 이어 간다. 다시 거기에 대해 생각한다."

모두 알다시피 정서적 절정과 물리적 절정은 이야기의 끝에 온다. 최후의 일전. 이보다 더 결정적인 전환점은 없다. 결과적으로 얻거나 잃는 것 — 트로피, 결혼, 일자리, 금더미, 명성, 영혼, 목숨 — 이 무엇이든, 그것은 작가가 독자에게 결과물이 캐릭터에게 어째서 그토록 중요한지 절절히 납득시켰을 때에만 의미를 갖는다.

순수문학 소설에서는 이런 결말을 흔히 에피파니[a] 라고 부른다. 프랭크 오코너Frank O'Connore의 단편 <국빈>처럼 에피파니라는 문학적 장치를 잘 보여주는 사례도 없다. 아일랜드 독립전쟁(1919~1921) 중에 영국인 두 명이 아일랜드 공화국군IRA에게 인질로 잡힌다. 이들은 어느 노파의 농가에 숨어 대기한다. 함께 카드놀이를 하고 수다를 떠는 사이, 인질들과 이들을 잡은 군인들 사이에 유대감과 동지애가 싹튼다. 이것이 IRA가 인질들을 어쩔 수 없이 총살해야 하는 결말을 더더욱 가슴 찢어지는 일로 만든다. 군인들이 돌아오자 노파는 데려갔던 영국인들을 어떻게 한 거냐고 묻는다. 아무 대답이 없지만 노파는 직감으로 상황을 알아차린다.

[a] 에피파니 epiphany, 계시의 현현 같은 깨달음의 순간.

그러자, 맙소사, 노파는 그대로 문간에서 털썩 무릎을 꿇고

기도를 올리기 시작했다. 노파의 모습을 한동안 바라보던 노블도

벽난로 옆에서 똑같이 했다. 나는 사람들이 그러거나 말거나

노파를 밀치듯 지나 밖으로 나갔다. 나는 문간에 서서, 별을

올려다보며 늪지 너머로 사라져가는 새들의 비명소리를 들었다.

가끔은 이럴 때가, 말로 형언할 수 없을 만큼 생소한 기분이

들 때가 있다. 노블이 말한다. 모든 것이 열 배 크기로 보였다고,

두 영국인이 뻣뻣하게 굳어 가고 있는 작은 늪지대 외에는

온 세상에 아무것도 없는 것 같았다고. 하지만 내게는 영국인들이

묻힌 늪지대가 백만 마일 떨어져 있는 것 같았다. 내 뒤에서

웅얼대고 있는 노블과 노파조차도, 새들과 빌어먹을 별들조차도

아득히 멀어지고, 나는 나대로 티끌처럼 작아져서, 눈 속에

길 잃은 아이처럼 몹시 외롭고 쓸쓸한 느낌이었다. 훗날 내게

많은 일들이 일어났지만 이런 느낌이 든 적은 한번도 없었다.

~~~~~~~

이 대목은 내가 문학에서 본 중 가장 인상적인 대단원de-
nouement 중 하나다. 방아쇠가 당겨지고, 총알이 발사되고,
시신들이 쓰러지고, 소설 속 화자 인생의 회전축도 중심을
잃고 만다. 그는 농가로부터, 별들로부터 "백만 마일 멀리
떨어져"버린 듯 초라하고, 길 잃고, 비참한 기분을 맛본다.
그는 군인으로서 주어진 임무를 다했지만 그 과정에서 친
구의 도리를 저버렸고, 그의 영혼은 검게 부패했다. 다시는
전과 같아질 수 없다. 이것이 이 이야기를 위대하게 만든다.

마지막 문장 "훗날 내게 많은 일들이 일어났지만 이런 느낌이 든 적은 한번도 없었다."는 세상에 존재하는 모든 이야기의 끝줄이 될 수 있다. 죽음의 별[ⓐ]이 마침내 폭발했다. 절대반지가 운명의 산의 불타는 골짜기 속에 녹아 버렸다. 이반 드라고[ⓑ]가 납작하게 KO당했다. 상어가 죽었다. 한때 친구이자 적이었던 영국인들이 총살당했다. 그래서 뭐? 이런 문장들은 대단원이 되지 못한다. 대단원은 답이어야 한다. 첫줄부터 내내 치달아온 물리적 투쟁으로 말미암은 정서적 결과여야 한다.

소설이든 에세이든 수기든, 여러분이 쓰는 이야기를 그래프로 만들어 보자. 한 걸음 물러서서 이야기를 전체적으로 고찰한다. 물리적 비트와 정서적 비트를 뒤얽어 놓기보다 둘의 균형을 잡을 방법을 강구한다. 일단 이야기를 한다. 거기에 대해 생각한다. 이야기를 이어간다. 다시 거기에 대해 생각한다. 그러면 빙충맞은 숙고는 똘똘한 궁리가 된다.

ⓐ 죽음의 별
Death Star,
영화 〈스타워즈〉에
등장하는, 행성도
파괴할 수 있는
은하제국의 군사시설
겸 우주정거장.

ⓑ 이반 드라고
Ivan Drago,
영화 〈록키 4〉에서
록키의 라이벌.

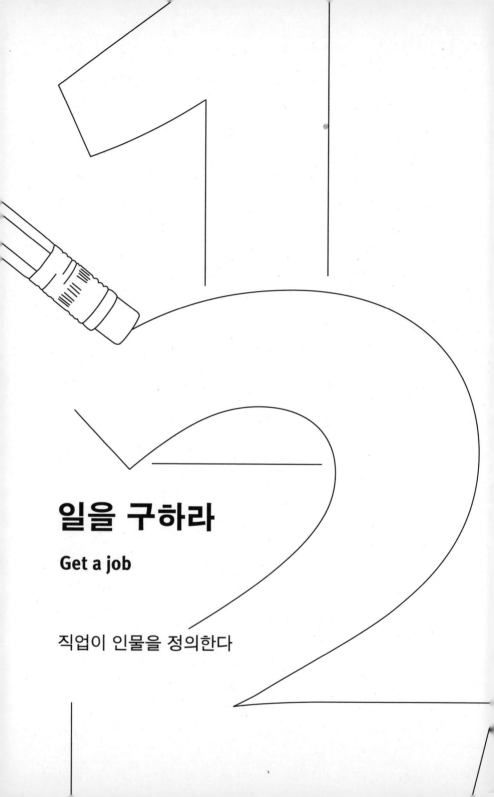

일을 구하라

Get a job

직업이 인물을 정의한다

나는 농부의 딸과 결혼했다. 처가는 위스콘신 주 북서부 모퉁이, 나무 우거진 엘크마운드 마을 밖에서 4대째 농사 짓는 집이었다. 처가의 영토는 눈보라 치는 하얀 겨울이면 반생반사의 세상이 되는 곳이다. 그곳에서 처가식구들은 매일 아침 4시 30분에 기상해 홀스타인 일흔다섯 마리의 젖을 짜고, 천 에이커의 땅에 옥수수와 콩을 심고 기르고 수확한다.

몇 개월에 한 번씩 아내와 나는 미네소타 주에서 두 시간을 달려 처가를 방문한다. 마지막 갔을 때는 봄이었다. 우리가 여행 가방들을 안에 들여놓고 부엌 식탁에 의자를 당겨 앉았을 때, 헛간에 있던 장인어른이 집으로 들어와 나와 악수하며 물었다. "거기는 옥수수가 났나?"

장인어른은 미네소타 농부들 대비 본인의 위치를 알고자 했다. 장인어른은 미네소타에는 비가 누그러졌는지, 트랙터들이 들판을 돌고 있는지, 밭고랑에 새순이 나고 있는지 물었다. 나는 확신을 가지고 답할 수 있었다. "네, 옥수수가 났습니다. 발목 높이로 자랐죠." 왜냐, 내 눈으로 봤으니까. 장인어른이 물어보리란 걸 알고 있었으니까. 마찬가지로 장인어른은 7월에는 "거기는 이제 이삭이 팼나?"라고 묻고, 9월이나 10월에는 "가을걷이 중인가?"라고 묻는다.

장인어른은 위험하게 운전한다. 털털대는 차에 나를 태우고 엘크마운드를 돌 때 장인어른의 시선은 도로를 벗어나 이 들판에서 저 들판으로 정신없이 날아다닌다. 전

방주시를 하지 않으니 차가 제대로 달릴 리 없다. 중앙선을 걸치고 달리거나 도랑을 둘러가기 일쑤다. 장인어른은 한 손만 핸들에 걸친 채, 이 땅은 누구 거고 저 땅은 누구 것이며, 누가 새 콤바인을 장만할 예정이고 누가 개발업자에게 땅을 넘길 작정인지 차례차례 호명한다. 그러다 신형 퇴비 살포기가 눈에 띄면 아예 갓길을 따라 브레이크를 밟고 가며 침을 흘린다.

　장인어른을 처음 뵀을 때는 솔직히 나도 당황스러웠다. 우리 집안에 농사짓는 사람이 있는지 물었을 때도 그랬고, 모든 대화가 결국엔 돌고 돌아서 농사일과 농기계와 작황으로 귀결되는 것도 신기했다. 장인어른이 세상을 보는 방식에 익숙해지기까지 몇 년이 걸렸다. 이제는 그분의 세계관이 낯설지 않다. 아주 예측 가능하다. 이제는 농기구 상점을 지날 때마다, 가을 한파가 지나간 적갈색 콩밭을 바라볼 때마다 장인어른 생각이 난다.

　많은 초보 작가들이 깨닫지 못하는 것, 내가 처가 식구들을 처음 만났을 때 미처 깨닫지 못한 것이 바로 이거다. 아는 만큼 쓰게 된다는 거. 내 세계관이 내 작품을 빚는다. 우리는 벌집처럼 칸막이한 사무실에 구부리고 앉아서, 또는 공장 생산라인에서 자동차 부품을 조립하면서, 또는 그릴 앞에서 까맣게 탄 스테이크를 긁어내면서, 또는 중역 회의실 탁자와 거실 소파 사이 교통지옥을 헤매면서 성년의 대부분을 보낸다. 그런데도 학생 과제물 대부분에서 직업 세계는 그저 수박 겉핥기로 언급되거나 아예 존재하지도 않는다.

좋든 싫든 일이 우리를 정의한다. 일이 우리의 삶을 지배한다. 따라서 우리에게는 리얼리즘의 고취를 위하여, 그리고 탄탄한 시점과 서사 목소리와 세팅과 은유와 스토리를 위하여, 우리의 산문과 운문 속에 캐릭터들의 직장 생활을 가급적 그럴싸하고 풍부하게 구현할 의무가 있다.

알다시피 시점은 독자가 스토리를 관망하는 필터가 된다. 어떤 것도 캐릭터의 관점에 영향을 미칠 수 있다. 캐릭터가 부모에게 맞고 자랐는지 금지옥엽으로 자랐는지, 출신지가 리비아인지 캐나다인지 우즈베키스탄인지, 90킬로그램을 번쩍 드는 통뼈인지 1갤런들이 우유통도 간신히 드는 약골인지, 사랑을 겪었는지 불행을 겪었는지, 배신자인지 살인자인지, 사는 시대가 전시인지 태평성대인지, 장밋빛 뺨의 열일곱 청춘인지 백발과 흐린 눈의 여든 노인인지에 따라 관점이 달라진다. 하지만 무엇보다 중요한 영향 인자는 역시 캐릭터의 직업이다.

우리의 캐릭터가 속옷 모델이라고 치자. 그를 삼손이라고 부르자. 그를 복잡화, 다원화하는 일일랑 잠시 잊고, 지금은 잠시 고정관념의 늪에서 행복하게 뒹굴기로 하자. 삼손이 방으로 걸어 들어온다. 그의 구두 굽 소리가 마룻바닥에 낭랑하게 울리고 그가 문을 통과하자 모두의 눈이 그에게 쏠린다. 삼손의 눈에 들어오는 건 무엇일까? 아마도 반사하는 표면을 가진 모든 것? 거울, 창문, 나이프. 그는 자신의 깃털 같은 머리칼과 불룩한 가슴근육을 확인할 수 있는 모든 것을 의식한다. 그는 빛도 주도면밀하게 이용한다. 얼굴에 그림자를 만드는 샹들리에 바로 아래는 피하고, 은은한 빛을 발하는 테이블 램프 옆에 선다. 또한 그는 장내의 유명 디자이너 상표들을 확인한다. 이 남자는 오메가 시계를 찼고, 저 남자는 롤렉스를 찼군. 또한 그는 장내의 경쟁 상황을 살핀다. 누가 나보다 훤칠한가, 누가 나보다 태닝이 잘 먹었나.

쇼타임 TV의 히트작 <덱스터>의 도입부도 비슷하게 부풀려져 있다. 오프닝 크레디트가 흐르는 가운데 주인공 덱스터(마이클 C. 홀이 연기한 연쇄살인마)가 아침 일과를 수행한다. 면도칼이 그의 목을 긁고, 달걀이 두개골처럼 바스라지고, 케첩이 피처럼 접시에 튀고, 넥타이가 그의 목을 올가미처럼 두른다. 폭력의 가능성이 산재한다. 영화 <스트레인저 댄 픽션>의 주인공 윌 페렐도 이에 못지않은 캐리커처 연기를 한다. 페렐이 연기하는 국세청 회계감사 해럴드 크릭은 삶이 무한 계산인 인물이다. 매사 숫자로 세상을 읽고 정량화한다. 자신의 아파트부터 버스정류장까지 걸리는 걸음 수를 세고, 넥타이를 매고 식기세척기를 채우는 가장 정교하고 효율적인 방법을 분석한다.

조슈아 페리스의 화이트컬러 소설 <호모 오피스쿠스의 최후>에도 해럴드 크릭의 여러 버전이 등장한다. 소설은 닷컴의 거품이 빠지던 시기 정리해고의 위기에 처한 시카고의 한 광고회사를 배경으로 직원들의 일상을 그린다. 모두가 매일 미세하게 다를 뿐인 정장과 셔츠와 면바지를 입는다. 각자 좁다란 칸막이방과 어항 같은 유리방에 들어앉아 같은 액션을 끝없이 반복한다. 스프레드시트를 작성하고, 수익을 산출하고, 끝없이 이어지는 파워포인트 발표를 듣는다. 나날이 다람쥐 쳇바퀴처럼 이어진다. 이들의 이야기는 일인칭복수 시점으로 진행된다.

───

우리는 짜증만 많고 보수만 높았다. 우리의 아침에는 장래가 없었다. 우리 중 담배를 피우는 이들에게는 그나마 10시 15분을 기다릴 이유라도 있었다. 우리들 대부분은 남들 대부분을 좋아했고, 우리 중 몇몇은 특정 개인들을 증오했고, 한둘은 모두와 모든 것을 사랑했다. 모두를 사랑하는 이들은 모두에게 만장일치로 매도당했다. 우리는 아침의 공짜 베이글을 사랑했다. 날이면 날마다 오는 공짜 베이글이 아니었다. 우리의 복리후생은 그 포괄성과 서비스 품질에서 깜짝 놀랄 수준이었다. 가끔 우리는 우리에게 그럴 가치가 있는지 자문했다. 우리는 인도로 이민가거나 간호학교로 돌아가는 게 더 낫겠다는 생각을 했다. 아니면 장애인을 돕는 일이나 육체노동. 물론 이런 충동을 행동으로 옮기는 사람은 아무도 없었다. 매일매일 찾아오는, 어떤 때는 하루에도 시간마다 닥치는 진통에도 불구하고. 대신 우리는 회의실에 모여 그날의 이슈들을 논했다.

───

이 일인칭복수 시점은, 극중 인물들이 처한 상황이 아니었으면 자칫 생뚱맞은 인상을 줄 수도 있었다. 화자가 '우리'인 것은, 일이 개인 정체성을 파괴하고 직원들이 자본주의 집단, 순응주의 벌집의 일부가 된 상황을 대변한다. 이야기의 보이스까지 회의실의 공허한 미사여구에 오염되어 있다. "포괄성과 서비스 품질에서 깜짝 놀랄 수준"인 복리후생, "인쇄 오류, 숫자 치환", "지금 전화해서 오늘 주문하세요." 이것이 너무 많은 회의와 매뉴얼과 휴게실 뒷담화가 우리에게 미치는 영향이다.

때로는 특정 캐릭터가 익명의 '우리'를 이탈하기도 하고, 때로는 문장들이 권태롭게 격식 있는 억양에서 벗어나 '젠장'이나 '빌어먹을'을 남발하기도 한다. 때로는 캐릭터들이 뭔가 다른 것을, 냉혹한 형광등 불빛보다 밝은 무언가를 동경한다. 하지만 그때뿐이다. 글의 보이스는 핀 스트라이프 셔츠만큼이나 샌님 스타일이다.

이것을 케빈 매킬보이Kevin McIlvoy의 <피아노를 가진 사람들The People Who Own Pianos>의 속박받지 않는 보이스 그리고 거칠게 날선 블루칼라 관점과 비교해보자.

〜〜〜〜〜

도대체가 빌어먹을 집들을 찾는 것부터가 문제다. 약도들도 거지발싸개 같아서 가는 길 오는 길이 다르다. 오케이, 남들이 뭐라 부르든 우리는 이런 화물이라면 한 가닥 한다. 그랜드, 베이비그랜드, 스탠드업, 하자, 중고, 양호한 중고 — 5층이든

1층이든, 지하든 다락이든, 좁은 계단이든 넓은 계단이든 —
조립세트든 통궤짝이든, A.D. 운반회사에게는 다 같다.

우리는 물건을, 잔뜩 꾸미고 불 밝히고 기다리는
멍청한 방 너머 조명 속으로 나른다. 우리는 배치하고, 뜯어내고,
후벼 파고, 나오는 길에 뭐든 원하는 것을 슬쩍한다. 비켜요,
우리가 말한다, 비켜요. 언제나 우리에게 주인의 권리보다도
막강한 권리를 부여하는 말, 안 그래?

~~~~~~~~~

이야기 속 피아노 운반자가 만나는 세팅은 빡빡한 복도와
좁다란 계단들의 연속이다. 그는 경제지표를 몸으로 겪는
다. 피아노를 소유한 사람들은 야외용 온탕 욕조와 스테
인리스스틸 오븐과 양주 장식장과 최고급 스카치위스키
와 금색 버튼을 박은 적갈색 윙백 체어도 소유한 사람들이
다. 페리스처럼 매킬보이도 일인칭복수 시점을 쓴다. 하지
만 이 경우의 '우리'는 '그들'로부터 '우리'를 구분하기 위한
'우리'다. 피아노를 운반하는 사람들은 피아노를 소유한 사
람들과는 다른 사람들이다. 페리스처럼 매킬보이도 내부자
전문 용어를 많이 쓴다. 그랜드와 소형 그랜드, "조립세트
와 통궤짝", "소리의 미라화", "다리 절단" 등. 이는 작가의
신뢰성과 이야기의 신빙성을 높인다.

하지만 페리스와 달리, 매킬보이는 보이스에서 어
떤 격식도 배제한다. 문장들은 귀가길 술집에서 만날 수 있
는 육체노동자의 거친 수다에 어울리는 구두법과 패턴을

취한다. 보이스의 질감에서 계단을 쿵쿵 오르내리는 구둣발 소리와 벽의 회반죽을 긁는 무거운 짐짝 소리가 들린다. 음악 소리도 난다. 명백히 컨트리 음악이다.

나는 때로 나를 경기 심판으로 생각한다. 나는 검은색과 흰색 줄무늬 유니폼을 입고, 목에 호루라기를 걸고, 학생들이 낸 원고의 사이드라인을 따라 아래위로 뛰어다닌다. 그러다 가끔씩 현란한 수신호를 하고, 요란하게 호루라기를 불며 외친다. "시점 위반!" 작가가 이미 일인칭 시점 또는 삼인칭 관찰자 시점을 설정하고 쓰다가 해당 시점의 제약을 어겼을 때 그렇게 한다. 작가는 이야기의 처음 몇 문장에서 독자와 계약을 맺는다. 그러다 그 계약을 어길 때가 있다. 가령 해변에서 일광욕하는 사람의 시선에서 갑자기 벗어나 하늘에 줄을 그으며 지나가는 비행기 조종사의 시선이 될 때. 그렇게 하면 위반이다.

시점만 아니라 어조도 지켜야 한다. 캐릭터의 마음이 공허하고 그의 삶은 헛헛한데, 문장들이 바로크 양식이면 옳지 않다. 여자의 집에서는 싸구려 위스키 냄새와 장작 땐 냄새가 진동을 하는데 그녀의 서사 보이스에서 하얀 레이스와 금빛 장식의 소리가 나면 곤란하다. 트럭 운전사의 웃음소리가 우렁찬 바순 소리 같아서는 안 된다. 트럭 운전사는 뜨거운 타이어가 시속 85마일로 달리다 펑크 날 때처럼 웃어야 한다. 유치원 교사의 눈은 크레용의 파랑색이어야지 금속성 청회색이면 어색하다. 이야기의 제목이 '스노드그라스 선생, 마침내 흑화하다'가 아니라면. 화자의 시점은 묘사와 메타포에 울타리 역할을 한다. 그리고 캐릭터의 직업은 그의 관점을 규정한다.

　　　브라이언 터너Brian Turner의 시 <로우스 홈 임프루브먼트 센터ⓐ에서At Lowe's Home Improvement Center>를 살펴보자. 시인이자 화자는 해외에 파병되었다가 전쟁 후유증을 안고 귀향한 사람이다.

16번 통로에서, 해머와 닻 매대 앞에서,
나는 우연히 열려 있던 이중머리 못 50파운드들이 상자를
급습한다 M-4와 M-16의 파이어링 핀처럼
반들대고 반짝이는 못 자루와 다이아몬드 포인트.

터너는 두 세계 사이를 맴돈다. 평화도 전쟁도 아닌 상태, 해병대 병사도 아니고 민간인도 아닌 상태, 미국에 있는 것도 아니고 이라크에 있는 것도 아닌 상태에 있다. 그에게 환풍기는 블랙호크의 회전날개를 생각나게 하고, 금전등록기 서랍은 기관총 소리를 내고, 지게차에서 팔레트 떨어지는 소리는 박격포 소리 같고, 통로의 페인트 풀은 피를 떠올리게 한다. 그는 자신과 자신의 직업을 분리하지 못한다. 직업은 항상 거기 있다. 언제 어디서나 그를 따라다니며 감옥처럼 그를 가둔다.

　　　가두기만 하는 건 아니다. 직업은 스토리에 시동을

걸고, 움직이게 한다.

월터 컨의 <업 인 디 에어Up in the Air>에서 주인공 라이언 빙햄은 공허한 자발적 외톨이형 라이프스타일에 염증을 느끼고 보다 내실 있고 진정성 있는 무언가를 갈망한다. 그것을 갈망하게 만든 운명적 여인과 만나게 된 것은 비행기로 돌아다니는 게 일인 그의 직업 덕분이었다. 필립 레빈Philip Levine의 시 <가져도 돼You Can Have It>에서 얼음과자를 운반하고 적재하는 일을 하는 두 형제의 손을 노랗게 만들고, 등을 굽게 하고, 호흡을 가쁘게 하고, 이들의 명을 재촉한 것도 직업이었다. 수잔 올린Susan Orlean을 플로리다의 습지로 보내 광적인 난초 수집가의 족적을 밟고 희귀 난초 불법 채취와 반출의 세계를 취재해서 <난초 도둑The Orchid Thief>을 쓰게 한 것도 기자라는 그녀의 직업이었다. 마거릿 애트우드의 문제적 소설 <시녀 이야기>에서 출산용 시녀 오프레드를 처벌하고, 결과적으로 그녀를 남성 독재에 맞선 저항운동 조직에 가담하게 한 것도 디스토피아적 미래의 여성에게 선택권 없이 강제된 직업이었다.

직업은 스토리나 에세이나 시의 모든 요소에 틀을 제공하고 그것들을 작동하게 한다. 그리고 캐릭터의 직업을 생생히 보여주는 것, 그 직업의 언어와 업무와 일정과 관점을 생생히 보여주기 위해 필요한 리서치를 하는 것이 작가의 의무다. 구글 서치만으로는 부족하다. 도서관 방문만으로도 부족하다. 현장을 탐사해야 한다.

한 가지 방법은 자신의 과거를 밑천으로 삼는 거다. 예로부터 전해오는 격언이 있다. "네가 아는 걸 써라." 마이크 맥너슨Mike Magnuson이 여기에 따랐다. <그 일의 적임자 The Right Man for the Job>는 그가 오하이오 주 콜럼버스에서 리포맨[@]으로 일한 경험을 살려서 쓴 소설이다. 팸 휴스턴Pam Houston의 수기 <마음으로 가는 여행안내서A Rough Guide to the Heart>는 저자가 하천 사냥 가이드로 일했던 경험을 바탕으로 한다. 꼭 극단적인 직업이여야 할 필요는 없다. 꼭 로맨틱하거나 위험하거나 엽기적인 직업이라야 소설의 소재가 되고 이야깃거리가 되는 건 아니다. 데어리퀸에서 아이스크림을 쨌거나, 꼬마 악마 두 명의 보모 노릇을 했거나, 아메리칸 이글 매장에서 스키니 진을 접던 경험으로도 소설을 쓸 수 있다.

@ 리포맨 repo man, 대금 미납 상품 압수 대행업자.

이렇게 아는 걸 쓰면 되는데, 문제는 아는 게 쥐뿔도 없을 때다. 그 경우 법칙을 반대로 뒤집어서, 쓸 걸 알아내면 된다. 톰 울프는 달 위를 걸어 본 적이 없지만, 그것이 그가 <더 라이트 스터프The Right Stuff>를 쓰는 것을 막지는 못했다. 울프는 이 책을 위해 수년 간 리서치에 매진했다. 그는 우주비행사들을 인터뷰하고, 직접 플로리다의 우주센터에 가서 유인우주선 개발 계획에 대해 낱낱이 조사했다. 나도 박제사로 일한 적은 없다. 하지만 <킬링The Killing>이라는 제목의 박제사에 관한 단편을 썼다. 나는 박제 작업실을 방문해서 폴리우레탄 폼을 만져 보고, 유리눈알을 손

바닥 안에 딸각딸각 굴려 보고, 포름알데히드의 냄새를 맡았다. 며칠간 거기 직원들과 일하며 그들의 대화를 엿듣고, 위키피디아에서는 결코 얻지 못했을 생생한 내부자 용어와 현장의 표현들을 받아 적었다.

나는 전에는 리서치를 두려워했다. 그때의 내게 리서치란 중학교 때 역사 선생님이 내준 파나마 운하 조사 숙제의 악몽을 떠오르게 했다. 도서관에 몇 시간씩 죽치고 앉아 있어야 했던 기억. 책장에서 무거운 책들을 뽑아 오고, 낡아서 검버섯이 핀 책장을 뒤적이고, 손이 아프게 카드에 옮겨 적고, MLA 포맷에 맞춰 리포트를 작성하느라 진땀 빼던 기억.

지금도 가끔은 도서관 서가에 파묻혀 지낸다. 내가 쓰는 이야기 하나하나가 리서치 프로젝트다. 전쟁에 대한 이야기를 쓴다면, 그것을 다룬 회고록과 소설을 읽고, 다큐멘터리를 보고, 블로그를 읽고, 신문과 잡지 기사들을 파헤치고, 사진과 삽화와 광고를 프린트한다. 내 상상력을 자극할 만한 것은 뭐든 찾는다. 제임스 미치너는 알래스카나 텍사스나 하와이에 대한 소설을 집필하기 전에 해당 지역에 대한 책을 백 권 이상 읽었다고 한다. 그 정도로 강박적이지는 않지만 나도 나름 리서치에 깊이 몰두한다. 그리고 리서치를 통해서 내 단편과 소설에 궁극의 진정성과 신빙성을 부여할 역사와 문화와 지리와 신화와 언어를 발굴한다.

다만 리서치 과정이 도서관에 가던 시절보다 몰라

보게 복잡해지고 파란만장해졌다. 데이비드 리David Lee의 시 <멧돼지 싣기Loading a Boar>를 보자.

~~~~~~~~~~

우리는 멧돼지를 싣고 있었다. 그 빌어먹게 크고 지랄 맞은 개새끼가 네 번이나

　　퍽업트럭에서 뛰쳐나와

　　내 운반용 우리를 뜯어 발기고 코로 내 배를

　　들이파는 바람에 내가

　　자빠졌고 놈이 존의 무릎을 물어서 존은 무릎이 그대로

아작나는 줄만 알았고

　　나도 그런 줄 알았고

　　멧돼지는 저기 멀리 우리 모퉁이에 서서 우리를

　　꼬나보고 있었고

　　존과 내가 거기에 그렇게 지쳐서 앉아 있었더니

　　얀이 웃으면서

　　우리한테 맥주를 가져다줬고 내가 말했다, "존 이거

　　소용없는 짓이에요, 이래 가지고는 아무것도 안 돼요

　　거기다 난 힘들어 죽을 판이에요

　　거기다 오랫동안 시 한 줄 못 썼어요

　　나 그냥 다 걷어치울까 봐요," 그러자 존이 말했다, "젠장,

젊은 놈이

　　너는 아직

　　시작도 안 했어 이유가 뭔 줄 알아 너는 그걸 너의

바깥으로만

하려고 하고

　　　안을 들여다보지 않으니까

　　　만약 네가 정말로 시를 쓰겠다면 네가 아는 걸 가지고

　　　시를 써 나머지를 가지고 끼적대지 말고

　　　그러니까 돼지들과 저 멧돼지에 대해 써 봐

　　　그리고 얀과 너와 나와 기타 등등에 대해 써 봐 그러면

　　　네가 집어치우게 되는 일은 없을 테니," 그리고

　　　우리는 맥주를 마셨고 담배를 피웠다, 우리 셋이서,

그리고 결국은 그 지랄 맞은

　　　후레자식을 트럭에 실었고

　　　집으로 와서 놈을 내리는데 놈이 나를 또 물었고 나는

　　　집으로 들어갔고

　　　종이와 연필을 꺼내다가 글을 쓰기 시작했고

　　　존이 옳았다는 걸 깨달았다.

이것을 메서드 글쓰기라고 부르기로 하자. 메서드 연기는 누구나 들어 봤을 거다. 연기자가 자신을 극중 인물과 심리적, 물리적으로 일치시키는 사실주의 연기 스타일을 말한다. 크리스천 베일은 <머시니스트The Machinist>의 불면증으로 말라가는 기계공 역할을 위해 체중을 28킬로그램이나 줄였다. 더스틴 호프먼이 <마라톤 맨>을 찍을 때 로렌스 올리비에 경에게 고문당하는 장면을 앞두고 실감나게

보이기 위해 이틀 동안 잠을 자지 않았다는 유명한 일화도 있다. 앨프리드 히치콕 감독은 <새>를 찍을 때 살아 있는 갈매기를 배우 티피 헤드렌의 얼굴에 집어던졌다. 헤밍웨이가 아프리카를 누비며 사냥하고, 미시건 주 북부에서 낚시에 탐닉한 것도 같은 맥락에서 이해할 수 있다. <전쟁War>의 저자 세바스찬 융거Sebastian Junger는 아프가니스탄 전쟁 때 파병 미군 부대를 따라다니던 '임베디드imbedded' 기자였다. 수잔 올린은 난초 사냥꾼들과 함께 질척대는 습지를 누볐다. 내 친구들은 글감을 찾아서 시체안치소와 감옥을 방문하고 경찰차에 동승한다. 어쩌면 버지니아 울프도 등대에 직접 가 볼 생각을 했을지 모른다. 하지만 울프가 정말로 거기 갔을 것 같지는 않다. 그랬으면 <등대로>의 엔딩이 달라졌을 것 같다.

나도 글감을 위해 동굴 탐험을 간 적이 있다. 글감을 찾아 나무에 오르고, 오프로드 드라이빙에 나섰다. 돌격 소총을 직접 쏴 봤다. 감각적 경험 정보 수집을 위해 사격장에 갔다. 포화의 고약하고 들큼한 냄새, 말발굽에 채이는 것 같던 발사 반동. 비행기에서 다이빙도 했고, 산에도 올랐고, 임신 체험복도 입었다. 21일 동안 물만 마시고 과일과 채소만 먹은 적도 있다. 모두 문학의 이름으로 한 일들이었다.

<레드 문>은 내가 쓴 책 중 가장 괴물 같은 책이었다. 내가 소재에 대해 아는 게 얼마나 없는지 깨닫는 데는

오래 걸리지 않았다. 내 캐릭터들의 면면을 보면, 한 명은 오리건 주지사를 지낸 대통령 후보다. 다른 한 명은 정부 요원으로 일한다. 다른 한 명은 컴퓨터 천재고, 또 다른 한 명은 동물 매개 병원균 전문 의학연구원이다.

나는 농무부 직원들을 면담하고 아이오와 주립대학교 교수들을 찾아갔다. 내가 이들에게 산 커피만도 여러 갤런이었고, 정신없이 메모한 공책이 한 무더기였다. 이들 덕분에 나는 도통 알아듣기 어려웠던 과학 분야를 대충이나마 이해하게 됐다. 내가 책에도 썼다시피, 7세기 스칸디나비아에서는 사람들이 동지冬至 의식의 하나로 늑대를 죽여서 먹었다. 늑대의 힘과 꾀를 흡수해서, 앞으로 다가올 길고 춥고 어두운 계절을 버티기 위해서였다. 이때 모종의 질병이, 만성 소모성 질환과 광우병과 비슷한 병이, 늑대에서 인간에게로 전이됐다. 오랜 세월이 흘러 현재, 세계 인구의 10퍼센트가 이 병에 감염되어 있다. 이들은 인간의 무의식에 잡혀 있어야 할 원시본능이 고삐가 풀린 듯한 이상 증세를 보인다. 약물을 쓰지 않고서는 잡을 수 없는 난폭성이 이 병의 특징이다. 이들은 역사를 통틀어 토벌의 대상이 되었고, 특히 십자군 전쟁과 서부 개척과 제2차 세계대전 동안 거의 몰살되다시피 했다. 이들에게 허락되지 않는 직업들이 있다. 이들은 감정을 죽이는 약을 복용해야 하고, 다달이 피검사를 받아야 한다. 이들은 일종의 공공 등록물이다. 당연히 반란이 일어나고, 여기서 소설이 시작된다.

@ 프리온
prion,
양의 스크래피 병,
소의 광우병, 사람의
크로이츠펠트-야코프
병 등의 유발인자로,
바이러스는 아닌
단백질 기반 병원균.

나는 취재 활동을 통해 프리온@이 어떻게 몸과 마음에 서식하고 병들게 하는지 알게 됐고, 연구자가 정부 보조금을 신청하는 방법과 실험실을 운용하는 방법을 알게 됐고, 백신이 어떻게 개발되고, 그 과정에 어떻게 정치가 개입하는지 알게 됐다. 내가 내 글감을 보다 이해하는 데는 전문가들의 도움이 필요했고, 나는 이들과 전화로, 또는 마주 앉아서 수많은 시간을 보냈다.

나는 최근에 이사했다. 상자 하나를 뒤지다가 내가 6학년 때 쓴 낡은 리서치 리포트를 발견했다. 제목은 '늑대인간!'이었다. 여러 내용이 있었다. 역사적 사실을 연대순으로 조잡하게 정리한 것 몇 개, 민간 설화 하나, 마지막으로 의식이 하나 소개되어 있었다. 사람이 대인간으로 변하는 의식이었다. 잊었던 기억이 되살아났다. 아주 오래 전 보름달이 뜨던 날 밤, 나는 우리 집 뒷마당에 오각형 별모양을 그려놓고, 도서관의 외진 구석에서 발견한 책에서 본 주문을 외웠다. 하지만 몸의 털이 빳빳하게 서지도 않았고, 잇몸에서 송곳니가 기다랗게 자라나지도 않았다. 나는 실망감에 어깨를 축 늘어뜨리고 집으로 들어갔다. 털과 송곳니는 자라지 않았지만 사실은 내가 감염되었다는 것을, 그때는 알지 못했다.

소설 쓰기는 일종의 공감 행동이다. 내 시점과는 이질적인 시점을 점유해서 이해하는 과정이다. 그리고 작품은 종종 우리가 다른 세상을 들여다보는 열쇠구멍이 된다.

내가 아내를 만나기 전에는, 장인어른의 알람이 4시 30분에 울린다는 걸 듣기 전에는, 장인어른이 트랙터를 왁스로 광내고, 갓 태어난 송아지의 태두피막을 벗겨 주고, 기름 묻은 작업복을 어깨로 으쓱으쓱 벗고, 한밤중까지 콤바인으로 옥수수를 베고, 짚단을 헛간 다락으로 던져 넣고, 진흙투성이 ATV[@]에 올라 목초지를 누비는 것을 보기 전에는, 내게 헛간은 그저 차창 밖으로 지나가는 흐릿한 붉은 반점에 지나지 않았다. 하지만 장인어른이 일하는 것을 보고, 또 일을 거들게 된 다음부터는— 우리 둘이는 헛간 바닥에서 가축 배설물을 긁어내고, 밭에서 돌을 골라낸다— 일이 우리의 캐릭터를 규정하는 이치를 보다 실감나게 이해하게 됐다.

일을 배우자.

[@] ATV,
오프로드용 사륜차.

오렌지의 저주

Considering the orange

의미심장한 반복

ⓐ 크루프
croup,
1~3세의 유아에서
자주 나타나는 급성
폐쇄성 후두염.

ⓑ 네뷸라이저 치료
약물을 직접 기도에
투여하는 항염증
치료법.

한밤에 아들이 호흡 곤란 증세를 보였다. 아이의 기도가 수축하면서 숨소리는 거친 휘파람 소리가 됐고, 아이의 기침은 컹컹 짖는 소리로 변했다. 의사는 크루프ⓐ라고 했다. 후두와 기관지의 염증. 내가 아이를 붙잡고 의사가 아이의 얼굴에 마스크를 씌웠다. 아이가 한 시간 가량 네뷸라이저 치료ⓑ를 받는 동안 나는 아이의 버둥대는 몸을 잡고 있어야 했다. 산소 탱크가 쉭쉭 울었다. 증기가 우리 주위에 만드는 자욱한 구름 속에서 내 아들은 제 목소리가 아닌 쇳소리로 비명을 질렀다. 구급차가 아이를 병원에서 중환자실로 옮겼다. 아이의 입술이 파랗게 질렸고, 아이가 숨을 들이마실 때마다 목 아래가 어둡게 꺼졌다. 의료진은 아이에게 스테로이드를 잔뜩 투여하고, 아이의 팔에 정맥주사를 꽂고, 아이의 코에 산소 튜브를 연결했다. 이가 튜브를 뜯어냈다. 의료진이 튜브를 교체하고 이번에는 아이의 뺨에 테이프를 붙여 고정했다. 아이가 튜브를 다시 뜯어냈다. 이번에는 피부도 같이 벗겨져 나갔다. 기저귀를 차고 색색깔 풍선이 그려진 유아용 환자복을 입고 누워서 고통 속에 소리소리 지르며 우는 아이의 뺨에 눈물과 피가 범벅이 되어 흘렀다. 아이가 비명을 지를수록 염증은 심해졌다.

아이는 나흘 동안 환자실에 입원해 있었다. 그 나흘 동안 우리는 <닥터 수스Dr. Seuss>를 읽었고, 동물농장 퍼즐 놀이를 했다. 하지만 아이는 무엇보다 영화를 보여주면 좋아했다. <토이 스토리>가 그중 하나였다. 우리는 <토이 스

토리>를 보고, 보고, 또 봤다. 퇴원 허락을 받고 짐을 쌀 때까지 아마 열 번도 더 봤을 거다. 세월이 흐른 지금도 나는 채널을 돌리다가 또는 토이저러스 매장을 걷다가 우연히 <토이 스토리>와 마주치면, 어디선가 카우보이 인형 우디나 우주비행사 인형 버즈 라이트이어가 눈에 들어오면, 몸이 움츠러들고 머리가 아득해진다. 금방이라도 숨을 멈출 듯한 아이 옆에서 벌벌 떨던 그날의 패닉이 내 속에 되살아난다. 남들에게는 웃음을 주는 영화가 내게는 공포를 준다. 이 영화는 반복을 통해서 감정적 힘을 쌓았다. 내가 가쁜 숨을 쌕쌕대는 아이를 안고 있을 때, 의사가 정맥주사 수액병을 교체할 때 항상 재생되고 있던 영화.

　　　토머스 S. 엘리엇[a]은 1920년에 발표한 논문 <성스러운 숲: 시와 비평에 관한 에세이The Sacred Wood>에서 객관적 상관물objective correlative이라는 개념을 소개했다. 객관적 상관물은 작품에서 주관적 감정을 객관화하는 용도로 쓰인 사물이나 세팅이나 사건을 말한다. 내적 상태의 외적 등가물이라고도 한다. 이미지즘[b]과 비슷한 개념으로, 추상 대신 구상을, 일반화 대신 세분화를 요한다. 요컨대 객관적 상관물은 특정 분위기나 정서를 구체화하고 강화한다. 바꿔 말하면 일종의 심벌이다. 누구나 심벌에 대해서는 잘 안다. 십자가는 신앙, 희생, 부활을 대변한다. 따라서 목에 걸린 십자가상, 양팔을 좌우로 뻗은 모습, 심지어 교차로를 통과하는 자동차도 특정 정서를 불러일으킨다. 미국 국기는 자

[a] 토머스 S. 엘리엇
Thomas S. Eliot,
1888~1965.

[b] 이미지즘
imagism,
심상주의

유, 애국심, 민주주의를 상징한다. 따라서 바람에 펄럭이거나, 길바닥에서 불타고 있거나, 벽에 거꾸로 붙은 성조기를 바라보는 마음에는 결과적으로 특정 감정이 일게 된다.

물론 이것들은 클리셰cliché다. 상투적이고 진부한 상징들이다. 이미 누구나 아는 의미가 붙어 있다. 이런 것을 스토리나 에세이나 시에 던져 넣는 것은, 문학세계의 월마트에 카트를 밀고 들어가서, 앞서 왔던 수많은 시인과 소설가들이 그랬던 것처럼 선반에서 필요한 것을 툭툭 쓸어 담는 나태한 행동에 지나지 않는다.

내 아들이 크루프를 앓은 이후 <토이 스토리>가 내게 지속적으로 미치는 영향을 생각해 보자. 나는 지금도 <토이 스토리>를 보면 기겁한다. 얼굴이 절로 구겨진다. 막상 병원에 들어갈 때도 그러지는 않는다. 병원 특유의 형광등 불빛과 라텍스와 암모니아 냄새도 내게 그런 충격을 주지는 않는다. 어째서 그럴까? 병원은 슬픔과 감상感傷의 온상이 되기에는 너무 뻔하고 너무 친숙하기 때문이다. 따라서 병원을 보면 내 방어체계가 가동한다. 반면 <토이 스토리>는, 심지어 랜디 뉴먼의 사운드트랙조차도, 나를 감정의 심연으로 떨어뜨린다.

†

오렌지를 논할 때가 왔다. 프랜시스 포드 코폴라 감독의

<대부>에서는 오렌지가 등장할 때마다 나쁜 일이 일어난다. 소니는 플로리다 오렌지 광고판을 지나가다 총격을 당하고, 마이클은 오렌지를 손에 든 채 죽는다. 돈 비토 콜레오네는 노천시장에서 오렌지를 산 후 무장괴한의 습격을 받는다. 사경을 헤매다 퇴원해서 집으로 돌아온 그는 나중에 손자와 함께 피크닉을 가서 오렌지를 잘라 입에 한 조각 넣는다. 그는 히히 웃고 눈을 홉뜨며 유인원 흉내를 낸다. 아이가 도망가자 비토가 뒤쫓아 간다. 그러다 신음하며 헐떡인다. 그는 결국 심장마비로 쓰러져 죽는다. 오렌지가 불길한 상황에서 반복적으로 출현한다. 결과적으로 우리는 오렌지를 볼 때마다 움찔하게 된다. 그 누가 알았으랴, 오렌지 하나가 죽음의 전조가 될 줄.

　　이것이 힘이다. 코폴라는 사물에 사전적 의미를 초월하는 의미를 부여했다. 오렌지의 물리적 가치와 맛과 냄새와 무게와 질감 너머의 다른 의미를 만들었다. 코폴라는 이 일을 연관 반복을 통해서 달성했다.

　　초능력도 아니고 초자연적 현상도 아니다. 파블로프의 실험을 생각하면 쉽다. 밥을 줄 때마다 종을 울리면 개는 얼마 안 가 종소리의 의미를 알게 되고, 종소리만 들어도 입가에 침을 흘린다. 서로 다른 두 가지를 의미 있는 순서로 묶으면 엘리엇이 말한 객관적 상관물 이상의 것도 달성할 수 있다. 픽션과 논픽션을 불문하고, 특히 서사가 단순한 A to Z 플롯에 의지하지 않을 때는, 연관 반복이 서사의 응집력을 높이는 비결이다. 그리고 주제의 전개와 캐릭터 전개의 도구가 된다.

1. 사물

찰스 백스터가 에세이집 <집을 태우다Burning Down the House>에서 이 기법에 새로운 이름을 붙였다. 액션 압운rhyming action. 백스터는 액션 압운을 논하며 나보코프의 <롤리타>를 예로 들었다. 소설 초반에 롤리타는 항상 껌을 질경질경 씹는다. 롤리타가 문장 사이사이에 딱딱 터뜨리던 풍선껌은, 소설 끝부분에 중년 사내 클레어 퀼티의 입에서 부글거리는 피 거품과 '압운'을 이룬다. 롤리타의 천진난만함을 대변하던 시각적 이미지도 그녀를 꼬드겨 타락시킨 퀼티로 인해 망가진다. 퀼티는 주인공 험버트의 분신이고, 험버트는 퀼티를 찾아내 죽인다. 백스터는 이렇게 썼다. "껌 씹는 소리는 여전히 메아리치지만, 이제는 성장해 버렸고, 사춘기를 지나 버렸고, 피로 더럽혀졌다."

디즈니 애니메이션 영화 <덤보>의 마술 깃털, 코맥 맥카시의 <노인들을 위한 나라는 없다>의 동전, 브래디 우달의 <에드가 민트의 기적적 인생The Miracle Life of Edgar Mint>의 소변기 탈취제도 같은 기능을 한다. 팀 오브라이언의 <그들이 가지고 다닌 것들>도 또 하나의 좋은 예다. 전쟁 이야기는 보통 어떻게 시작하나? 대개는 포탄 파편이 날아다니고 피가 튀는 장면으로 시작한다. 오브라이언은 그렇게 하지 않았다. 주인공 크로스 중위는 참호 바닥에 있다. 그는 참호 안에서 날아드는 총알을 피하는 대신, 마사라는 여자에게서 온 편지들을 읽고 있다. "러브레터는 아니었다. 하지만 크로스 중위는 희망을 품었다. 그래서 편지들을 비닐에 싸서 배낭 바닥에 고이 넣고 다녔다. 하루치 행군을 끝낸 늦은 오후면 그는 참호를 파고, 물통의 물로 손을 씻고, 편지들을 풀어서 손가락 끝으로 조심스레 들고, 밤이 내리기 전 마지막 시간을 [행복한] 척하며 보냈다." 편지 외에 사진들도 있다. 마사가 우편으로 보내 준 저지 해안의 조약돌도 있다. 이를 통해서 우리는 크로스 중위가 몸은 전선의 참호 속에 있지만 마음은 딴 데 있다는 것을, 그가 공상에 잠겨 있다는 것을 안다.

대개의 이야기는 변화를 다룬다. 서사적 포물선은 캐릭터의 정서적 포물선과 공동전선을 편다. <오즈의 마법사>의 도로시는 '무지개 너머 어딘가'를 꿈꾸던 몽상가에서 빨간 구두의 굽을 탁탁 치며 '세상에 집만 한 데는 없다'는 주문을 외우는 현실주의자로 변한다. 크로스 중위의 경우도 다르지 않다. 우리는 그걸 의미심장한 반복을 통해서 알게 된다. 편지와 사진이 이야기 내내 몇 번씩 반복해서 등장한다. 그리고 테드 라벤더의 죽음이 몇 번씩 반복해서 언급된다. 언급될 때마다 우리는 그의 죽음에 대해 조금씩 더 알게 되고, 이 반복의 목적을 이해하기 시작한다. 크로스 중위는 점차 라벤더가 자신 때문에 죽었다고 믿게 된다.

어쩌면 사실일 수도 있다. 그가 소대원들을 너무 해이하게 대했고, 그들 앞에서 군인답지 못했고, 좋은 리더가 되지 못했다. "더 이상의 환상은 없어. 그는 스스로에게 말했다." 크로스는 참호 바닥에 쭈그리고 앉아 편지와 사진을 태운다. 하지만 그 순간 "라벤더는 이미 죽었고, 그 책임까지 태워 없앨 수는 없다."는 것을 깨닫는다.

2. 세팅

대개의 사람들은 <토이 스토리>를 애끓는 걱정과 연관 짓지 않는다. 대개의 사람들은 오렌지를 임박한 파멸의 상징으로 생각하지 않는다. 대개의 사람들은 식탁을 가족이 사랑으로 연대하는 장소라고 생각한다. 하지만 데이비드 마멧David Mamet은 그의 에세이 <갈퀴: 내 어린 시절의 장면들 The Rake: A Few Scenes from My Childhood>에서 이 식탁이라는 세팅에 흉흉한 분위기를 부여했다.

~~~~~~~~

우리 집 식탁은 부엌에 있지 않고 '한구석'이라는 자리에 있었다. 거기는 거실이라고 부르는 구역으로부터 허리 높이의 칸막이로 분리돼 있었는데 덕분에 그나마 약간의 아늑함은 있었다.

우리 가족은 언제나 한구석에서 밥을 먹었다. 오른편에 다이닝룸도 있었지만, 당시에 그리고 인근에서 그런 이름을 가진 방들이 다 그렇듯, 전혀 사용되지 않았다.

둥그런 연철 식탁 위는 유리로 덮여 있었다. 식탁에서

주목할 건 이 유리였다. 계부가 심하게 화가 나면 뭐라도 하나 집어다 식탁 유리판을 내리쳐 산산조각 낸 적이 지금 생각하면 한두 번이 아니었다. 계부는 그런 방식으로 우리가 어떻게 그를 통제 불능으로 만들었는지 생각할 거리를 만들어 주곤 했다.

그리고 지금 생각하면 계부가 식탁을 박살낼 때 대개는 계부의 살점도 유리와 함께 떨어져 나갔고, 또는 계부나 그의 아내가, 즉 우리 엄마가 나중에 유리조각을 집다가 손을 베는 일도 많았다. 우리는 그들의 부상이 우리의 잘못이라고 생각해야 했고, 실제로 그렇게 생각했다.

그래서 식탁은 우리의 마음속에 피의 개념과 연계됐다.

식탁의 폭력은 계속된다. 마멧의 누나가 고등학교 연극반에 들어가고 연극에서 주연을 따낸다. 연극이 개막하는 날, 누나는 너무 긴장돼서 먹지를 못한다. 부모는 딸에게 밥을 다 먹으라고 명령하고, 딸이 거부하자 어머니는 조용히 식탁에서 일어나 전화기를 든다. 그리고 학교에 전화해 딸이 그날 저녁 연극에 참석하지 못할 거라고 말한다.

에세이가 끝날 즈음이면 독자는 식탁에서 벌어지는 증오와 학대에 치가 떨린다. 의자를 가져다 이 가족과 함께 식사를 하는 상상만 해도 소름이 끼친다. 하지만 마지막 장면에서 마멧은 우리에게 바로 그것을 강제한다. 마멧과 그의 누나는 갈퀴로 잔디밭의 낙엽을 치우다가 싸움을 한다.

싸우다가 마멧이 잘못해서 갈퀴로 누나의 입술을 베게 되고, 어머니는 둘에게 무슨 일이 있었는지 묻는다.

⁓⁓⁓⁓

우리 둘 다 무슨 일인지 말하지 않았다. 나는 당연히 죄책감 때문에, 누나는 내가 받게 될 끔찍한 벌을 알기에 어떻게든 그걸 막으려는 열망으로.

어머니가 계속 채근했지만, 우리는 대답하지 않았다. 어머니는 우리 둘 중의 하나가 이실직고하기 전까지 우리는 병원에 가지 못한다고 했고, 우리 가족은 그대로 저녁을 먹으러 식탁에 앉았다. 누나는 냅킨으로 얼굴을 틀어막고 있었지만 피가 냅킨을 적시고 누나의 접시로 뚝뚝 떨어졌다. 누나는 피 묻은 음식을 먹어야 했다. 나도 내 음식을 먹었다. 우리는 식탁을 치운 다음에야 병원에 갔다.

⁓⁓⁓⁓

ⓐ 샬롯 퍼킨스 길먼
Charlotte Perkins
Gilman, 1860~1935.

ⓑ 조라 닐 허스턴
Zora Neale Hurston,
1891~1960.

보다 선구적인 예들도 있다. 샬롯 퍼킨스 길먼ⓐ은 <노란 벽지The Yellow Wallpaper>에서 일체의 지적 활동을 금지당한 여성의 비애를 벽지에 투사했다. 조라 닐 허스턴ⓑ은 <그들의 눈은 신을 보고 있었다Their Eyes Were Watching God>에서 현관을 입방아와 소문의 근거지로, ("꽃가루가 묻은 벌이 꽃송이의 내실로 깊이 빠져드는") 배나무를 주인공이 만났던 어떤 남자도 부응하지 못한 사랑의 이상으로 삼았다.

앨리스 먼로는 액션 압운의 여왕이다. 먼로의 액션 압운에는 부차적인 용도도 있다. 먼로 단편의 상당수는 분

산적이고 비非연대기적인 구성이 특징인데 이를 압운이 안
정시키는 기능을 한다. <마일즈시티, 몬태나>에서 반복적
으로 등장하는 물 — 소년이 익사한 저수지, 농장을 위협하
는 홍수, 화자의 딸이 죽다 살아난 수영장 — 이 불길한 예
감과 흡사의 전조를 만든다. 이게 없었다면 이야기는 움직
임만큼이나 목적도 방만한 자유연상 스토리가 됐을 가능
성이 높다.

3. 어투

레이먼드 카버는 에세이 <글쓰기에 대하여On Writing>에 이
렇게 썼다. "평범하지만 정확한 언어를 구사하면, 흔한 사
물들 — 의자, 창문 커튼, 포크, 돌멩이, 귀걸이 — 에 막대한,
진천동지할 힘을 부여할 수 있다. 시나 단편에서 [자주 일
어나는 일이다.]" 카버 자신이 <메누도>에서는 나뭇잎 더
미로, <수집가들>에서는 진공청소기로, <지방>에서는 손
가락으로 이 일을 해냈다. 그는 사물이 아니라 '말(언어)'로
도 같은 트릭을 선보였다. 그의 에세이 <내 아버지의 인생>
이 좋은 예다. 첫줄부터 '이름들'이 비중 있게 등장한다.

우리 아빠의 이름은 클레비 레이먼드 카버였다. 친가 식구들은
아빠를 레이먼드로 불렀고, 아빠 친구들은 아빠를 C. R.이라고
불렀다. 내 이름은 레이먼드 클레비 카버 주니어가 됐다.
나는 '주니어' 부분이 영 싫었다. 내가 꼬마 적에는 아빠가 나를

개구리라고 불렀는데, 그게 차라리 나았다. 그런데 좀 더 크니까
다른 식구들처럼 아빠도 나를 주니어라고 부르기 시작했다.
내가 열세 살인가 열네 살 때까지 계속 그렇게 불렀고, [나는] 더는
그 호칭에 대꾸하지 않겠노라 선언했다. 그러자 아빠는 나를
닥(Doc)이라고 부르기 시작했다. 그날부터 1967년 6월 17일
돌아가시던 날까지 아빠는 나를 닥 아니면 아들로 불렀다.

―――――――

다음 몇 페이지에 걸쳐 카버는 자신의 아버지를, 그리고 부
자지간의 불편하고 어려웠던 관계를 이해하기 위해 분투
한다. 카버는 아버지가 돌아가신 다음에야 아버지에 대한
사랑과 자부심을 느낀다. 독자는 그들의 이름을 매개로 그
점을 깨닫는다.

―――――――

장례식이 끝나 모두 장례식장 밖으로 나왔을 때 처음 보는
여자분이 내게 다가와 말했다. "아버지는 지금 행복한
곳에 잘 계실 겁니다." 나는 그 여자분을 멀어질 때까지 우두커니
쳐다봤다. 그분이 쓰고 있던 모자의 작고 둥근 돌기가 지금도
생각난다. 다음에는 성함도 모르는 아버지의 사촌형제 중 한 분이
내 손을 잡았다. "우리 모두 네 아버지가 그리울 거다." 당숙이
말했다. 그저 인사말로 하는 말이 아니라는 것을 알 수 있었다.
　　　　나는 부음을 들은 이후 처음으로 울기 시작했다.
지금까지는 그러지 못했다. 일단 그럴 시간이 없었다. 하지만
이제 나는 울음을 멈출 수 없는 상태가 됐다. 나는 아내를

부둥켜안고 흐느껴 울었고, 아내는 여름날의 오후 한가운데서 나를 위로하기 위해 할 수 있는 모든 말과 행동을 다했다.

　　　나는 사람들이 어머니에게 건네는 위로의 말들을 들었다. 친가 친척들이 모두 와 준 것이, 아버지가 있던 곳에 모두 모여 준 것이 고마웠다. 나는 그날 오고간 말들과 행동들을 모두 기억할 수 있을 거라고, 그래서 언젠가 그것을 재현할 방법을 찾을 수 있을 거라고 생각했다. 하지만 그러지 못했다. 나는 전부, 거의 전부 잊어버렸다. 기억나는 건, 그날 오후 수없이 불리던 우리의 이름이다. 아빠의 이름이자 내 이름. 사람들은 아빠 이야기를 하고 있었다. 레이먼드. 사람들은 내가 어린 시절에 듣던 아름다운 목소리들로 끝없이 말했다. 레이먼드.

~~~~~~~

카버는 이름을 듣는다. 레이먼드, 레이먼드. 그 이름이 도입부에 울려 퍼지고, 그 공명이 그가 변하는 과정, 그가 아버지를 가깝게 느끼게 되는 과정을 드러낸다. 두 사람은 이름만 아니라 같은 결점을 공유한 사람들이었다. 카버는 그 이름을 한때는 원치 않게 떠맡았고, 이제는 그것을 어렵게 얻어냈다.

　　　이 기법을 노래의 후렴구에 비유하면 이해하기 쉽다. 특정 노랫말의 반복은 거기에 의미를 벌어 주고, 그것을 단지 예쁜 소리 이상의 것으로 만든다. 예를 들어 인더스트리얼 록밴드 나인 인치 네일스의 <허트Hurt>를 조니 캐시가 리메이크한 노래를 들어보자. 캐시가 "나는 너를 실망시킬 거야 / 나는 너를 아프게 할 거야" 부분을 처음 부를 때만 해도 우리는 발을 구르며 듣는다. 하지만 노래가 종반에 접어들면서 우리는 잠잠해지고, 눈시울을 적시고, 입을 앙다물게 된다.

✝

상상의 책상 위에다 천식 호흡기, 파란색 물감, 유니콘 열쇠고리, AC/DC의 <백 인 블랙Back in Black> 따위를 죽 늘어놓고 손뼉을 탁 치면서 "저글링 시작!"하고 외치면 이야기가 그냥 턱 만들어지는 게 아니다. 소설 창작은 마술이 아니다. 대신 나는 매일 책상에 앉아서 쓰고, 이미 쓴 것을 읽는다. 단편이나 에세이면 첫 페이지부터, 소설이면 챕터의 첫 부분부터. 내가 쓴 것을 반복해서 읽다 보면 특정 사물들, 또는 특정 세팅들이 지글거리며 발갛게 타오르기 시작한다. 그러다 마침내 전력망이 모습을 드러내고, 이질적 부분들로 이루어진 별자리가 부상한다.

    내 단편 <리프레시, 리프레시Refresh, Refresh>의 시작 장면은 오리건의 한 타운을 다룬다. 주州방위군에 소집되어 남자들이 모두 사라진 마을에서, 두 소년이 뒷마당에다 정원용 호스를 잇대어 링을 만들고 권투를 한다. 나는 깨달았다. 단박에 깨닫지 않고 서서히 시간을 두고 깨달았다. 이 뒷마당 링이 다음 장면에 나오는 운석구덩이와 어딘지 닮았다는 것을. 또한 이 운석구덩이는 박격포에 맞아 생긴 구멍과 닮았다. 뒷마당 권투 시합은 일종의 후렴구처럼 이야기 내내 반복된다. 시합은 갈수록 격렬해졌다. 나는 의식적으로 권투 시합과 운석구와의 연관을 (그리고 외국에서 벌어지는 전쟁과의 연관을) 더욱 가시화했다. 소년들의 운동화 밑에서 풀이 짓이겨지고, 불타서 그을린 땅이 "딱지 앉은 살처럼" 움푹 파인다. 뒷마당에 피가 떨어졌다. 나는 알았다. 운석구 모서리에도 피가 흘러야 한다는 것을.

운석이 지구에 떨어지고, 썰매가 가파른 언덕 아래로 질주하고, 송골매가 얼룩다람쥐를 낚아채기 위해 급강하하고, 전쟁이 덮쳐 이 남자들을 일거에 사로잡는다. 입김이 공기에 서리고, 담배에서 연기가 오르고, 엔진에서 배기가스가 뿜어져 나온다. 모든 것과 모든 사람의 안에서 불이 타는 것처럼. '리프레시, 리프레시'라는 문구도 반복된다. 처음에는 이메일 새로 고침을 뜻한다. 하지만 이야기의 끝 무렵에 적잖은 독자들은 이 말이 군대의 세대교체, 즉 폭력의 상속을 뜻하기도 한다는 것을 깨닫게 된다.

여기서 상징주의를 논하자는 것이 아니다. 내가 말하고자 하는 것은 서사의 정렬, 구조의 결속과 주제의 일관성 다지기, 캐릭터들의 정서적 포물선 완성이다. 이를 통해 전의[a]가 달성되고, 맨땅에 헤딩 본능으로 시작한 것도 주도면밀한 설계 의지가 된다.

나는 여러 예를 제시했다. 어떤 데서는 기법이 분명

[a] 전의
轉義, trope,
단어의 고유한 의미가
아닌 다른 의미를
취하는 것.

히 드러나고 어떤 데에는 미묘하게 숨어 있다. 나는 미묘함을 추천한다. 나보코프의 풍선껌이나 먼로의 물이 덤보의 마술 깃털보다 한 수 위다. 패턴이 꼭 확성기에 대고 자신을 동네방네 알릴 필요는 없다. 시인이 하듯, 그리고 백스터가 썼듯 "압운이란 대개 거의 들리지 않을 때, 등재는 했지만 암행할 때 가장 강력한 힘을 발한다. [……] 메아리 효과, 다시 말해 액션 압운은 독자가 의식하지 못하게 일어나야 가장 효과적이다."

　<토이 스토리>는 그저 하나의 애니메이션 영화에 지나지 않는다. 오렌지는 그저 하나의 과일에 지나지 않는다. 86번가와 렉싱턴가가 만나는 길모퉁이는 그저 흔한 사거리에 불과하다. 식탁은 잘해 봐야 둘러앉아 식사하는 장소다. 이것들이 공중으로 던져지고, 저글러의 손을 거쳐 돌고 돌며 힘과 의미를 얻기 전까지는.

리모델링

Home improvement

신축 같은 개조

부동산 중개업자가 말했다. "골조는 좋아요." 집이 못났을 때 으레 하는 말이다. 이 집도 못난 집이었다. 1965년에 처음 지어진 이래 조금도 손본 적이 없는 집이었다. 온 집안이 촌스런 솜털무늬나 꽃무늬 벽지로 덮여 있었다. 벽장 내부도 예외는 아니었다. 조명기구는 예외 없이 황동 테를 두른 흰색 구체였다. 오븐을 켜면 안쪽만큼 바깥도 달아올랐다. 부부 침실에는 아무리 봐도 메뚜기 색이라고밖에 할 수 없는 색의 텁수룩한 카펫이 깔려 있고 같은 색의 커튼이 걸려 있었다. 지붕은 썩어서 늘어졌고, 보일러와 홈통은 녹슬어 문드러졌다.

반전은 아내와 내가 뒤뜰로 나갔을 때였다. 족히 4분의 1 에이커는 됨직한 풀밭을 둘러싸고 녹음수와 물푸레나무가 우거졌는데, 나뭇가지들이 서로 엉겨 공중에 대성당 지붕 같은 돔을 만들고 있었다. 우리는 자갈을 붙인 벽난로 앞에 섰고, 유리를 둘러친 베란다에 앉았고, 벽에 손바닥을 대고 걸으며 만삭 임산부의 둥근 배를 어루만질 때처럼 웃었다. 그리고 그 집을 샀다.

그때가 2008년 4월이었다. 우리가 책을 박스에 싸고 이삿짐 트럭에 짐을 꾸리고 있을 때 전화가 울렸다. 내 소설 <야수>가 팔렸다는 반가운 소식이었다. 그레이울프 프레스의 에디터 피오나 매크레이는 내 원고에 대한 흥분감을 표하며 다만 몇 가지 수정 제안을 받아들일 수 있는지 물었다. "물론이죠." 내가 말했다. 어떤 의견이신지? "우선 시점부터 좀 바꿔보면 어떨까요?" 피오나가 말했다. "지금의 일인칭 시점에서 삼인칭 시점으로 바꾸는 게 어때요? 그렇게 하면 캐릭터들에게 전에 없던 재량권이 생기니까, 줄거리를 좀 더 추가할 수도 있을 같아요." 소설의 골조는 좋아요. 다른 말로 하면 왕창 뜯어고쳐야 한다는 뜻이었다.

피오나가 영국식 영어를 써서 그런지 그녀가 하는 말은 어쩐지 다 일리 있게 들렸다. 그래서 나는 말했다. "그럼요. 문제없어요." 진심이었다. 내가 보기에도 서사는 소설이라기보다 양이 많아진 단편에 가까웠다. 이에 대한 건축학적 해법, 건축업자가 목수에게 제공할 새로운 청사진이 필요한 터였다. 나는 의기 충만했다. 당장에라도 내 공구 상자를 열어젖히고 작업에 착수하고 싶어 손가락이 근질거렸다. 나중에 원고를 프린트해서 훑어보기 시작했을 때에야 나는 내 앞에 놓인 일의 무게에 몸을 떨었다.

나는 다시 시작하는 것에 익숙한 사람이다. <야수>로 데뷔하기 전에 이미 네 편의 실패한 소설을 썼다. 하지만 실패작들이 결코 시간 낭비는 아니었다. 몇 년씩 공들였던 작품이 손 안에서 먼지로 스러지는 것을 보면서 겸손을 배웠다. 그뿐 아니라 실패작들의 차가운 사체를 해부하면서 그것들이 남긴 장기와 뼈들, 이미지와 캐릭터와 세팅과 메타포들을 주워다 단편으로 재배치하고 재구상할 방법들을 발견했다.

<리프레시, 리프레시>가 좋은 예다. 나는 석사 논문

으로 <개척지의 왕King of the Wild Frontier>이라는 (형편없는) 소설을 썼다. (학생, 교수진, 출판에이전트, 에디터 모두에게 한결같이 혹평을 받았다.) <리프레시, 리프레시>에 등장하는 싸움 장면들은, 물론 맥락은 전혀 달라졌지만, 거의 다 <개척지의 왕>에서 차용한 것이다. <리프레시, 리프레시> 자체도 초안에서 완전히 달라졌다. 원래는 초자연적 현상을 다룬 이야기였다. 그러다 내 출판에이전트 캐서린 포셋의 도움으로 황폐한 리얼리즘으로 환골탈태했다. 처음에는 마흔 페이지였는데 <파리 리뷰>지의 냇 리치의 도움으로 쭉정이를 가려내고 열여덟 페이지로 줄였다. 처음에는 할아버지의 비중이 컸고, 할아버지의 서브플롯에는 절단된 발을 포름알데히드 양동이에 보존하는 내용도 있었다. 하지만 할아버지 이야기는 결국 여기서 빠져 <킬링>이라는 별개의 단편으로 탄생했다. (<킬링>에도 <개척지의 왕> 속 여러 장면이 재활용됐다.) 초안에서 달라진 부분을 말하자면 끝도 없다. 역기 운동 장면들도 들어냈고, 소년들이 세 명에서 두 명으로 줄었고, 밤마다 아이스크림 가게 밖에 노래방 기계를 세워 놓고 일종의 희랍극 코러스(해설자) 역할을 하던 뇌손상 수의사 플로이드는 아예 삭제됐다.

나는 수정 작업이란 결국 이 말을 받아들이는 과정이라는 것을 깨달았다. **삭제.** 놓아주는 것. 수정할 때 초보 작가는 동의어 사전을 찾고, 마침표를 세미콜론으로 바꾸고, 형용사를 골라내고, 서술형 문장을 추가하는 데 몇 시간씩 매달린다. 반면 프로 작가는 팔다리를 무자비하게 쳐내고, 장식 리본처럼 늘어진 내장을 잘라내고, 피를 몇 갤런씩 쏟아버린 다음 거기에 번갯불을 내려 기사회생시킨다.

내가 이 이치를 이해하는 데는 <에스콰이어>의 에디터 타일러 캐벗의 공이 컸다. 언젠가 캐벗이 내게 4월 20일을 소재로 한 단편을 써달라는 주문을 했다. 4월 20일은 미국 달력에서 저주 받은 날로 통하는 날짜다. 히틀러 출생, 오클라호마시티 연방청사 테러 사건, 와코 총격 사건, 콜럼바인 고교 총기 난사 사건, 딥워터 허라이즌 원유 유출 참사 등 많은 흉사가 이 날짜에 즈음해서 일어났다. 캐벗은 이 저주 신화를 폭넓게 아우르면서도 오늘의 뉴스처럼 읽히는 이야기를 원했다. 4월 20일에 맞춰 이야기가 잡지 매대에 깔리는 것이 목표였다. 내게 주어진 시간은 2주였다. 그 2주 동안 주야장천 한 일은 망치질이었다. 내가 캐벗에게 원고를 보내면 이런 말들이 날아왔다. "대화 부분은 아주 좋아요. 나머지는 날려요." "배짱이 부족해요." "완전 유치해요. 다시 써요." 데드라인이 다가오던 어느 날 결국 그는 내게 미사용 원고 저작료를 지불했다. 그러더니 한 시간 후에 다시 전화해서 말했다. "어떻게 좀 해봐요. 할 수 있어요. 마지막으로 한 번만 다시 씁시다." 한 번만이 열 번이 됐고, 열 번째 원고가 채택됐다. 나는 잡지에 실린 최종 원고 열세 페이지를 위해 백 페이지 넘게 썼다.

수정은 쉽지 않다. 예전에 내가 수정에 방어적이었

던 것도 그래서다. 내 글에 대한 평을 볼 때 내 눈은 비판을 스치듯 지나 곧장 칭찬을 향해 나아갔다. 그건 하등 도움이 못 됐다. 이 말을 꼭 하고 싶다. 만약 한쪽 귀에는 좋은 말만 해 주는 천사가 들어앉아 있고, 다른 쪽 귀에는 악마가 들어앉아 내 글이 얼마나 구린지 야유한다면, 악마의 말을 귀담아 듣자. 악마는 당신을 수정으로 몰아간다.

작가는 출근 도장을 찍듯이 매일 글을 써야 한다. 매일이 아니라도 젠장 거의 매일 써야 한다. 착실한 생산 활동을 하는 훈련이 되어 있지 않으면, 예컨대 기분이 내킬 때나 데드라인이 다가왔을 때만 쓰면, 당연히 자기 결과물에 방어적이 되고, 그렇게 되면 잘라야 할 때가 왔을 때 톱이 주저주저하며 부들부들 떤다. 반면 지속적으로 페이지를 뽑아내는 사람은 수정에 내성이 강하다. 머지않아 또 한 무더기의 일감이 쏟아져 내려올 것을 알기에 보다 대범해진다.

나는 이것을 대학원에서 깨쳤다. 거기는 글쓰기가 풀타임 잡이고, 이빨과 발톱을 갈면서 먹이를 기다리는 비평가들의 세상이었다. 한번은 제출했던 원고를 돌려받았는데 페이지마다 X가 검고 거대하게 쫙쫙 그어져 있었다. 제목 위에 휘갈겨 쓴 한 마디 외에 다른 논평은 없었다. **하지 마**. 나중에 해당 교수를 만났을 때 나는 교수를 잡고 늘어졌다. "하지 마."가 정확히 무슨 뜻인지 물었다. 뭘 하지 마요? 집어치우라고요? 스토리가 신통치 않았나요? 아니. 교수가 말했다. 그게 아냐. 교수는 스토리는 맘에 들었다고 했다. "그걸 그런 식으로 쓰지 말라고." 교수의 조언은 지우개 기능을 했다. 나는 원본이 더는 존재하지 않는 척했다. 원고를 새로 시작했다. 앞서 쓴 문장들이 녹슨 사슬 풀리듯 사라진 깨끗한 공백을 새 문장들이 채우기 시작했다.

그렇다고 상황이 크게 달라진 건 없다. 그랜드 센트럴 출판사의 에디터 헬렌 애츠마가 내 소설 <레드 문>과 <데드 랜드>를 편집할 때 내게 던진 피드백도 '하지 마'라는 말과 다를 게 없었다. 없어져야 할 서브플롯과 캐릭터가 여럿이었다. 3막은 산만하고 미흡해서 구상부터 완전히 다시 해야 했다. 나는 'growl' 이라는 단어를 너무 자주 썼다. 등등. 나는 여기서 수십 페이지씩, 저기서 백 페이지씩 선택한 다음 DELETE 키를 눌렀다. 그리고 다시 시작했다.

지금까지 내가 날린 페이지만도 수천을 헤아린다. 날려야 할 땐 날려야 한다. 다시 시작해야 할 때가 있고, 그럴 것까지는 없을 때도 있다. 벽이 곰팡이로 가득하고 지붕이 줄줄 새서 이야기를 전면적으로 뜯어고쳐야 할 때도 있고, 페인트 도장 같은 간단한 성형 시술로 끝날 때도 있다.

내가 깨우친 게 또 있다. 마음에 결말을 정해두고 이야기를 시작하면 수정이 훨씬 덜 곤혹스럽다. 수정에 의한 정신적 외상도 훨씬 덜하다. 예전의 나는 아무 게임 플랜 없이 그저 맨땅에 헤딩 본능에 따르는 유기농형 작가였다. 나는 글쓰기를 발굴 행위로 여겼다. 텃밭의 채소를 그저 자라게 놔두다가 나중에 돌아와 얽힌 줄기를 손보고 잡초나 뽑았다. <행방불명자Among the Missing> 같은 역동적 소설집의 저자 댄 숀이 그런 종류의 작가다. 숀은 열다섯 페이지 가량의 단편을 위해서 매번 백 페이지 이상을 생산했다. 단편 <빅 미Big Me>와 <벌The Bees>의 경우는 원고를 얼마나 많이 고쳤던지 숀이 "아예 장편소설을 쓰는 게 나을 뻔했다."고 말했을 정도다. 숀은 때로 페이지들을 바닥에 펼쳐놓고 그 사이를 걸어 다니며 재배열하고, 쓸 만한 장면들은 따로 떼어놓고, 나머지는 구겨서 한옆에 던진다. 어떤 이야기가 될지 마침내 결정될 때까지 이걸 반복한다. 그리고 책상으로 돌아가 이야기를 단편 형태로 실현한다.

이 스펙트럼의 한 끝에 이런 유기농형 작가가 있다면, 다른 끝에는 레고형 작가가 있다. 레고형 작가는 마음속의 정확한 설계도에 따라 각각의 조각을 제자리에 딱딱 끼워 넣고, 모든 것이 단정히 맞아 들어가는 과정에 희열을 느낀다. 나도 이 방식을 시도해 봤다. 일부 작가들에게는 이 방식이 효과적이다. 하지만 내가 느끼기에는 이렇게 하면 글 쓰는 일이 활기 없고 지루해진다.

지금의 나는 이 두 가지 유형의 중간쯤에 위치한다. 나는 결말은 정해 두고 시작한다. 세세히는 아니라도 대충 어디서 상황이 일단락될지, 무슨 일이 일어날지는 안다. 그리고 중간에 일어날 한두 장면도 안다. 이렇게 목표점들을 두고 출발하면 길을 잘못 드는 횟수를 대폭 줄일 수 있다.

과거에 나는 일단 스토리가 완성된 다음에 에디팅

을 하는 것으로 생각했다. 하지만 지금은 매일 그때까지 쓴 내용을 다시 읽는 것으로 작업을 시작한다. 단편일 때는 첫 줄부터 읽는다. 장편소설일 때는 지금 쓰고 있는 챕터의 시작부터 읽는다. 때로는 창작 모드로 들어가 새 문장을 작성하기까지 몇 시간을 에디팅에 쓰기도 한다. 다시 말해 나는 기본적으로 상시 수정 상태고, 이야기를 끝낼 때까지 스무 번 넘게 에디팅 한다. 원고를 손에 들고 수없이 넘겨보며 거칠거칠한 데가 없을 때까지 사포로 연마한다.

노벨상과 퓰리처상에 빛나는 윌리엄 포크너가 말했다. [글을 쓸 때는] 사랑을 죽여라[@]. 나도 이 정신을 받들어 '묘지' 폴더를 만들었다. (여러분이 나처럼 가학적일 필요는 없다. 여러분의 폴더는 '퇴비 더미' 정도로 불러도 무방하다. 어차피 개념은 같다.) 폴더 안에 있는 파일들(묘비들)에는 이런 제목들을 붙였다. '이미지,' '비유,' '캐릭터,' '대화.' 나는 여기다 스토리에서 잘라낸 것들을 버리고 묻는다. 무슨 조화인지 몰라도 묘지를 만들어 놓으면 잘라내는 게, 죽이는 게 더 쉬워진다. 썼던 것들이 없어지는 게 아니라 갈 데가 있다고 생각해서일까. 원하면 언제든 묻은 지 얼마 안 된 무덤을 방문해서 흑마술 의식을 수행할 수 있다.

<야수>를 고쳐 쓰는 데 일 년이 걸렸다. 나는 피오나의 말대로 일인칭 시점에서 삼인칭 시점으로 바꿔 캐릭터들을 자유롭게 풀어주고 그들의 스토리들을 한데 엮었다. 2009년 3월에 수정 원고를 넘겼을 때 피오나는 예의 그

@ 사랑을 죽여라
Kill you darlings,
사적인 감정을
배제하라.

영국식 발음으로 이렇게 말했다. "기가 막혀요. 딱 우리가 원했던 거예요. 그럼 이제, 서브플롯 몇 개를 들어내 주실 수 있을까요? 플롯 상의 허점들도 좀 메워 주시고요? 그리고 이왕 하시는 김에, 결말을 다시 생각하는 게 어떨까요?" 그리고, 그리고, 그리고.

나는 다시 작업에 착수했다.

주중에는 키보드를 죽어라 두드렸고, 주말에는 내내 집에 망치질을 했다. 바닥에서 카펫을 뜯어내고 압정과 철침을 수도 없이 뽑아낸 결과 마침내 훤한 원목 바닥이 모습을 드러냈다. 벽지를 칼로 북북 긋고 그 위에 뜨거운 비눗물을 뿌린 다음 젖은 벽지 조각들을 떼어내고 또 떼어냈다. 그 밑의 석고보드는 찍히고 긁힌 자국들로 가득했다. 나는 거기에 진흙을 바르고 사포로 문질러 표면을 고른 뒤 페인트를 칠했다. 오븐은 내다 버렸다. 커튼도 버렸다. 금가고 누렇게 변한 스위치들의 나사를 풀다가 감전돼 엄지에서 피가 나고 손톱이 꺼멓게 죽었다. 나는 황동 조명기구를 연철 제품으로 교체했다. 우리는 새로 지붕을 올렸고, 새 홈통을 달았다.

몇 개월 후, 부동산 중개업자가 안부 확인 차 들렀다. 그는 누렇게 굳은살 박이고, 긁힌 상처로 가득하고, 멍으로 얼룩덜룩한 내 손을 잡고 흔들었다. 우리 집은 그가 우리에게 팔았던 집과 딴판이 되어 있었다. 내 소설이 원본에서 최종본으로 가면서 전혀 다른 이야기로 바뀐 것처럼. "보통 일이 아니었겠어요." 그가 말했다. 나는 대답했다. "그랬죠."

Home improvement

끝까지 가라

Go the distance

오래전 나는 장편소설 작업을 일시 중단하고 <인 더 러프In the Rough>라는 단편을 썼다. 내 목소리는 광활한 방목지에 길들어 있었고, 울타리에 들어가기를 거부했다. 따라서 문장들이 널을 뛰며 앞으로 질주했고, 장면들은 첩첩이 다중 추돌을 일으켰다. 스토리는 단편 근처에도 가지 못했다. 기다란 발톱을 세우고 생식기를 덜렁대며 뛰어다니는 서른네 쪽짜리 짐승일 뿐이었다. 문제가 심각했다. 문학지들은 대개 열여덟 페이지가 넘어가는 것을 좋아하지 않는다. 어떡하면 이야기의 살을 뺄 수 있을지 감이 잡히지 않았다. 하지만 이야기 자체에는 믿음이 있었기에 일단은 경기장으로 내보냈다. 얼마 안 있어 잡지사들로부터 거절 통지가 빗발치듯 날아왔다.

내가 가진 게 있다면 황소 같은 근성이다. 한번은 내기에서 이기려고 핫윙 소스를 한 양동이 마신 적도 있고, 도에 넘치게 무거운 역기를 들다가 눈의 모세혈관이 터진 적도 있다. 아내는 나보다 다섯 살 많았고 나 따위는 범접하기 힘든 미인이었다. 하지만 그 점이 열아홉 살의 내가 그녀에게 말을 붙이는 걸 막지는 못했다. 대학 때도 대학원 때도 워크숍에 모인 학생들은 거의 다 나보다 재능 있었다. 하지만 나는 그들이 연장을 벽에 걸고 작업장을 떠난 후에도 한참 동안 망치질을 멈추지 않았다.

이게 다 내가 록키 발보아에게 배운 교훈이다. <록키>가 언제 적 영화인데 여태 실베스터 스탤론이 연기한 권투선수의 팬이냐? 사람들은 단연 촌스럽게 생각한다. 하지만 나는 개의치 않는다. 1976년도에 나온 1편의 록키는 누추한 아파트에 살며 더 나은 내일을 꿈꾸는 왼손잡이 무명 복서다. 그는 일찍 일어나고 늦게 잠든다. 바라는 것은 남들의 존중뿐이지만 모두가 그를 장래 없는 밑바닥 인생으로 취급한다. 록키는 본선 진출을 꿈꾸는 세상 모든 작가들에게 중요한 교훈을 가르친다.

액자에 넣은 <록키> 포스터가 지금도 내 책상 위에 걸려 있다. 휴대폰이 울릴 때마다 <록키> 주제가의 트럼펫 소리가 힘차게 울려 퍼진다. 록키는 유령처럼 내 어깨 위를 맴돌고, 내 귀에 속삭인다. "이 싸움을 멈추면 내가 널 죽일 거야." 그는 대학원 때도 나와 함께 했다. 나야말로 누추한 아파트에 살면서 일찍 눈떠서 키보드를 두드리고, 손에 책을 든 채로 늦게 잠들던 시절이었다. 원대한 꿈을 품고 엑셀로 '등급별 투고 시스템'을 만들 때였다.

등급마다 열 개에서 스무 개의 문학지가 속해 있었다. 1등급에는 <뉴요커>, <애틀랜틱>, <에스콰이어>, <파리 리뷰>처럼 죽도록 이름을 올리고 싶은 유명 간행물들이 속했다. 하지만 언감생심 낄 자리가 아니었다. 내가 명함도 못 내밀 곳들이었다. 그 아래로 2등급, 3등급, 4등급 간행들이 포진했다. 그때도 나는 지금처럼 신문잡지들을 탐독했다. 그래서 작가 등용문들의 문턱 높이를 나름 꿰고 있었다.

나는 원고를 완성하면 일단 다섯 부를 뽑아 1등급

잡지사들에 보냈다. 다 퇴짜를 맞으면 다시 다섯 부를 뽑아 2등급 잡지사들에 발송했다. 2등급 잡지사들도 하나같이 거절하면, 다시 다섯 부가 3등급 잡지사들로 날아갔다. 이런 방식으로 계속 했다. 같은 원고를 40부씩 돌릴 때도 있었다. 물론 지금은 이렇게 하지 않는다. 하지만 당시는 알아주는 사람이 없어도, 승산이 얼마나 희박한지 알면서도, 다윗과 골리앗 접근법으로 투고했다. 등급 시스템은 나의 돌팔매였다.

　　모두 예상했겠지만, 사방에서 거절 통지가 날아왔다. 잡지사들이 내게 보낸 거절 편지를 찍는 데만도 숲 하나 분량의 펄프가 들었을 거다. 집배원이 매일 내게 두세 통씩 전해 주었다. 대개는 그냥 양식화된 통지문이었지만, 어쩌다 한 번씩 육필로 감상을 갈겨써서 보내는 에디터들이 있었다. 예컨대 이런 내용들이었다. "정말 잘 읽었습니다. 하지만 결말이 이상합니다." "형상화는 탁월하네요. 하지만 다음에는 피비린내 좀 줄이세요." <애틀랜틱>의 저명한 픽션 에디터 C. 마이클 커티스가 내게서 형편없는 원고를 정말 심하게 많이 받았다. 그의 심장에 축복 있으라. 그는 한번도 거르지 않고 답장을 보냈다. 그중 하나는 이랬다. "소름끼치게 인위적."

　　기분 나쁘지 않았다. 오히려 영감이 됐다. 나는 커티스를 비롯한 에디터들의 지적을 받는 족족 책상 옆 벽에 붙였다. 나는 거기를 수치의 벽이라 불렀다. 모두가 나를,

록키처럼, 장래 없는 인간으로 여겼다. 아니, 그렇게 여기는 것 같았다. 나는 매일 아침 잠에서 깨면 손에 뜨거운 커피 머그를 들고 한동안 수치의 벽 앞에 서 있곤 했다. 그 지적들을 응시하는 동안 내 생각은 '본때를 보여 주겠어'와 '잘하면 될 거 아냐' 사이를 왔다 갔다 했다.

나도 안다. 에디터와 작가의 관계를 적대 관계로 보는 건 말도 안 된다. 에디터는 작가를 발굴, 양성하고 발전 방향을 제시하는 사람들이다. 다만 에디터를 적수로 보는 게 내게는 좀 더 편리했을 뿐이다. 내 마음의 작동방식이랄까. 내게는 모두가 나와 함께 링에 오른 상대였다. 처음 아빠가 됐을 때는 산책 나가서 유모차를 보면 아기를 기웃대며 우리 애가 더 귀여워, 라고 씨부렸다.

작가의 길에 처음 들어섰을 때 나는 에디터들을 <록키>에서 버지스 메러디스가 연기한 늙은 복싱 코치 미키 골드밀로 상상했다. 몸에 안 맞는 회색 추리닝을 입고 목에 호루라기를 걸고 나를 갈구는 사람들. 그리고 나 자신은 발꿈치에 물집이 생길 때까지 샌드백을 치고 줄넘기를 하는 록키로 상상했다. "그따위로밖에 못해?" 그들이 소리를 질러 댔다. "더 세게, 더 빠르게, 이 쪼다야!" 내 속에는, 세상의 모든 분투하는 운동선수들처럼, 코치를 향한 존경과 분개의 양가적 감정이 끓었다. 나는 더 잘하고 싶었고, 이들에게 감명을 주고 싶었다. 하지만 무엇보다 나 자신에게 뭔가를 보여주고 싶었다. 나는 끝까지 가보고 싶었다.

록키가 말한다. "나를 알아주는 사람 하나 없었어. 근데 그게 뭐? 내 생각은 이랬거든. 내가 이 시합에서 진다 해도 상관없어. 이 녀석이 내 머리통을 박살낸다 해도 상관없어. 내가 원하는 건 끝까지 가보는 거야. 그뿐이야. 아폴로 크리드와 붙어서 끝까지 간 놈은 아직 없어. 내가 끝까지 버티고, 최종 라운드의 종이 쳤을 때도 뻗지 않고 서 있다면, 그때는 나도 알게 되겠지. 나란 놈이 그저 흔한 동네의 그저 흔한 놈팡이가 아니었다는 걸." 그래서 나는 매일 여덟 시간씩 키보드를 두드렸다. 그리고 매주 원고를 담은 서류봉투 더미를 등에 지고 우체국으로 걸었다.

내가 〈인 더 러프〉로 받은 거절 편지가 몇 통일까? 서른아홉 통이었다. 나는 거절 펀치가 날아올 때마다 상상의 가드를 올리고 몸을 요리조리 틀었다. 투고를 막 포기하려던 참에 전화가 울렸다. 〈안티오크 리뷰^Antioch Review〉지의 에디터였다. 〈안티오크 리뷰〉는 다른 잡지사들보다 단연 심근이 큰 잡지사였다. 〈인 더 러프〉가 발표되고 몇 달 후, 세계적인 작가 살만 루슈디가 〈인 더 러프〉를 2008년도 〈미국 우수 단편선〉을 위한 '뛰어난 단편 100선' 중 하나로 뽑았다.

자화자찬을 하려는 게 아니다. 그 반대다. 내 사연은 전적으로 여러분의 사기진작용이다. 싸움이 아무리 고통스럽더라도 몸을 놀리는 것을 멈추지 말아야 한다. 내 대학원 친구 중에 단 한 번 거절당한 후 비범한 단편을 포기한 사람이 있다. 그럴 수 있다. 하지만 진짜 마음 아픈 일은 그가 더는 글을 쓰지 않는다는 것이다. 이 친구처럼 예민하지 않더라도, 다섯 번, 일곱 번, 열 번 거절당하다 보면 사람들은 패배를 인정하고 링 위에 수건을 던지기 쉽다. 에디터에게 '아니오.' 소리를 듣는 건 그때마다 얼굴에 주먹을 맞는 것과 같다. 하지만 흐르는 피를 넘어 앞을 봐야 한다. 부러진 갈비뼈 사이로 거칠게나마 계속 숨을 쉬어야 한다. 누구는 서른아홉 번이나 퇴짜 맞았다는 것을 기억해야 한다.

예상했겠지만, 내가 쓴 단편 중에 출판된 단편은 10분의 1에 지나지 않는다. 뚝심 있게 사방에다 투고한다고 항상 해피엔딩이 기다리는 건 아니다. 거절 편지가 산처럼 쌓이는 데는 때로 그럴 만한 이유가 있다. 스토리에 핵심이 없다. 대사가 구리다. 시작과 결말이 전도되어 있다. 화자의 입을 찢어 놓고 싶다. 등등.

하지만 여러분도 이미 안다. 이야기 하나를 제대로 지어내는 게 얼마나 어려운 일인지. 예비 작가도 길고 고통스런 수련 기간을 요한다. 예비 작가도 냉동육 덩어리를 주먹으로 내리치고, 미술관 계단을 맹렬히 뛰어 올라가고, 무릎까지 빠지는 눈 속에 통나무를 지고 산을 오르던 록키의 깡다구에 맞먹는 근성과 심장으로 밤낮없이 읽고 써야 한다.

문장들과 씨름하며 고행 같은 시간을 보냈다고 해서, 스토리가 빛을 발할 때까지 광을 냈다고 해서, 길에서 여러분에게 다가와 손을 덥석 잡으며 "축하합니다! 해냈군

요!"라고 말해 주는 사람은 아무도 없다. 할 일은 계속 남아 있다. 그때부터가 또 다른 시작이다. 작업의 밑천이었던 뚝심을 투고 단계에도 똑같이 적용해야 한다. 투고는 종종 좌절을 부르고 때로 굴욕을 안긴다. 투고할 때 자존심일랑 서랍에 넣어 두자. 문학지 게재에 이르는 길은 물론 재능이지만, 칠전팔기의 정신 또한 필수조건이다.

작품을 투고할 때 현실적인 확률을 직시하자. 단편 문예지 <글리머 트레인Glimmer Train>을 예로 들면, 이 잡지사가 매년 받는 투고작은 4만 편에 이른다. 그중 게재되는 것은 약 40편 정도다. 그렇다. 내 스토리가 아무리 끝내줘도 십중팔구 퇴짜 맞는다는 뜻이다. 현실의 펀치를 견뎌내자. 마우스피스를 끼고 미소 짓자. 내 코너로 물러나서 양동이에 피 섞인 침을 뱉고 기도문을 좀 웅얼거린 다음 다시 링 가운데로 나가자.

또한, 에디터의 의사결정 과정이란 게 얼마나 엽기적이고 복잡하고 예측을 불허하는 과정인지 알아둘 필요가 있다. 나는 어느 에디터가 투고작들이 바리바리 쌓여 있는 방으로 들어와 유감스런 한숨을 토하며 "모두 없애요."라고 말하는 걸 본 적이 있다. 다음 호와 그다음 호가 이미 꽉 찼다는 이유에서였다. 다른 이유는 없었다. 또는 그건 그저 핑계일 뿐이고, 사실은 이 에디터가 먹은 부리토가 얹혀서 그날 읽은 것들이 모두 답답하게 느껴졌을 수도 있다. 또는 누군가 나보다 먼저 이 잡지사에 난쟁이 탭댄서와 마술 사냥칼이 등장하는 이야기를 보냈을 수도 있다. 또는 내가 어느 학예 컨퍼런스에서 이 잡지사의 인턴 중 하나를 열받게 했고, 그래서 내 원고가 도착과 동시에 재활용 쓰레기통으로 직행했을 수도 있다. 별별 이유가 다 있다. 퇴짜 통지가 내 메일함에 도착하는 이유는 정말 우주의 별만큼 많다. 때로는 스토리가 충분히 견고하지 못한 것이 이유지만 항상 그게 이유는 아니다. 어찌 됐든 심장에 샌드백 크기의 굳은살을 만들어야 한다.

　　서른아홉 번의 퇴짜. 키보드 앞에서 무기력감을 느낄 때, 또는 '작가님 귀하'라고 쓴 편지를 뜯을 때 이것을 기억해 주기 바란다. 서른아홉 번의 퇴짜. 그런 다음 오디오에 <록키> 사운드트랙을 걸고, 손가락 관절과 손목에 테이핑을 하고, 글러브에 손을 쑤셔 박고, 다시 링 안으로 들어가자. 아폴로 크리드와의 경기는 아직 끝나지 않았다. 여러분 앞에는 아직 열두 라운드가 남아 있다. 끝까지 가자.

감사의 글

이 책에 실린 에세이의 다수는 내가 <틴하우스Tin House>지
의 여름 작가 워크숍과 퍼시픽 대학교의 로레지던시low-
residency MFA 프로그램에서 강의한 내용이다. 나를 강사로
세워준 롭 스필먼, 랜스 클리랜드, 셜리 워시번에게 감사
드리고, 내 불과 유황의 지옥을 견뎌 준 학생들에게도 감
사드린다.

그때의 강의들이 에세이가 됐고, 케빈 라리머가 에디
팅을 맡아 비영리 문학단체 '시인과 작가Poets & Writers'의 격월
간지에 실었다. 그의 격려가 없었다면 이 책은 세상에 나오
지 못했을 거다. 몇몇 에세이의 경우는 일부(가끔은 한 단
락, 가끔은 한 페이지)가 <에스콰이어>, <워싱턴포스트>,
<LA타임스>, <글리머 트레인>에 게재됐다. 여기엔 린다 스
완슨-데이비스의 공이 컸다. AWP의 <라이터스 크로니클
Writer's Chronicle>지가 세트피스에 관한 에세이를 <지워지지

않는 이미지_{The Indelible Image: Moments Make Movies, Moments Make Stories}>

않는 이미지The Indelible Image: Moments Make Movies, Moments Make Stories>
라는 제목으로 게재했다. 내가 애런 그윈Aaron Gwyn과 함께
쓴 '폭력의 기법들Techniques of Violence'이 <시인과 작가>에 실렸
다. 이후 내가 이 에세이를 많이 확장시켰다. 하지만 애런이
기여한 바가 적지 않았고, 고맙게도 그의 허락을 얻어 이 책
에 포함시킬 수 있었다.

언제나처럼 그레이울프 프레스의 에디터들에게 감
사한다. 그들의 관대함과 우정, 편집과 마케팅 재능에 빚진
바가 크다. 특히 제프 쇼츠와 스티브 우드워드가 이 책을
다듬고 빚는 데 큰 역할을 했다.

이 프로젝트를 지원하고, 흥분과 법석을 아끼지 않
고, 필요한 서류업무를 도맡아 준 내 출판에이전트 캐서린
포셋과 그녀의 조수 스튜어드 워터맨에게 감사한다.

마지막으로 아내 리사에게 감사한다. 아내의 응원
과 인내와 사랑이 모든 것을 가능하게 했다.

옮긴이 이재경

서강대학교 불문과를 졸업하고 경영컨설턴트와 영어교육 출판 편집자를
거쳐 현재 전문 번역가로 활동 중이며 외국의 좋은 책을 소개,
기획하는 일에 몸담고 있다. 번역이야말로 세상 여기저기서 듣고 배운
것들을 전방위로 활용하는 경험집약형 작업이라고 자부한다. 옮긴
책으로 <성 안의 카산드라>, <일은 소설에 맡기고 휴가를 떠나요> (공역),
<풀, 마약 운반 이야기>, <바이 디자인>, <폰트의 맛>, <복수의 심리학>,
<가치관의 탄생> 등이 있고 고전명언집 <다시 일어서는 게 중요해>를 엮었다.

쓴다면 재미있게
빠져드는 이야기를 위한 15가지 작법

벤저민 퍼시 지음 ┃ 이재경 옮김

제1판 1쇄 2019년 8월 21일

발행인. 홍성택
기획편집. 양이석
디자인. 김종범
마케팅. 김영란
인쇄제작. 정민문화사

(주)홍시커뮤니케이션
서울시 강남구 봉은사로74길 17(삼성동 118-5)
T. 82.2.6916.4481 ┃ F. 82.2.6919.4478
editor@hongdesign.com ┃ hongc.kr

ISBN. 979-11-86198-57-5 03800

이 도서의 국립중앙도서관 출판예정도서목록(CIP)은
서지정보유통지원시스템 홈페이지(http://seoji.nl.go.kr)와
국가자료종합목록시스템(http://www.nl.go.kr/kolisnet)에서 이용하실 수 있습니다.
(CIP제어번호: CIP2019030955)